Lo que solo les pasa a los demás

Lo que solo les pasa a los demás

ANDREU MARTÍN

ALREVÉS
BARCELONA-2024

Primera edición: enero del 2024

Para Josep Forment, siempre con nosotros

Publicado por:
EDITORIAL ALREVÉS, S.L.
C/ València, 241, 4.º
08007 Barcelona
info@alreveseditorial.com
www.alreveseditorial.com

Printed in Spain
ISBN: 978-84-18584-06-0
Código IBIC: FF
DL B 20488-2023

MIX
Paper from responsible sources
FSC® C146635
www.fsc.org

Impresión:
QPprint

Dedico esta novela a
Lluís Llort y Anna Maria Villalonga,
magníficos escritores y amigos,
en quienes no he dejado de pensar ni un día
durante la creación de esta novela.

Capítulo 1

Solo un abogado de oficio

En aquella época —una de las peores épocas de mi vida—, yo vivía con la mujer más espléndida que he conocido en mi vida y que conoceré jamás. Se llama Lana Brau, seguro que habéis oído hablar de ella; fotógrafa que entonces estaba preparando una exposición, o una *performance*, para la Feria de Arte Contemporáneo ARCO, de Madrid: «Desnudos masculinos». Se habló mucho de ella. Un escándalo. Lana era, es, inteligente, ingeniosa, divertida, espontánea, buena persona, comprometida, cálida, tierna, descarada, generosa, seductora, loca y, por último pero no menos importante, si me lo permitís, sexi, joder lo sexi que podía llegar a ser.

Y, en cambio, yo la tenía olvidada en casa, dando por supuesto que estaría allí entretenida con sus cosas, queriéndome hasta el infinito, con el amor conservado en el congelador, siempre a punto, sonriente y feliz como una etapa de mi vida maravillosa pero ya superada. Yo tenía mucho trabajo, ella tenía mucho trabajo, nos queríamos tanto que no hacía falta que nos lo demostrásemos cada cinco minutos, ni cada hora, ni cada día, ni cada semana. Tanto era lo que nos queríamos.

No era una buena época para mí.

Cinco o más cervezas al día, el vino con la comida y la cena, chupitos para la digestión, gin-tonics y cubatas por la noche, y cava y whisky ocasionales si había algo que celebrar.

Lana era la estrella de las fiestas. Si alguien se atrevía a hablarle del tiempo, o del tránsito y de la dificultad de aparcar, o cualquier otra banalidad, replicaba que todo es cíclico, que cualquier acontecimiento de la naturaleza o del comportamiento humano está sometido a ciclos. Y, cuando veía que la audiencia se la tomaba en serio y la escuchaban con las cejas fruncidas, continuaba hablando de ciclos y se declaraba muy partidaria del ciclismo y se reivindicaba como ciclista empedernida. Y sus amigos reían, y la admiraban. Y yo era el que se reía más fuerte, con la copa en la mano, en un rincón, y tropezaba con los muebles. Y nuestros amigos se reían, y se miraban los unos a los otros con compasión. No sé si se compadecían de mí o de ella.

Yo solo soy abogado de oficio. Pertenezco al TOAD, Turno de Oficio y Asistencia a la persona Detenida. Digo «solo» porque me temo que para mi padre estas tres palabras resumían toda mi actividad profesional. Cuando me presentaba a alguien, decía «Marc es abogado, de esos del Turno de Oficio». Daba igual que yo hubiera fundado el bufete Olván y Passeres, con Paco, especialista en civil; y que hubiera cumplido los cinco años de ejercicio efectivo de la abogacía imprescindibles para trabajar en el Turno de Oficio; o que hubiera hecho el curso de especialización en violencia de género. Para mi padre, yo solo era «abogado de esos del Turno de Oficio». Y me parece que para Lana también.

Yo me vengaba contando únicamente mis casos representando a delincuentes zafios, ladrones analfabetos y agresores marginales, que daban lugar a anécdotas más jugosas y confirmaba y perpetuaba los prejuicios de mi padre y de Lana.

Dulce Lana.

De hecho, se llamaba Laura, Laura Braulio, pero se hacía llamar Lana, como Lana Turner, Lana Brau, nombre artístico. Y llevaba el cabello muy corto y de punta, tatuajes por todo el cuerpo, brazos, manos y nalgas, de todas las formas, colores y estilos, letras chinas, escritura cuneiforme, Betty Boop y león de la Metro, y ropa extremada, con estampados de leopardo, y las manos llenas de anillos, «¿No te molestan los anillos, para hacer fotos?», «Antes, en un ciclo anterior, me molestaban, pero aquel ciclo ya pasó, y yo soy ciclista, ¿te lo había dicho?».

Me estaba tomando una cerveza en la barra del bar que hay en medio del edificio principal de la Ciudad de la Justicia, que parece una inmensa terminal de aeropuerto, todo de mármol blanco, y cristal, y gente ajetreada de un lado para otro, cuando alguien me llamó por mi nombre, «¡Marc!», y Pacheco se me vino encima como si lo hubieran catapultado desde el otro lado del vestíbulo.

—Marc, guapo, te necesito. ¿Tendrás un pequeño espacio de tiempo para mí?

Sabía perfectamente que yo iba sobrado de espacios de tiempo.

Pacheco tenía una agencia de detectives muy pequeña, de esas que salen en las películas y solo se componen del titular, una secretaria que coge los encargos y lleva la agenda y tres o cuatro colaboradores externos mal pagados. Por eso Pacheco siempre va corriendo por todas partes, para cubrir más frentes de los que puede cubrir, y de vez en cuando me pide favores.

Es prácticamente calvo y se rapa los pocos pelos que le quedan en la nuca y sobre las orejas para parecer más canalla y para que no se le note la calvicie, pero se le nota; él cree que es corpulento y atlético pero la barriga de cerveza lo desmiente, y lleva una gabardina, un traje, una camisa, una corbata y unos zapatos comprados hace tanto tiempo que siempre parece que haya dormido con la ropa puesta. Con su bigotito y la perilla de mosquetero quiere parecer moderno, pero no hay manera. Va tan agobiado que a uno le da miedo que le dé un infarto de un momento a otro.

—Te necesito. Un tema. Calculo que le dediques dos horas al día, de vez en cuando, cuando te vaya bien. Si me haces un informe detallado, ochenta euros. Si hicieras un informe diario durante un mes, que eso no será necesario, te sacarías mil seiscientos. ¿Qué te parece?

—Una mierda.

—No, hombre, no. Si no es nada. ¿Vienes mañana por el despacho y te presento a la clienta? Es joven. Está buena. Te gustará.

—¿De qué va?

—Ella te lo expondrá con toda claridad. Es muy fácil. —Yo quería decirle «Espera, hombre, no corras tanto, tómate una cervecita y hazme un resumen», porque estaba solo y aburrido y apático, pero él salió disparado—: Mañana, mañana, en mi despacho, a las diez, ¿de acuerdo?

Al día siguiente llegué a la plaza Gal·la Placídia (que aquel argentino amigo mío llamaba «plaza Galidia») con mi destartalado Suzuki Vitara cuatro puertas de color granate y, cuando detuve el motor en el aparcamiento subterráneo, interrumpí una encendida tertulia de RAC 1 donde se debatía apasionadamente sobre la escisión de los partidos independentistas que hasta aquel momento gobernaban en la Generalitat de Catalunya. El partido que paradójicamente se llamaba Junts (o sea, Juntos) se separaba y el partido que paradójicamente se llamaba Esquerra Republicana de Catalunya (o sea, Izquierda Republicana de Cataluña) se quedaba gobernando en minoría, a la discreción de la derecha monárquica. Al apagar el motor del coche, interrumpí en seco un guirigay de opiniones enfrentadas.

Detectives Lupa (el nombre le viene, no es broma, de Luis Pacheco, Lu-Pa, el padre de Pacheco y fundador de la empresa) está en una de las calles que desembocan en la plaza, en un edificio que en los sesenta debía de resultar de lo más moderno y ahora queda elemental, esquemático, barato y pobre. La oficina ocupa un apartamento minúsculo del primer piso que necesita una mano de pintura para borrar la nicotina que amarillea las paredes y que si no está equipado con muebles de Ikea es porque, cuando fundaron y amueblaron la empresa, Ikea todavía no existía. Consta únicamente de dos ámbitos: una especie de recepción y sala de espera, y una especie de despacho, separados por una mampara de contrachapado que no llega al techo y que permite escuchar perfectamente lo que se dice en un lado y en otro. Privacidad cero. El lavabo tiene ducha y bidé y sirve para guardar escobas, fregonas, cubos y productos de limpieza.

Aquel día no estaba la secretaria, a la que imaginé corriendo por la calle, buscando un coche de los Mossos d'Esquadra para denunciar acoso sexual por parte de su patrón. Pacheco, en mangas de camisa, jersey, el botón de la camisa desabrochado y la corbata floja, me recibió a gritos, con la intención evidente de que nos oyera la persona que aguardaba en la otra estancia.

—¡Eh, Marc Olván, el mejor abogado de este lado del Misisipi! ¿Sabes que están buscando a un mediador para reconciliar a los dos partidos indepes? ¿Y sabes que uno de los nombres que más suena es el tuyo? Me han preguntado y yo les he dicho que no podía decirles nada hasta que hablara contigo. No hace falta que me contestes ahora mismo, porque tenemos trabajo, pero piénsatelo. Ya hablaremos. —Todo falso. Una fantasmada para impresionar a la clienta—. Pasa, pasa, que quiero presentarte a la señora Pedralba, que necesita tus servicios.

Nos esperaba sentada delante del escritorio, absorta en la contemplación del móvil.

—Lidia Pedralba, este es el abogado Marc Olván, una eminencia. Cuando me expuso su caso, enseguida supe que, de toda mi plantilla, quien mejor podría ayudarla sería Olván. Póngale al corriente de todo, yo no le he dicho nada, como si yo no estuviera. A partir de ahora es una cuestión entre ustedes dos.

Pacheco me había dicho que era joven, que estaba buena y que me gustaría. No era tan joven, ya había pasado los cuarenta y la vida no la había tratado siempre bien. Tenía la mirada de la desesperación, de ese no puedo más que no se acaba nunca. Pero había aprendido que todavía no había llegado lo peor, y eso la endurecía y estaba dispuesta a afrontar lo que fuera con todas sus fuerzas, que eran muchas. Se le notaba en la resolución de la mirada insistente, en la firmeza de la barbilla puntiaguda, en el tono de la voz, en la rigidez de unas manos como zarpas. No sé si me gustó a primera vista, yo no diría que estaba buena como había dicho el detective, pero, eso sí, tenía unos pechos voluminosos resaltados por la elasticidad de un jersey de lana fina que no dejaba lugar a dudas y que atrajeron mi mirada desde el primer momento. Tuve que hacer un esfuerzo notable para mirar a la clienta a la cara.

—Pues usted dirá.

No es una cuestión de sexo.

Es la puta necesidad que tiene la mayoría de los hombres de demostrarse que son capaces de obtener aquello que se les resiste.

—¿Son capaces? —me decía Lana, burlona—. ¿No te incluyes?

Yo continuaba como si no la hubiera oído. El afán de conquista. El ansia del alpinista por conquistar la cumbre inaccesible. El empeño del militar por conquistar la ciudad o el país que le hace frente. La apuesta por hacerse a la mujer desconocida, que no sabes cómo va a reaccionar a tu ataque. La emoción precisamente está en la oposición que se pueda encontrar. Ese tipo de gentuza es la que dice aquello de que una mujer que dice que «no» está diciendo que «quizás»; una mujer que dice «quizás» está diciendo que «sí»; y una mujer que dice que «sí», no es una mujer: es una puta. Por eso reniegan de la tendencia del «Solo sí es sí», porque para ellos una mujer que dice que «sí» no vale nada, es lo que se llama «una mujer fácil», no tiene ningún mérito ni interés. Porque lo importante no es el encuentro del sexo, que bien hecho es divertido, delicioso y creativo, sino vencer la negativa de la otra, doblar su voluntad, en definitiva, es una cuestión de dominio. Y, cuanto más firme es la dificultad, más apasionante resulta la experiencia; y si el rechazo es físico, saldrán los más machos que recurrirán a la fuerza física, y si a eso se le llama violación, les da igual, al contrario, aún podrán presumir de la hazaña ante los amigotes.

No es una cuestión de sexo. El sexo, para esta gente, solo es el premio del vencedor, la guinda del pastel.

Habíamos hablado mucho de este tema con Lana.

Ella decía que la gran mayoría de hombres pertenecen a esta clase de gentuza, que yo mismo formaba parte de ella, y que nos resultaba muy difícil dejar de ser como éramos.

Lana Brau, la mujer más excepcional que he conocido.

Entretanto, Lidia Pedralba iba hablando.

—Mi hijo es gay —había empezado, mirándome fijamente, como si esperase una reacción desagradable por mi parte. Mis ojos se esforzaban en mantenerse clavados en los suyos, impasibles—. Vive, bueno, vivía conmigo, y estaba buscando trabajo. Es auxiliar de enfermería, pero las cosas están muy difíciles. De forma que, durante un tiempo, estaba haciendo de canguro para el hijo de unos vecinos. Los padres de la criatura son buenas personas, pero la madre de ella es una bruja. La abuela. Yo ya sabía que iba diciendo por el barrio que Manuel era maricón y que no le gustaba que cuidara de su nieto. Yo ya lo sabía, pero no podía hacer nada. Si nos encontrábamos por la escalera, ella apartaba la vista. Yo no, porque yo no tengo nada que esconder. Bueno, y el caso es que un día llega la vieja a casa y Manuel, mi hijo, estaba bañando al crío en la bañera, y aquella mujer se pone a gritar que lo está masturbando, y que lo está masturbando, y sale a la escalera chillando que mi hijo está violando a su nieto de cuatro años. Manuel, para protestar, suelta al chaval, que se hunde en la bañera, un momento, solo un momento, pero la vieja dice que si lo quiere ahogar. Llama a la Policía, salen todos los vecinos, llegan los padres de la criatura, «que este maricón estaba violando al niño y lo ha querido ahogar y todo». Es verdad que Manuel es un poco temperamental y, ofendido por tanta mentira, agarró a la mujer de la ropa y le habló con malos modos y luego se enfrentó al padre del niño y, después, cuando llegaron, se peleó con los Mossos d'Esquadra. Tiene mal carácter, es verdad, y me parece que habría tenido que contenerse un poco, no lo excuso. Pero lo detuvieron, lo esposaron y todo, y pasó la noche en el calabozo. Y al día siguiente lo llevaron delante del juez. Daniel Trujillo. ¿Lo conoce?

Hice un gesto ambiguo. Recordaba vagamente a Trujillo. Un hombre de cincuenta y pocos, muy bien conservado, alto y estirado, muy aristocrático, con rictus de oler mierda. Alguna vez me lo había encontrado de guardia con algún caso. De momento, nada que decir.

—Es el juez que tomó declaración a mi hijo, a Manuel. Después supe que, mientras Manuel protestaba su inocencia, y mientras hablaba su abogado defensor, este juez, Daniel Trujillo, estaba mirando el móvil, indiferente y pasando de todo. Y decretó prisión provisional sin fianza. —La mujer me contemplaba con atención para ver cómo me quedaba ante semejante injusticia, y yo procuraba mirarla a los ojos y continuar como si nada, porque estas son cosas que pueden pasar y pasan, y porque no conocía todos los datos del caso—. Prisión provisional sin fianza, por un delito inventado por una histérica homófoba. Esto pasaba en el mes de junio, antes del verano, y ahora, tres meses y medio después, mi hijo continúa encerrado en la prisión de Can Brians sin juicio.

Miré a Pacheco y suspiré antes de mirarla a ella, a los ojos, como si estuviera absolutamente desolado y dispuesto a escucharla tanto rato como fuera necesario.

—Ya, ya sé que no se puede hacer nada —aceptó ella, al tiempo que se sumergía en las profundidades de su bolso para buscar algo importante—. Ya me lo dijo el señor Pacheco.

—Ya se lo dije —ratificó el detective.

Enarqué las cejas para Pacheco y este separó la palma de la mano del cristal del escritorio para pedirme paciencia.

Del bolso salió una carpeta de plástico y, de la carpeta, un puñado de recortes de periódicos, que me entregó observándome como si ya no hiciera falta explicación alguna. Con aquello, yo ya tenía que entenderlo todo.

Una de las páginas de Sociedad de *La Vanguardia* del viernes, 16 de septiembre, mostraba la foto de un hombre malcarado, esposado y conducido por dos policías de caras pixeladas. El titular: «Detenido en Barcelona el narcotraficante José Klimovski Calomarde, alias *Cangrejo*». Más abajo, «en el transcurso de un operativo del Grupo de Crimen Organizado de la Policía Judicial, dirigido y supervisado por el juez Daniel Trujillo, ayer se procedió a la detención...», «uno de los narcotraficantes más buscados de la mafia barcelonesa», «fue sorprendido cuando salió del escondite donde se ha ocultado durante años y que aún hoy no se ha descubierto», «en el coche le encontraron tres paquetes de diez kilos de cocaína cada uno y un arma de fuego». El sábado, 17, en *La Vanguardia*, reportaje a toda plana, firmado por el periodista Valentí Renom, sobre José Cangrejo Klimovski Calomarde, «jefe del peligroso clan de los Klimovski, que desde hace décadas controla el tráfico de drogas y armas en la ciudad de Barcelona». Historia de la familia y listado de las fechorías cometidas por este «hombre de cincuenta y dos años, interlocutor y anfitrión de los jefes de las diferentes mafias que han desembarcado en nuestra ciudad». «Hacía años que la Policía iba tras él, pero nunca habían podido localizar su escondrijo». En un rincón, la fotografía del juez Daniel Trujillo, «artífice de la operación, que hoy tomará declaración al poderoso delincuente».

Levanté la vista de las noticias y tropecé con la mirada acuciante de Lidia, que quería darme a entender que lo estaba haciendo bastante bien y me animaba a continuar, con expresión de «ahora viene lo bueno».

Las páginas siguientes, de cuatro periódicos distintos, con fecha del lunes, 19 de septiembre, ostentaban titulares de impacto, con letras grandes como gritos de furia. «El Cangrejo en libertad». «El juez libera a Cangrejo sin cargos». «El narco escapa de nuevo». «José Klimovski Cangrejo vuelve a estar en la calle». Y las entradillas, copiadas del comunicado de prensa del juzgado, coincidían casi palabra por palabra: el juez Daniel Trujillo, después de tomar declaración a José Klimovski, alias *Cangrejo*, lo había dejado en libertad debido a una serie de errores policiales en la cadena de custodia, debidos sin duda a la precipitación con que se había realizado el operativo.

—¿Qué me dice? —preguntó Lidia Pedralba—. Este, este. El juez instructor de la causa de mi hijo. Daniel Trujillo. —Yo continuaba escuchando, muy atento—. ¿No le parece que es un caso clarísimo de prevaricación? ¿No deberían investigar a este hombre?

Yo me pellizqué la barbilla, constatando que aquel día no me había afeitado. Ella continuaba, muy apasionada:

—Yo no puedo hacer nada por mi hijo, ya lo sé —se encogía de hombros con falsa resignación—, está en la cárcel y tenemos que esperar el juicio, y será lo que Dios quiera, de acuerdo. Pero ahora ya me ha quedado claro que este juez Trujillo es un hijo de puta, un mal bicho, homófobo, cruel, prevaricador, que eso no se puede negar, y le quiero hacer pagar lo que le ha hecho a mi hijo, ¡lo que le está haciendo a mi hijo! —Recuperó los recortes de periódico de mis manos—. Y aquí tenemos un buen punto de partida, ¿no le parece?

No. No me lo parecía. No era tan fácil. Miré a Pacheco, recriminándole que me hubiera metido en aquel jaleo, y él hizo gesto de «ahora te toca jugar a ti».

—No es tan fácil —dije con firmeza helada destinada a apagar su pasión—. Tengo que leérmelo mejor, pero, por lo que dicen los periódicos... —Ella hizo un movimiento brusco para protestar que los periódicos solo dicen la versión oficial— fue el mismo juez quien inició el operativo para detener a este Cangrejo. Él dio la orden, él lo preparó todo, no tiene sentido que organizara todo ese follón para después soltar al narco. Trujillo se jugaba el prestigio, que es muy importante en un juez. Y si la nota de prensa deja tan claro que ha sido un error policial, debe de ser porque se ha producido realmente ese error policial.

Lidia se echó atrás, llenando los pulmones de aire y apoyando la espalda en el respaldo de la silla, como a la defensiva de mi ataque.

—Entonces, qué. ¿Quiere decir que no juega? ¿No me va a ayudar?

Miró a Pacheco, y yo también lo miré, ella irritada porque no obtenía la respuesta deseada, yo abrumado y queriendo quedar bien con todo el mundo.

—¡No, no! —protestó Pacheco desde el burladero de su escritorio.

—Yo solo le digo —poniendo las piezas en su sitio— que no es tan fácil. Que vistas de lejos, desde fuera, las cosas a lo mejor parecen de una manera y, después, son de otra. Yo investigaré, si usted quiere, pero lo que le quiero decir es que no se haga muchas ilusiones. Piense que, si las cosas fueran tan claras como usted las ve, solo leyendo los periódicos, hay instancias superiores, jueces de la Audiencia, del Supremo, del Constitucional, del Ministerio, del

Colegio de Abogados, yo qué sé, que ya estarían actuando contra este Daniel Trujillo. Tal vez sea así —le concedí—, pero entonces mi investigación no servirá de nada. El caso estallará dentro de dos días y la desgracia caerá sobre Trujillo por parte de gente que puede hacerle mucho más daño que usted o yo.

Lidia no estaba de acuerdo.

—No me fío del sistema —dijo—. Mire: una persona así, como este Trujillo, tarde o temprano volverá a hacer una de las gordas. Las malas personas lo son porque hacen cosas malas, no lo pueden evitar. Y lo que yo quiero es que usted lo observe, y esté al caso, y lo investigue, y a la más mínima, por este caso de prevaricación flagrante, o por un caso de faldas, o de lo que sea, con pruebas en la mano, acabemos por arruinarle la vida. Y este del Cangrejo es un buen punto de partida, ¿no le parece?

Final de la exposición. Enfurecida, se había ido inclinando hacia mí hasta apuntalar los codos a sus muslos.

—¿No le parece?

Miré a Pacheco una vez más, cediéndole la palabra, porque no sabía qué decir.

—En cuanto conocí el caso —Pacheco sacó pecho y frunció el ceño, como quien está a punto de pronunciar las palabras más sabias, exactas y definitivas—, pensé en ti. Te mueves como pez en el agua por la Ciudad de la Justicia, conoces a todo el mundo y tienes muchas puertas abiertas. Y estoy de acuerdo con la señora Pedralba en que un hombre de la especie del juez Trujillo, tarde o temprano, volverá a meter la pata. Todo el mundo, tarde o temprano, mete la pata. Y... —tuvo que hacer una pausa para repescar el nombre— Lidia Pedralba y yo esperamos que tú estés alerta cuando eso suceda.

En resumen: «Esta señora me está ofreciendo unos dineros, y yo estoy dispuesto a compartirlos contigo, y no debemos dejar pasar esta oportunidad».

—Pero... —algo tenía que decir— esto nos va a llevar un tiempo. Según cómo, mucho tiempo. Yo no sé hasta qué punto usted puede permitirse un gasto indefinido como...

Pacheco me interrumpió porque, a veces, parezco tonto.

—La señora Pedralba siempre podrá rescindir el contrato. Solo con una llamada telefónica. Cuando ella diga basta, nosotros pararemos. Faltaría más. Siempre lo hacemos así. Con todos los clientes.

«Y, mientras el cliente no se canse, iremos cobrando e iremos tirando».

Capítulo 2

¿Qué se sabe de Trujillo?

Empecé llamando a colegas compañeros de carrera y amigos y conocidos de encuentros en pasillos y ascensores, y con lo que me dijeron y una consulta en Google tuve suficiente material para mi primer informe. Y ochenta euros al bolsillo.

Daniel Trujillo era nieto de un tal Trujillo Campoy, magistrado de la dictadura que, según algunas páginas web, venía de una rica alcurnia de aristócratas y, según otras, se enriqueció con la práctica arbitraria de sus funciones judiciales. El hijo de este perla y padre de Daniel Trujillo fue juez famoso por su prudencia y pusilanimidad, que murió dejando miles de expedientes incoados y sin resolución.

—¿Qué sabes de este Trujillo?

—Hostia, pobre tío. La que le ha caído.

—¿Le ha caído?

—Sí, lo del Cangrejo. Cuando la detención del Cangrejo, su nombre no tendría que haber aparecido para nada en la prensa. Si salió en los periódicos fue porque alguien de juzgados quiso que saliera. Y es que Trujillo se muere por ser el nuevo juez estrella y, cuando vio la luz, con la posibilidad de pasar a ser el juez que trincó al Cangrejo, zasca, por culpa de unos policías chapuceros se le ha caído todo el edificio encima. Ahora lo tendremos cabreado una buena temporada porque, si le tocas el orgullo, o el honor, o el ego, o los cojones, este Trujillo saca una mala leche que más vale que te mantengas apartado.

…

—¿Qué sabes de ese Trujillo?

—Un cabrón carcelero. Siempre encuentra un motivo u otro para la prisión preventiva. Siempre hay pruebas que se pueden destruir, siempre hay la posibilidad de que el detenido vuelva a delinquir, siempre puede tener tentaciones de huir. Si depende de Trujillo, en un noventa por ciento de los casos tu defendido irá a la cárcel. Un día le oí decir que, cuando un detenido entra en su despacho para declarar, a primer golpe de vista él ya sabe si es inocente o es culpable. No hace falta que le diga nada, ni el detenido ni su abogado ni nadie. Un cabrón.

…

—¿Qué sabes de ese Trujillo?

—¿Del juez? Que es juez. De instrucción. ¿Por qué lo preguntas?

—Por eso que ha pasado con el Cangrejo Klimovski.

—Le puede pasar a cualquiera.

—¿Y quién era el abogado que representaba a Klimovski?

—Pere Romeral. Como siempre. Él, siempre con los Klimovski.

…

—¿Qué sabes de Trujillo?

—¿De Trujillo? Nada. Que está loco. Como todos los jueces.

—¿Y lo que le ha pasado con el Cangrejo?

—Natural. ¿Qué se creía? ¿Que podía atrapar a un Klimovski y colgarse la medalla? Hace años que los Klimovski corren por la ciudad haciendo lo que les da la gana y nadie les para los pies. ¿Qué se creía este juez? ¿Que agarraría al más importante de todos los Klimovski, lo llevaría al juzgado y lo metería en la cárcel como si fuera un chorizo del metro? ¿Sabes lo que pasa con los jueces? Que no tienen los pies en el suelo. Van volando por ahí arriba, por el cielo, como Superman, yo soy el amo del mundo, y cuando entran en contacto con la realidad se pegan unas hostias que los dejan suaves.

Llamé a uno de mis profesores de la facultad, una eminencia. Y me dedicó una conferencia por teléfono.

—¿Este Trujillo? ¿Sabes lo que le pasa a este Trujillo? Que se quiere hacer perdonar los pecados de sus antecesores. Su abuelo fue un criminal franquista, y su padre un cantamañanas y un holgazán. Y este chaval se ve que, de joven, en la universidad, fue de progre, medio rebelde, medio follonero, y siempre ha renegado de la filosofía de su familia. De lo que no ha renegado es de la pasta de la familia, quiero decir, del parné, de los dineros, de los privilegios de la familia Trujillo, ah, eso no, no ha renunciado a la herencia. Pero se mantiene en el juzgado de instrucción, sin aspirar a la Audiencia ni a más altas esferas, porque así está en primera línea de combate, en contacto con el ciudadano y la sociedad, blablablá. ¿Quieres que te diga lo que le ha pasado, con esto del Klimovski? Yo te diré lo que le ha pasado. Esto ha venido de un chivatazo. Clarísimo. Este caso se lo han puesto los policías sobre la mesa. «Que tenemos un chivatazo, que sabemos cómo trincar al Cangrejo», y Trujillo les dijo «Procedan», y les permitió que actuaran sin supervisión. Y un juez, cuando inicia una operación de esta categoría, tiene que controlar cada paso, supervisando cada detalle. Aquí, los policías veteranos, «Déjenos a nosotros, que nosotros sabemos de qué va», y le montaron una chapuza. Lo hicieron de cualquier manera, porque son unos chapuceros.

—Pero detuvieron al Cangrejo. Y compareció ante el juez.

—Sí, pero con Pere Romeral de abogado. Pere Romeral se come a Trujillo con patatas dos veces al día. Nada que hacer.

Llamé al bufete de Pere Romeral, pero no se puso.

Fui a buscar a un policía amigo mío, Edu Gracián, un buen tío que está en delitos informáticos pero que había hecho la calle y nos habíamos encontrado por el caso de un pájaro que había apuñalado a un amigo y que nos hizo reír mucho. ¿Cómo era?: «Yo no sé lo que pasó porque no estaba allí, aquella noche no había ido al bar, que estaba con mi señora, y no sé quién me metió el cuchillo en el bolsillo, yo andaría distraído, que aquella noche bebí mucho, y fue el otro quien empezó, que yo estaba sin molestar a nadie y él me vino a buscar, y yo no sabía lo que hacía, porque aquella noche bebí mucho, y no sé lo que hice, pero en todo caso lo hice en defensa propia y sin querer».

Siempre que nos encontramos con Gracián volvemos a comentar el caso y nos partimos de la risa.

Como todo policía, Gracián, de entrada, se cerró en banda y me miró con desconfianza. Los policías tienen muy claro que son ellos quienes hacen las preguntas.

—¿Y eso para qué lo quieres saber?

—No —yo, haciéndome el distraído—. Pura curiosidad. Lo del Cangrejo salió en todos los periódicos, y estoy seguro de que tú tienes información de primera mano. Curiosidad.

—No vaya a ser un encargo de Pacheco, que a veces te contrata. ¿Verdad que te contrata, a veces? ¿Es un tema de Pacheco?

—Bueno, sí, un poco. Me ha pedido cuatro datos.

—Y seguro que te ha pedido informes por escrito. Si no, no te paga.

—Sí, pero no te preocupes. No hago constar los nombres de mis fuentes.

—No, yo no me preocupo. Tú tendrías que preocuparte. ¿Te parece buena idea ponerte en contra a un juez de instrucción? ¿Tú, que eres abogado de oficio y tarde o temprano te lo vas a encontrar delante?

—Hombre, pero yo no...

—Porque, si lo investigas, será para encontrarle trapos sucios, ¿no? ¿O cadáveres en el armario? Si quisieras escribir su biografía, irías a hablar con él, ¿verdad? Si no lo haces, es porque sabes que no le gustaría que estuvieras revolviendo en su cubo de basura. Eso es lo que pensará él, cuando se entere, que se enterará. Y cuidado que no vaya a llegar a sus manos uno de tus informes. No le iba a hacer ninguna gracia.

Estábamos en la mesa del rincón del Velódromo, y yo, cohibido, daba vueltas entre los dedos a su paquete de tabaco, tentado de volver a fumar después de dos años de abstinencia. Suerte que ahora no se puede fumar dentro de los bares, porque, si no, me parece que aquel día habría recaído.

—¿Con quién has hablado, hasta ahora?

—No —traté de escabullirme—. Acabo de empezar.

—Mira, Marc: seguro que Trujillo hace cosas mal y que se equivoca, como todo el mundo. Por ejemplo, organizando ese operativo, dando su nombre a la prensa y, al final, teniendo que soltar a Cangrejo Klimovski. Se atribuye la culpa a la Policía, pero él ha dirigido el fandango, que, evidentemente, ha sido muy precipitado y poco esmerado. Lo que pasa con los jueces, como con los médicos, como con nosotros los policías, es que, si nos equivocamos, hacemos más daño que si se equivoca un monitor de aquagym, por ejemplo. O un traductor de cuentos infantiles. Pero una vez hayas descubierto que Trujillo se equivocó o hizo algo mal, ¿qué piensas hacer? ¿Lo pondrás por escrito, en un papel? ¿Y lo firmarás con tu nombre? No creo que encuentres a nadie que quiera meterle mano a un juez.

Tendría que decirle a Pacheco que me disculpara con Lidia Pedralba, que no contara conmigo, y tendría que aprender a vivir sin aquellos ingresos que parecían tan fáciles y oportunos.

—Si quieres, te lo puedo presentar —dijo el policía, de repente.

Me dejó de piedra.

—Hombre… —farfullé, porque después de lo que acababa de oír no sabía si lo quería o no.

—¿Juegas al pádel?

—No.

—Trujillo juega al pádel en un club que hay por Sarrià-Sant Gervasi, cerca del Museo de la Ciencia. En el sótano de ese club hay una discoteca, la Racket, y él, de vez en cuando, después de jugar y antes de cenar, o después de cenar, porque vive cerca, suele pasarse por allí para tomar una copa. Si quieres, vamos juntos y te lo presento, ¿qué te parece?

—Hombre, después de lo que me has dicho estoy pensando en dejar la investigación.

—Mucho mejor. Así seguro que no os pelearéis. De todas maneras, como abogado de oficio, a lo mejor te va bien tomarte unos mojitos de vez en cuando con un juez. Y si un día él se entera de que estabas haciendo preguntas, siempre podrás decirle que solo querías conocerle y lo hacías por pura admiración.

Primero, fue el bar-restaurante del club, situado en el subterráneo, donde los atletas de las pistas de arriba y del gimnasio podían bajar a reponerse un poco de las calorías perdidas, pero no tuvo ningún éxito. A los deportistas adictos a la raqueta y al gimnasio les gusta más el aire libre que aquel recinto enorme sin ventanas al exterior y se traían el agua y las bebidas energéticas de casa, y además la cocina del local no era especialmente acertada. Así que, después de una asamblea de socios tumultuosa, decidieron poner arriba máquinas expendedoras de bebidas y bocadillos y, abajo, tirar tabiques, eliminar un par de almacenes y reconvertir el espacio en bar de copas-discoteca, con una pequeña pista circular y disc-jockey especializado en música que ahuyentara a los jóvenes alborotadores y retuviera a las personas maduras. Abrieron una puerta a la calle, donde se llegaba por una lujosa escalinata de alfombra roja y barandilla de latón reluciente, y los socios del club podían entrar directamente desde las instalaciones, y la gente de la calle, como yo y Gracián, accedíamos por la puerta grande pagando veinte euros que incluían la primera consumición.

Todavía no habían terminado de resolver muy bien la cuestión del aparcamiento. Era un descampado rodeado por un muro donde se anunciaba la inminente ampliación del club, y los vehículos se amontonaban en él sin orden, concierto ni vigilancia, hasta que lo desbordaban y empezaban a apretujarse por las calles circundantes con dos ruedas sobre la acera.

Gracián y yo tuvimos que dejar mi Suzuki a dos travesías de allí y recorrer una calle oscura flanqueada por muros sin ventanas hasta la fachada iluminada por un neón que hacía pensar en los años cincuenta. Racket.

Al cruzar el aparcamiento, mi guía me indicó un aparatoso y flamante Peugeot 3008 de color negro que ocupaba plaza preferente a un paso de la puerta de acceso.

—Ah, mira —dijo Gracián—. Tendrás oportunidad de conocer a Regueira.

—¿Regueira?

—Inspector de primera Regueira. Ese es su coche. Los polis que llevaron el caso del Cangrejo.

—¿Los chapuzas?

—Sí, pero que no te oigan que los llamas así.

—Por su culpa, ahora Cangrejo Klimovski está libre, ¿no?

—Sí, pero te aconsejo que no juegues con eso.

A la entrada, un cartel publicitario decía «Barcelona capital de la coctelería, Barcelona Cocktail Experience» y, en una pizarra, una mano muy pulcra y probablemente femenina había escrito «Cóctel del día: Apple Martini».

Como *racket* en inglés lo mismo significa raqueta (en referencia al deporte que se practicaba en las pistas de arriba) como delincuencia, chantaje, estafa y jaleo, el local estaba decorado con fotografías de gánsteres reales como Al Capone, Johnny Torrio, Joe Aiello, Lucky Luciano o Dillinger y con fotogramas de las películas americanas que los han mitificado, las antiguas *Sed de mal*, *Atraco perfecto*, *El halcón maltés*, *El sueño eterno*, o más modernas como *El padrino* o *Uno de los nuestros*.

El vestíbulo, el guardarropa y el bar estaban en lo alto de una especie de gradería de anfiteatro. Las mesas estaban distribuidas en los amplios escalones que componían una majestuosa escalinata que descendía hasta la pequeña pista circular del fondo. No encontré, como me temía, un aquelarre de gente enloquecida por música atronadora y aturdidora, gritos y empujones. Aún no era media noche y quedaba alguna mesa libre. Sonaba música de chunda-chunda orquestada por un disc-jockey que no pretendía ser muy moderno porque yo mismo sería capaz de tararear el tema que emitían los grandes altavoces. Había gente bailando, y tenías que levantar la voz para hacerte oír, pero no era excesivamente horroroso. Un tipo de estrépito al que se acomodaba perfectamente una mente abotagada por el alcohol. En la barra, encontramos un espacio lo bastante ancho como para instalarnos. Y desde allí se oteaba todo el local de forma privilegiada.

Gracián era un habitual. Saludó al barman:

—¿Qué pasa, Pepo? ¿Cómo va tu ojo?

—El ojo ahora está mejor que el otro. A ver si me lo voy a tener que operar, también. ¿Qué tomáis?

—Yo ya lo sabes —dijo Gracián—. ¿Tú?

—¿Qué es eso del Apple Martini? —pregunté. Estaba en ese momento del día en que tenía que calcular la cantidad de alcohol que podía añadir a la ya ingerida.

—Vodka, licor de manzana y Cointreau. Si te gusta el dulce… —Yo cabeceaba, dudando—. El vodka es Grey Goose, ¿lo conoces?

—Bueno, sí, va, adelante. Le diré a mi médico que estaba previniendo una caída de azúcar. Como es el cóctel del día…

A Gracián le puso un gin-tonic.

El Apple se sirve en copa cónica de Martini y es de color champán, un poco más oscuro en la superficie que en el fondo. Muy dulce, es verdad, pero entra bien. Hace pensar en resaca cabezona.

Gracián, después de escudriñar el horizonte, me informó:

—Veo que Trujillo no está. Los de la mesa de la derecha, cerca de la pista, son los polis que te he dicho. El de la barba y la chaqueta blanca es el inspector Alfonso Regueira, el jefe del grupo.

Cuatro hombres que ocupaban un sofá semicircular entorno a una mesa invadida por ocho botellas de cerveza y un par de platos con frutos secos. Uno, de barba y gafas negras, vestía chaqueta gris muy clara, camisa negra y corbata roja; otro, rubio y gordo, de cazadora de cuero negro; el tercero, alto y delgado, vestido con cazadora vaquera, y el cuarto, más estridente, con gafas verdes y bigote, una cazadora verde con mangas rojas, como de jugador de béisbol, con el número 54 muy grande cosido en la parte izquierda. Pensé que había una cierta discordancia entre las indumentarias, las edades, sus actitudes y la categoría del local.

Gracián hablaba sin mirarme, con la atención clavada en los cuatro policías y en algún otro punto de la sala que también parecía interesante.

—Mira qué casualidad. La que está allí es la ex del juez Trujillo. Se han separado no hace mucho. Ven.

Cogimos las copas y nos pusimos en movimiento, Gracián delante y yo detrás, con las piernas inseguras y la mirada y el cerebro un poco turbios. Uno de esos momentos en que me planteaba que, si quería trabajar en serio por la noche, durante el día tenía que dosificarme un poco las copas.

Llegamos hasta la mesa de Regueira y sus hombres. En el sofá semicircular cabíamos de sobra, aunque los cuatro ocupantes se espatarraban y crucificaban los brazos sobre el respaldo abarcando mucho más espacio del necesario.

—¡Hombre, Gracián! —lo acogieron sin mucha alegría—. ¡El *hacker* más importante de la Policía europea!

—¿Cuántos pederastas has encontrado hoy en la Deep-Web, Gracián?

—¿Has visto porno interesante?

Nos hicieron un sitio en el asiento.

—No tan interesante como el que estabais mirando vosotros ahora mismo —respondió Gracián, sin hacerles mucho caso—. Este es Marc Olván, letrado.

—Hostia, un letrado.

—¡Un abogado! ¡Manos arriba!

Me dedicaron sonrisas acogedoras y me estrecharon la mano. El que llevaba la cazadora estridente de béisbol se desmarcó:

—Conmigo, no te confundas. No soy poli. Valentí Renom.

Era el payaso de la *troupe*. Las cejas arqueadas, siempre maravilladas, tan simpático él, la sonrisa complaciente dispuesta a celebrar exageradamente cualquier chiste, por malo que fuera, la boca muy abierta para tragarse cualquier cosa que le dijeran sus informantes.

—Cuídate de este, que es de la prensa —dijo Regueira—. Todo lo que digas será utilizado en tu contra.

Valentí Renom. Había visto su firma en un artículo sobre la detención del Cangrejo.

—¿Qué mirabais tan interesados? —preguntó Gracián, el más sereno de todos, buscando el morbo—. ¿A la mujer de Trujillo?

Se rieron todos salvo Regueira, que se había fijado en mí con interés. Tenía una barba espesa y oscura, y cabellos rizados, abundantes y negros, con pinceladas blancas que lo hacían interesante, y él insistía en hacerse aún más interesante con unas gafas negras que le ocultaban la mirada y las intenciones, y una sonrisa burlona inmutable que transmitía un desdén infinito, repelente y repugnante. Vestía chaqueta gris clara de lana, camisa negra y corbata roja. Callaba y observaba sin ser visto, siempre vigilante, siempre distante.

—¡Menuda fulana! —decía el rubio y gordo de la cazadora de cuero negra—. ¿La ves, allí? ¡Lleva un pedo como un piano!

Se llamaba Sancho Soliño y era un celta rubio, de cabellos escasos y transparentes, piel rosada, mejillas sopladoras, cabeza gorda sobre un cuerpo de músculos hinchados con mucho de esfuerzo y mucho anabolizante. Debía de usar ropa unos cuantos números más pequeña de su medida porque no podía abrochar la cazadora, y la camiseta y los pantalones le iban muy justos y daba miedo que le estallaran por las costuras. Se meneaba de forma que parecía que los bíceps, los tríceps, los trapecios y los glúteos le estorbaran y tuviera que acomodarlos de una manera especial a cada gesto.

Me pareció que todos iban un poco entonados, casi tanto como yo.

—¿Sabes qué hace, sabes qué hace? —intervenía el periodista, ansioso por adelantar la noticia. Era tal vez el más joven de los presentes. Bigote y gafas tintadas de verde, un poco oscuras pero que permitían ver sus ojos de niño ingenuo. Cabellos cortos, ondulados y con raya a la izquierda—. Siempre viene con esa panda de amigas, ¿las ves? —Hablaba con Gracián. Yo no existía—. Están buenas, eh, no te vayas a creer. Siempre juntas, forman un bloque impenetrable. No les digas nada porque te envían a la mierda. Pero hay días, cuando a una le da la vena, o se ha fijado en alguien, o va caliente o no sé qué, ves que una bebe de más y se descuelga del grupo. Y las otras pasan de ella y la dejan sola. Entonces, claro, una tía buena, achispada y sola enseguida va alguien a ver qué. Y ella se deja hacer, ¿verdad que me entiendes?

—Y hoy la curdela es Miranda, la mujer de Trujillo —apuntó el de la cazadora vaquera, que tenía cara de ser muy pero que muy desgraciado, rostro pálido con manchas oscuras bajo unos ojos enfermizos, y boca rota de dientes desordenados y sucios. Como si estuviera muy ofendido, o muy dolido, o muy compadecido, cabeceaba—: Esto no puede ser. Tenemos que pararla.

Regueira, tan serio como él, dio la orden:

—Ve a pararla tú, Duque, que a ti te escuchará. —Y se dirigió a mí para explicarme—: Trujillo siempre venía aquí, hasta que se separaron, no hace mucho. Ahora, últimamente, a su mujer le ha dado por volver y hacerse asidua, seguramente para ver si se lo encuentra, y cuando no se lo encuentra, suele montar el número y dice a quien quiera escucharla que es la mujer de Trujillo, y que Trujillo es un hijo de puta, que la dejó, que pasa de ella y de su hijo, y blablablá. Yo creo que nosotros no tenemos que tolerar eso.

No sé si decía «nosotros» refiriéndose a los cuatro presentes o a todo el Cuerpo de Policía.

El llamado Duque no hacía mucho que debía de ser el más joven del grupo, cara de niño con tupé de roquero, una monada hasta que le dio algún mal feo o le hicieron un hechizo con muy mala leche, y lo transformaron en zombi de una palidez verdosa, bolsas negras bajo los ojos y mirada triste, apagada y sin interés. Se levantó, dejó la botella de cerveza sobre la mesa y arrastró sus pies hacia el otro extremo de la sala, donde se reían y alborotaban cuatro mujeres muy elegantes, de ropa de marca, joyas auténticas y peinados de peluquería.

Debían de tener la cincuentena cumplida todas ellas, pero estaban tan bien conservadas como suelen estarlo las mujeres que han tenido tiempo libre y dinero para pagarse gimnasios, cirugías, cosméticos y un vestuario bien aconsejado. Parecían divertidas y me resultaron muy atractivas. Cualquiera de ellas, pero sobre todo aquella a la que se dirigió el policía que se llamaba Duque.

Era una especie de Ann-Margret perversa del *The Cincinnati Kid* de Norman Jewison. Mirada felina, penetrante, peligrosa y llena de promesas y sonrisa-mueca amenazante de mordisco. Duque se agachó para hablar con ella, que estaba sentada. Que bajara el tono, que se estaba poniendo en evidencia, que no era correcto mencionar el nombre de Trujillo en vano, casi parecía que se lo suplicara. Si le pudiera leer los labios, tal vez entendería «Con todo esto, solo se está haciendo daño a usted misma».

Ella, incomprensiblemente, aflojó, miró al suelo y le hizo caso. Él, con la partida ganada, insistía: «¿Por qué no se va a su casa y descansa? ¿Lo hará? ¿Me lo promete? Ya verá como mañana ve las cosas de otro modo».

Ella se puso en pie e hizo un gesto como para reconocer que no se encontraba bien, que estaba cansada y que quizá sí que la noche debía acabar en aquel momento. Sus amigas se guardaron las sonrisas y estuvieron de acuerdo con ella. Tan de acuerdo las vi, y tan inmediatamente, que enseguida me di cuenta de que la ex de Trujillo estaba llorando desconsolada, y que las demás la apoyaban.

Se encaminaron hacia la escalinata de salida lentamente y agrupadas, tocándose, cogiéndose del brazo o abrazándose, como un séquito fúnebre.

Durante las siguientes copas me enteré de que aquella pandilla había empezado a ir por el Racket porque iba Trujillo, y luego continuaron frecuentándolo porque les gustaba el ambiente y porque a menudo se presentaban oportunidades de ligar, cuando menos con alguna de las amigas de Miranda. Si no había suerte, a veces se iban «de novias», como decían ellos.

Y aquel era, precisamente, día de novias.

Regueira se puso en pie y dijo:

—¡Venga, chicos, basta de cervezas, que nos esperan las novias! —Se dirigió a mí con una ojeada de gafas negras—. ¿Te vienes de novias, Figurín? He reservado un par para cada uno, alguna sobrará para ti. Vamos, Duque, basta de cervezas, que luego no se te empina.

Policías y periodista abandonaron sus asientos a la primera voz, y enfilaron las gradas hacia la salida. Yo los seguí. Regueira me puso la mano en el hombro amistosamente.

—Venga, Figurín, que haces cara de no haber echado un polvo como Dios manda desde hace meses.

—No, gracias —respondí—. Me voy a casa. Es tarde y mañana trabajo.

—¡Coño, nosotros también trabajamos mañana! ¡Pero lo cortés no quita lo caliente! —Tenía una risotada grosera, de pirata violador—. Va, anímate. Vamos aquí cerca, a la avenida del Tibidabo. Al Harén. ¿Conoces el Harén?

Había oído hablar del Harén y, por lo que decían, sentía una cierta curiosidad, pero no me dejé tentar. En mi vida, solo había tenido dos experiencias con putas y ninguna de las dos había resultado satisfactoria.

—No, gracias.

En el aparcamiento, los cuatro se metieron en el Peugeot espectacular de Regueira, y Gracián y yo fuimos a buscar mi Suzuki Vitara unas cuantas calles más allá.

—Qué —me preguntó mi guía—. ¿Cómo te has quedado?

Capítulo 3

El caso de la Pelleringa

Por aquellas fechas me entró el caso de la Pelleringa, una mujer alta y fuerte, corpulenta, de hombros anchos y musculosos, de mandíbula prominente y manos enormes endurecidas por el trabajo físico. La habían detenido en aquella pequeña colonia de casas bajas, de uno o dos pisos, que hay por la Zona Franca, al pie de la montaña de Montjuïc, que algún día bautizaron como Casas Buenas como contraste con las Casas Baratas de Can Tunis y que, incomprensiblemente, fue respetada por las obras faraónicas, transformadoras e invasivas de los Juegos Olímpicos del 92. Malas lenguas dicen que las excavadoras respetaron aquel rincón porque ya entonces los Klimovski eran muy poderosos.

Entre naves industriales y almacenes, concesionarios de coches y descampados preparados para convertirse en edificios de oficinas, en la plazoleta del Einam, antes plaza de las Bielas, en el llamado Bar de la Zona, María Luisa Lezana Delgado, alias *la Pelleringa*, había atacado con una botella a José Molina Gutiérrez provocándole la pérdida de un ojo y una grave conmoción cerebral que lo mantenía en coma desde hacía un día. Hubo escándalo, denuncia, la consiguiente intervención de los Mossos d'Esquadra y detención con violenta resistencia por parte de la agresora, forcejeo y el agravante de resistencia a la autoridad.

Me sorprendió aquella mujer alta, fuerte y firme porque la encontré llorando, sentada en aquella estancia de la comisaría, encogida y vencida. Enseguida tuve claro que no era una mujer llorona ni que se rajara a las primeras de cambio, y cuando me miró, hostil y descarada, también entendí que no estaba fingiendo. Por lo tanto, se trataba de un caso más grave que una simple pelea de borrachos en un bar.

—¿Cómo te ha tratado la Policía? —le pregunté.

Asintió con indiferencia para indicarme que aquel no era el problema, que la Policía ya se sabe, que estaba acostumbrada a todo. Otra mujer escarmentada. Me hizo pensar en Lidia Pedralba. Pero a Lidia Pedralba los golpes le habían llenado los ojos de tristeza y dolor. A la Pelleringa, en cambio, se le habían teñido de odio. No me gustaría tenerla como enemiga.

—¿Te han hecho hablar?

Puso cara de asco.

—No hay nada de que hablar —dijo con acento andaluz—. Descalabré a un hijo de puta y ya está, y se lo merecía y que se joda.

—Entonces, ¿por qué lloras? —Cada una de mis palabras conseguía que ella me odiara un poco más—. Vamos, no eres una llorica. Si no te arrepientes y todo está claro, ¿por qué te hundes? Si te toca ir a la trena, me parece que tampoco será la primera vez. ¿Entonces?

—¿Sabes por qué estoy jodida? ¿Quieres saberlo?

—Sí. Quiero saberlo. Dímelo.

Me miraba, y paseaba la mirada por las paredes desnudas de la celda donde nos encontrábamos, con la expresión de quien ha renunciado a luchar y solo le queda esperar la muerte.

—Porque me ha matado —escupió por fin, siempre moviendo la cabeza arriba y abajo de manera imparable—. Porque el hijo de puta de Jose me ha matado. Ya estoy muerta. Y me jode la hostia estar muerta por culpa de un taja asqueroso y bocazas que no sabía ni lo que decía.

Me acodé en las rodillas para estar más cerca de ella.

—Cuéntame eso, por favor.

—¿Para qué? No hay nada que hacer. Si haces que el juez me suelte, estoy muerta. Me esperarán a la puerta de mi casa y, antes de que haya sacado la llave para abrir, me cortarán el cuello. Si me meten en la cárcel, estoy muerta, porque en la cárcel mandan ellos. Da igual lo que haga.

—Pero cuéntamelo. A lo mejor a mí se me ocurra alguna solución. Yo le transmitiré tu problema al juez.

Hizo un esfuerzo infructuoso por reír.

—Hace años que me dedico a cuidar de los niños del barrio. Sus padres tienen trabajo, o están en la cárcel, o no les gustan los niños. Me dan un dinero, pagan la comida y si les tengo que comprar ropa, o pañales, o lo que sea, y se desentienden. Siempre ha sido así. Y no hay problema. Hasta que ese mierda de Jose vino a verme y lo sorprendí metiéndole mano a la Xesqueta. Once años. Y ese mierda metiéndole mano y haciéndola llorar. Lo agarré del pescuezo y lo arrastré hasta la puerta. Y me dijo que le gustaba la nena, me ofreció dinero. Salió volando, cagondiós. Hijo de la gran puta. Y entonces vienen a decirme que está en el bar contándole a todo el mundo que yo vendo a los niños. Que doy las criaturas a quien me paga. Por eso fui al bar y lo hice callar a hostias. Porque me estaba matando, el muy cabrón.

—¿Te estaba matando? —No acababa de entender aquel dato.

—Algunos de los críos que tengo son Klimovski. ¿Sabes qué significa Klimovski? ¿Has oído hablar de los Klimovski?

Me eché atrás, espantado, y le dije que sí, que había oído hablar de los Klimovski.

—¿Sabes lo que me harán los Klimovski, cuando me vean?

—Pero no es verdad que tú vendieras a los niños —la defendí: yo era su defensor—. Eso solo lo decía un trompa resentido...

—¿Y qué? ¿Tú crees que los Klimovski se pararán a pensar ni un segundo si lo que dice Jose es verdad o no? La Pelleringa vende a los críos para que les den por culo, ¿qué te parece? ¿Qué te parece que me van a hacer? No se lo pensarán ni medio segundo. Estoy condenada, la madre que me parió. Tanto si me metéis en la cárcel como si me soltáis, los Klimovski me estarán esperando.

Callé, procurando transmitirle que yo no perdía la calma, esperando que terminara de desahogarse. Cuando estuve seguro de que me había entendido, y ya abría la boca para decirle que ya se me ocurriría algo, volvió a hablar pero en otro tono, más reflexivo. Ya había escupido todo el veneno que la intoxicaba y, de pronto, parecía que podía pensar con más serenidad y que se había encendido una lucecita en su memoria y su esperanza.

—Hay una mujer —dijo—. Una chica. Asistente social. Se llama Layla Raza. Conoce a los Klimovski, y si no puede convencerles ella, ya no puede convencerles nadie.

Hacía unos días yo no tenía nada que ver con los Klimovski. Me sonaban remotamente, de noticias aparecidas en el periódico y leídas muy por encima, había oído decir alguna vez que tenían un gran panteón en el cementerio del Poblenou que merecía la pena visitar, pero no mucho más. De repente, me enteraba y casi me implicaba en la detención del jefe supremo de la familia, conocido como *Cangrejo*, y aquella mujer me hablaba de los niños Klimovski de las Casas Buenas.

Al día siguiente, la acusada no declaró ante el juez porque yo le aconsejé que no lo hiciera, la fiscal habló de mi representada como si fuera una psicópata peligrosa y pidió prisión preventiva, y cuando acabé de exponer mis argumentos de defensa, la jueza me advirtió que la señora

María Luisa Lezana Delgado, alias *la Pelleringa*, era la agresora, que los daños provocados eran muy graves, que su víctima había perdido un ojo y estaba entre la vida y la muerte, y sería considerada la acusada y que, por lo tanto, mi solicitud de protección especial no sería tomada en consideración, y añadió, en un tono que casi me pareció una disculpa, que en todo caso, si lo que decía la señora María Luisa Lezana tenía alguna base, estaría más segura en la cárcel que en su barrio.

La Pelleringa abandonó la sala diciéndole que acababa de condenarla a muerte y después supimos que la jueza había decretado prisión preventiva, porque la acusada no se mostraba arrepentida y podía reincidir en la agresión.

Yo fui al Centro de Servicios Sociales donde trabajaba la asistenta social llamada Layla Raza. Era una joven pequeña, de piel tostada, ojos muy grandes y pelo negro que sujetaba en cola de caballo. Hablaba un catalán barcelonés perfecto que me hizo suponer que era hija de inmigrantes que se habían integrado bastante bien. Era asistenta social, conocía a la Pelleringa, aceptó hacer de testigo en el juicio y me dijo que hablaría con algún representante de los Klimovski para tratar de convencerles de que todo lo que decía José Molina Gutiérrez eran mentiras a las que no había que hacer el menor caso. No me garantizaba nada, claro, y dio la conversación por terminada porque tenía mucho trabajo.

Aproveché para preguntarle:

—¿Los Klimovski viven en este barrio?

—Solo una parte —me dijo—. Los Klimovski viven diseminados por toda la ciudad. Los hay en Nou Barris, en el Guinardó, en la Mina, en el Poble-sec, e incluso en el centro de la ciudad. Dicen que son originarios de aquí, de las Casas Buenas, eso sí, y aquí vivían sus abuelos, el primer Tío Klimovski, la Bisabuela, que durante unos años fue la que más mandaba, y la que hizo crecer el poder de la familia hasta los niveles que tiene ahora. No hace mucho que murió la Bisabuela y el Abuelo se fue a vivir al Poble-sec. Cuanto más poder tienen, más espacio necesitan.

Y vi cómo se alejaba, muy decidida y esbelta, por un pasillo hacia el interior del centro. Y yo mirándole el culo y, cuando desapareció por la primera esquina, parpadeando y ahuyentando tentaciones, preguntándome «¿Qué coño te pasa, Marc?». Teniendo lo que tenía en casa.

¿Qué coño te está pasando, Marc?

Llegaba a casa y ¿tenía que comportarme como si la presencia de Lana fuera un estorbo? Siempre habíamos presumido. «Estamos tan compenetrados que no necesitamos estar abrazados y besuqueándonos cada día para saber que nos queremos», «Nos queremos a la distancia». Y yo abría otra cerveza, la enésima del día, y me decía, muy ufano: «Venga, que hoy vamos a hacer el amor» —perdonadme que lo diga así, qué queréis que os diga, así es como lo decíamos Lana y yo, hacíamos el amor, suene como suene—, «Vamos a hacer el amor», como si le hiciera un favor, o como si me lo hiciera a mí mismo. ¿Iba a hacer el esfuerzo de hacerle el amor?

«No hay que hacer el amor cada día», habíamos dicho alguna vez.

Y no lo hacíamos nunca.

Va, venga, vamos, hoy sí. El sábado Lana llegó tan tarde que me encontró dormido delante del televisor. Se me había derramado la cerveza que tenía en la mano y había ensuciado el sofá y mis pantalones, que parecía que me hubiera meado. Estábamos los dos tan cansados que no podíamos ni plantearnos una nueva noche de amor. La noche anterior ya habíamos tenido un revolcón. Y el domingo me dijo que no vendría a comer a casa de mi padre y me cabreé.

Cada domingo íbamos a comer a casa de mi padre, ¿y tenía que esperar al mismo domingo para decírmelo?

—Tenemos que trabajar en la iluminación.

—¿Hoy? ¿Domingo? ¿A la hora de comer?

—Jean-Jacques llegó ayer por la tarde de París, y se va hoy por la tarde. Solo tenemos el día de hoy para trabajar. Además...

Fue el «además» lo que me puso a parir. Me pareció que quería decir que, además, ir a comer con mi padre y Abelard era una lata. Más de una vez había ridiculizado las risitas de mi padre, que siempre se hacía el gracioso, siempre tan obsequioso y tan amanerado, interpretando su papel de payaso y bailando por el pasillo.

Porque, cuando murió mi madre, ahora hace un año, a mi padre le faltó tiempo para correr a enrollarse con Abelard, su amigo del alma, y ya hacía seis meses que estaban viviendo juntos.

Para mí fue un golpe muy fuerte, no lo voy a negar. Y, bien mirado, para mí también era un trago ir a comer cada domingo al pisito que compartían en Gràcia. Todo había ido demasiado deprisa. No podía evitar preguntarme si los dos hombres ya estaban enrollados mientras vivía mi madre. Imaginaba un adulterio humillante, idas y venidas y mentiras y excusas, y me ponía en el lugar de mi madre y me deprimía. O a lo mejor ella ya estaba enterada de la tendencia sexual de mi padre, y ya lo toleraba —¿desde hacía cuántos años?— y continuaban viviendo juntos, ¿tal vez por mí, para que no me escandalizara? Me pregunto si la tendencia homosexual de mi padre habrá influido en mí en algún sentido. ¿La falta de atracción por Lana tendrá algo que ver con ello? ¿O la atracción por mujeres inabarcables, imposibles? Pienso en el amaneramiento de mi padre, actor cómico en un grupo de teatro de la parroquia, y a veces me miro en el espejo y trato de analizar mi manera de moverme. Mi padre siempre fue muy expansivo, muy expresivo, muy cuidadoso con la manera de mover las manos, la manera de mirar, tan franca y sincera que, bien mirada, era una forma de autoadmiración. ¿Cómo es que yo nunca me había dado cuenta?

Desde pequeño había ido a verle al teatro de la parroquia, primero cuando hacía de Demonio de los Pastorets; luego, en todas las representaciones que siguieron. *El café de la Marina*, de Sagarra; *Gente bien*, de Rusiñol; *Todo con patatas*, de Wesker; *Aquiles o lo imposible*, de Llorenç Villalonga; *La señora Florentina y su amor Homero. El maniquí,* de la Rodoreda, o *La cantante calva*, de Ionesco, o *Situación Bis*, de Pedrolo, cuando les dio por el «teatro difícil», como decía mi madre. Mi padre siempre hacía el papel protagonista o dirigía la obra, y Abelard era el actor secundario, o el ayudante de dirección, o el regidor. ¿Cómo no me di cuenta antes?

Mi bisabuelo tenía una modesta fábrica de muebles de madera de pino en unos bajos de la Izquierda del Eixample. Mi abuelo vendió la fábrica al socio, que quería ampliarla y diversificarse y exportar y todo, en lo que mi madre llamaba «delirios de grandeza», y nosotros nos quedamos con el local de la calle Sepúlveda para vender muebles muy especiales, más utilitarios que bonitos, de formas redondeadas y sencillas, y mi padre se hizo cargo de la tienda por pura inercia, acaso para no tener que plantearse qué hacer. A él, lo que le gustaba era el teatro y vivía más para buscar textos, aprendérselos e inventar puestas en escena que para atender la tienda. Siempre supuse que, realmente, vivíamos de la herencia del abuelo y a base de no hacer excesos. Desde la llegada de Ikea, nuestros muebles dejaron de venderse y el negocio se convirtió en tienda de decoración, donde podías encontrar detallitos de buen gusto, de esos que sirven para regalar en según qué ocasiones de compromiso. Mi madre —que tenía un sentido del humor muy particular— decía que teníamos una tienda de «pongos».

Aquel domingo, al verme llegar sin Lana, tanto mi padre como Abelard lo lamentaron de una manera que me pareció excesiva, como si les hubiera arruinado el día. La excusé, hablando de la preparación de la iluminación de la exposición que preparaba para el Festival ARCO de Madrid. Ah, eso sí que les gustaba, la serie de fotografías que se titulaba «Desnudos masculinos». Durante toda la comida —canelones y pollo al ast comprados en la tienda de abajo— se deshicieron en elogios, y se atropellaban recordando cosas que había dicho Lana en comidas anteriores, y se señalaban con los dedos índices, y se reían de los chistes que ella hacía (¡«soy ciclista»!) y aplaudían aquellos razonamientos tan agudos que solía hacer. De mí, ni hablar, claro. Con mi padre y su compañero no puedo hablar de mi trabajo porque les parece vulgar y desagradable, «siempre en contacto con chorizos y delincuentes de pacotilla». Decían «Si llevaras un caso de esos de grandes estafadores, o políticos corruptos, o un asesino en serie...» y se partían de risa.

Bebí cerveza al llegar, vino durante la comida, y me pedí un poco de coñac para acompañar el café, y no pudo faltar un comentario penetrante: «¿No bebes demasiado?».

Y me salvó una inesperada llamada al móvil. Un cliente. Acababa de conseguirle la libertad condicional y habían vuelto a detenerlo. Lo habían pillado vendiendo una bolsa de marihuana. Me necesitaba.

Los dejé riendo y mirándose, como si pensaran que yo no tenía remedio.

Capítulo 4

Cotilleos con cerveza y gin-tonic

El lunes, 10 de octubre, me telefoneó Lidia Pedralba a primera hora y me pilló mal dormido, con resaca y de mal humor. Que ya hacía una semana desde que habíamos hablado: ¿qué había podido averiguar de Trujillo? Estuve a punto de enviarla al cuerno, pero no lo hice. Me embarqué en una disertación complicada donde jugaba un papel importante lo que me había dicho mi amigo Gracián. Que es muy difícil llegar hasta un juez, que todo el mundo lo protege, que nadie le conocía ninguna irregularidad, aparte de los errores normales que cometemos las personas por el mero hecho de ser personas, y que era lo que, en nuestro argot, se conoce como «carcelero». Es decir, que tendía a enviar a todo el mundo a prisión preventiva, como había hecho con su hijo.

Enseguida me arrepentí de no haberme librado de ella, porque me atacó con toda la furia y ansias de ganarme para su causa. Al final, conseguí quitármela de encima.

Posiblemente debido a aquella llamada, que volvió a poner el nombre de Trujillo sobre la mesa, por la noche decidí acercarme otra vez por el Racket.

A solas, sin Gracián, lo que primero busqué desde la barra en cuanto entré fue la presencia de la ex del juez y sus amigas. No las vi. Los que sí se hacían notar en el sofá semicircular de la otra vez eran Regueira Barba Blanquinegra y sus amigos. Bebían cervezas y hablaban muy animados.

En la pista, unas cuantas parejas bailaban displicentes, agotadas por el ejercicio del pádel, como si el baile fuera el último ejercicio gimnástico y estuvieran pensando en el momento de irse a casa y dejarse caer sobre la cama con la exclusiva intención de dormir.

Me pedí un gin-tonic de Seagram's. Di el primer sorbo en la barra, en cuanto me lo dieron, y enseguida me di cuenta de que aquel trago era exactamente la copa de más que te transforma en otro hombre. La poción que convierte al aburrido, burgués y moralista doctor Jeckyll en el divertido y travieso amigo Hyde. De repente, entendí el subtexto del cuento de Stevenson. Solo me faltaba saber con qué ginebra lo preparaban.

Con piernas de goma, procurando no tropezar con las mesas ni con los bailarines que regresaban derrotados a sus asientos y a sus copas, bajé hacia la pista en plena metamorfosis. Al Capone, Lucky Luciano, Bonnie, Clyde, Humphrey Bogart y Kirk Douglas me contemplaban con envidia y resentidos, porque estaban colgados de la pared, inmovilizados y en blanco y negro como cadáveres, porque estaban muertos, mientras que yo estaba vivo y en colores y era guapo y aquella noche, si quería, podía comérmelo todo.

Me acerqué a la pandilla de policías lentamente, como por inercia, por pura educación pero sin muchas ganas. Aquel día no estaba el periodista Renom y, en cambio, se había añadido un hombretón grande y pesado, arrellanado en el sofá, abotagado y cansado de vivir.

Me planté junto al sofá semicircular y los observé desde las alturas, con esos ojitos que se me posan, y esa sonrisa, precursores de alegría y jolgorio. Los estuve contemplando como si fueran monos en el zoo, quieto y callado hasta que me prestaron atención.

El muchacho desgraciado, triste y enfermizo, de rostro amarillento, que se llamaba Duque, el que el otro día había echado de la discoteca a la ex del juez Trujillo, hablaba sin entusiasmo, como rindiéndose antes de tiempo, incapaz de convencer a los otros, de que estaba a punto de llegar el Gran Descalabro, cuando toda la Unión Europea se iba a ir a la mierda y España podría imponer de nuevo sus propias reglas y dejaríamos de imitar como idiotas lo que hacen las democracias occidentales. Se resistía a escuchar que la caída de Bolsonaro en Brasil indicara que las cosas no iban todo lo bien que él decía. «La Meloni ha ganado en Italia», imponía con tanto énfasis que regaba a su auditorio de salivilla, «y mirad la hija de LePen en Francia...».

—Bah —lo ninguneaba con voz aguda el celta rubio que reventaba las costuras—. Bah, la Meloni y la LePen, todo mujeres. ¿Tú te fiarías de ellas? Yo no me fiaría... Mujeres. Si tenemos que confiar todo el movimiento a la fuerza de las mujeres, estamos perdidos.

—¡Mira a quién tenemos aquí! —exclamó Regueira, después de esperar unos instantes a que yo diera el primer paso—. El Figurín.

Era la segunda vez que me llamaban Figurín, y pensé que, si ya tenía mote, era porque en algún momento habían hablado de mí. Para bien o para mal.

Los otros tres se volvieron hacia mí y me sonrieron. Regueira burlón, como siempre, con el desprecio y el asco que algunas personas experimentan hacia los alcohólicos; pero los otros tres me parecieron amables y sinceros.

Levanté la copa de gin-tonic a manera de saludo.

—Siéntate, siéntate con nosotros.

Estaban aburridos de la paliza política que les estaba endiñando Duque, tenían ganas de cambiar de conversación y yo era un buen pretexto.

—¿Qué te trae por aquí? —me preguntó el celta rubio, Soliño, Sancho de nombre—. ¿Te gustó el ambiente?

—Yo sé lo que le gustó —intervino Regueira, detrás de las gafas negras y de su sonrisa burlona—. Miranda, le gustó. Que vi cómo te la comías con los ojos.

—Qué dices —protestó Duque, resignado a perder protagonismo—. Si podría ser su madre.

—Pero le gusta —me provocaba Regueira.

De repente, desde el fondo de mi naufragio alcohólico, se me escapó una risotada imparable. Se me ocurrió que ellos no sabían por qué estaba allí; creían que buscaba a la tal Miranda por un motivo concreto, para ligármela, para tirármela, pero no era por eso, no era por eso, y me partía de risa nerviosa ante semejante confusión, aquel engaño grotesco y vodevilesco, y, para justificar la hilaridad, solté un comentario, el primero que se me ocurrió, una ocurrencia de mal gusto, una grosería que me pareció que tenía que gustarles, y acerté de lleno. Celebraron la procacidad con una carcajada colectiva cargada de burla: les hacía tanta gracia el chiste como la cogorza que me ponía en ridículo. El hombre grueso y pesado se reía hacia dentro, como si le hirvieran las vísceras, temblando como un flan, la cara roja, granate, a punto de explotar. Soliño se quejaba en agudo, doblándose por la cintura y braceando. Duque no sabías si reía o lloraba, mar de lágrimas y gemidos. Únicamente Regueira conservaba la compostura, con la boca abierta, ja, ja, ja, pero manteniendo la distancia de quien todo lo sabe y controla y, a pesar de eso, se sorprende de las salidas que tiene el Figurín, quién iba a decirlo. Qué risa loca, los cinco desternillándonos en aquel sofá tan raro. Joder, qué divertido, no se podían quejar. Había sido llegar yo y todo eran risas y felicidad.

—Hoy no ha venido, ¿verdad? —dije, para animarles a que continuaran con el tema.

—No —Regueira fingía lamentarlo. Quería tomarme el pelo—. Lástima. Has hecho el viaje en balde.

—Pero ¿te gusta o no te gusta? —se interesaba sinceramente Soliño, dispuesto a encontrarme una debilidad.

—Hombre, está buena —acepté sin comprometerme.

—Está como una regadera —sentenció Duque, el gafe—. Ni te acerques.

—Está como una regadera, pero para una noche ¿no? —insistía el inspector de primera, cada vez más impertinente—. Por una noche merece la pena probar.

Di un paso más en el camino de la indagación:

—Me hizo gracia lo que dijisteis de que, de vez en cuando, se descuelga como si estuviera ciega perdida, para ver qué pesca.

—Si algún día te la encuentras, date a conocer; se fijará en ti y le gustarás. Con esta pinta y tu manera de vestir, seguro que pica. Verás que sus amigas se retiran discretamente, y ella se queda en una butaca, así, oteando el horizonte. Entonces, tú te acercas y te la comes.

—¿Y el juez? —solté.

—¿El juez Trujillo? —se sorprendió Soliño el rubio, rosado y musculoso, a punto de estallar—. No te preocupes por el juez. Están separados.

—No, no —intervino el tristísimo Duque—. Esto no significa nada. Si tú has tenido una mujer como Miranda, si ves que se la lleva otro, eso duele. ¿Y a un tío como Trujillo? Pues más aún.

—¿Qué quiere decir un tío como Trujillo? —cuestioné—. ¿Es muy celoso? —Los cuatro me miraron, sin intención de responder. Aproveché tanta atención para atreverme un poco más—: Qué cabrón, ese Trujillo, ¿verdad?

Era justo lo que no tenía que decir. La tensión y la atención aumentaron unos cuantos grados. El desaliñado y desvalido Duque se me quedó mirando, muy pendiente de mis próximas palabras; Soliño Rubio y Gordo apartó la vista como si de pronto le interesara muchísimo la música que sonaba; el hombre gordo y enorme, calvo y de mejillas caídas suspiró mirándose la punta de los pies. El inspector Regueira me contemplaba inmóvil como la pantera negra antes de saltar sobre su presa, desafiándome a continuar: «A ver qué vas a decir ahora».

—Bueno —farfullé, siempre sonriente para convencerles de que mi imprudencia era consecuencia de la bebida—, os echó la culpa de lo del Cangrejo a vosotros, ¿no? Organiza él toda la operación y, cuando sale mal, dice que es culpa vuestra. Qué cabrón.

—Era un caso complicado —resumió Regueira, hablando despacio y pronunciando muy claro, para que no me perdiera ni una sílaba—. Los veteranos sabemos que los casos complicados pueden torcerse cuando menos te lo esperas, y sabemos encajar.

—Los jueces son complicados —intervino Soliño, mirando hacia otro lado, como hablando consigo mismo.

Inesperadamente, intervino desde las profundidades del sofá el hombre grande y gordo. Era enorme, de metro noventa de altura por metro noventa de ancho, siempre un poco encorvado, como si se avergonzara de su envergadura. Hay dos clases de hombres gordos. Los buenazos, vitales y vividores, amigos de los niños y amantes de la comida y las buenas siestas; y los ogros terroríficos de mirada feroz, que se comen a los niños con patatas y sueltan eructos y pedos que hacen tambalear montañas y rascacielos. Aquel daba miedo porque reunía las dos personalidades. Tan pronto parecía dormitar en estado vegetativo, con los párpados a media asta, como echaba fuego por los ojos y torcía los labios de manera que parecía capaz de arrancarte el brazo de una dentellada.

Se hizo oír con voz profunda de bajo, como de trombón.

—Trujillo es un hombre de honor, un hombre como es debido —sentenció, desafiando a cualquiera que le llevara la contraria—. Un hombre de honor. A él no puedes faltarle al respeto. Si entra un detenido diciendo «Sí, Su Señoría, no, Su Señoría», todo irá bien. Pringará, porque si tiene que pringar, pringa, porque Trujillo es recto y riguroso; pero si el detenido entra protestando «Que reclamo mis derechos», «que no hay derecho», «que esto es una injusticia», así, descarado y a gritos, ya te digo yo que ese se arrepentirá toda su vida. ¿Es así o no es así? —Sus compañeros asentían: era así, era así—. Trujillo los tiene muy bien puestos.

—Este es Bulla, un compañero —Soliño se creyó en la obligación de efectuar las presentaciones formales—, Roberto Bulla. No os conocíais, ¿verdad? Este es abogado. ¿Cómo te llamabas?

—Marc Olván. —Estreché una mano enorme, blanda y húmeda, para pasar enseguida al tema que me interesaba—. Y quieres decir que, si yo me ligo a su mujer, qué. ¿Qué haría, Trujillo?

—Nada, hombre, nada —me tranquilizó Soliño.

—¿Nada? —Duque protestaba agorero—. Ya lo íbamos a ver, si nada.

—Trujillo envió a la mierda a esa mujer ya hace mucho tiempo.

—Lo dejó ella —puntualizó Bulla, de voz profunda—. Que aún me parece que lo veo por esas mesas del fondo, tocado y hundido como un *Titanic*. Que ahora ella viene con ganas de encontrárselo y amargarle la vida.

—Pero ¿lo dejó ella a él o él a ella?

—Ella, ella lo dejó —me aclaró el desgraciado Duque, portador de pésimas noticias.

—¿Y por qué lo dejó? ¿Se sabe?

—El hijo. Él lo envió a estudiar a los Estados Unidos y ella no quería. Eso es lo que dice la mujer cuando bebe de más y lo suelta todo. Madre e hijo estaban más unidos que ella y el marido y, cuando Trujillo envió al niño a la Universidad de Columbia, se les hundió el chiringuito.

—Pero ahora vuelve a buscarlo.

—No. Para joderlo. Ya sabes cómo son las mujeres. Ahora debe de arrepentirse de haberlo perdido y le da el despecho.

Me extrañó que el melancólico Duque hablara de las mujeres con tanto desprecio después de haberlo visto hablando con Miranda, la otra vez. Me había parecido que lo hacía con respeto y delicadeza.

—¿Tú sabes hablar inglés? —intervino el inspector Regueira.

—Un poco, sí —reconocí.

Dije «*When I drink, my English is much better*» y volvió la hilaridad irrefrenable. Añadí «*Oh, yeah*», y adoptaron la expresión como grito de guerra. «*Oh, yeah, oh, yeah*».

—Tú, con esta pinta y hablando inglés, puedes pasar por un actor americano. John Ruger, o algo así. Mira a esas periquitas de allí. Tú vas y les dices... No: yo te presento. Mi amigo americano, que trabaja en Hollywood, y te lo comes todo, tío. ¿Y no te gustarían más esas periquitas que la mojama de Trujillo?

—No lo líes —gruñó, con sonrisa cruel, el gigantesco Bulla—, que al Figurín le gustan las maduras.

—No me líes tú —protesté—, yo no estoy diciendo nada.

Un rato después, el alcohol todavía me dio ánimos para volver a insistir, en un aparte, en confianza, con Soliño:

—Pero ¿cómo fue lo del Cangrejo? ¿Cómo fue que lo detuvisteis? ¿Y por qué lo soltó el juez?

Soliño Rubio y Gordo chilló con tono agudo:

—¡Que la cagamos, joder, la cagamos! Nos pasamos de listos y la cagamos.

Y yo me reí como el borracho que a todo le encuentra la gracia. Reír cansa. Y reír y beber gin-tonic cansa el doble. Me encontré jadeando como si acabara de hacer un gran esfuerzo, patidifuso en el sofá y procurando mantener los ojos abiertos.

—¿Vives muy lejos? —me preguntó Duque, de cara verde y triste, que parecía la niñera de la pandilla—. ¿Tienes que conducir?

La típica pregunta que se hace a los que van más bebidos cuando ya es hora de irse.

—*Oh, yeah* —respondí.

Y nos reímos, claro, pero ya no fue el estallido de felicidad. Como si ya se hubieran terminado todas las risas auténticas.

Hora de volver a casa.

Capítulo 5

Golpe al narcotráfico

El domingo siguiente, Lana ya no consideró necesaria una excusa para no asistir a la comida en casa de mi padre. Que no iba a ir y basta. Yo cargaba una resaca del quince y me enfadé y exploté como si me las viera con un fiscal ignorante, inepto y tramposo. Ella, que nunca se arrugaba, replicó imitando a mi padre cuando recitaba o cantaba aquellos versos del *Jaume el Conquistador*, de Pitarra: «*Amb els dos talonets de ses botines, ella m'anava repicant les anques...*» («Con los dos taloncitos de sus botines, ella me iba repicando las ancas...»). En la imitación afectada y con voz aflautada («ña, ña, ña»), me pareció percibir una mofa homófoba, y se lo reproché, sin tener en cuenta que Lana no soportaba que la tildaran de homófoba, ni de racista, ni de machista. Se produjo un enfrentamiento bestial, de resultas del cual divisé por primera vez la posibilidad de una catastrófica ruptura, y me asusté.

Durante la comida, mi padre cantó, con la música con que un día La Trinca había ilustrado la escatológica parodia atribuida a Pitarra: «*Amb els dos talonets de ses botines, / ella m'anava repicant les anques, / em remenava els ous amb ses mans fines / i jo besava ses mamelles blanques*» («Con los dos taloncitos de sus botines, ella me iba repicando las ancas, / me removía los huevos con sus manos finas / y yo besaba sus pechos blancos»). Y luego preguntó por Lana.

—¿Qué tal, Lana? ¿Cómo está? ¿Cómo tiene la exposición? Supongo que debe de estar trabajando entusiasmada, ¿verdad? Así, como es ella. Qué chica tan fantástica. Me encanta pensar que trabajó tantos años en la tienda de su padre, fotografiando bodas y bautizos. Me gustaría ver las fotos que hacía entonces, porque estoy seguro de que ya estaban impregnadas de concepto, ¿a que sí? ¿Tú las has visto? A mí me parece que la obra de Lana está, como digo yo, impregnada de concepto.

Volví deprisa a casa para hacerme perdonar por Lana. Ella me dijo que estaba muy nerviosa por su trabajo, y acabamos en un polvo interminable que no resultó tan satisfactorio como hubiera sido necesario. Yo terminé desnudo, boca arriba sobre la cama, solo, bebiendo whisky y pensando «Qué nos sucede, vida, que últimamente...».

Y ella en el comedor, hablando por el móvil.

Entré en aquella época nueva de mi vida en que me decía que si me encontraba mal no era porque ayer hubiera bebido demasiado, sino porque hoy todavía no había bebido suficiente.

Por las noches, me reunía en el Racket con Regueira y sus mariachis, y nos reíamos mucho, y bebíamos mucho. Tal vez yo fuera el que más bebía, bajo la mirada negra, escrutadora, impertinente e invisible del inspector de la barba entrecana.

El lunes, me despertó una llamada de Lidia Pedralba al móvil.

—¿Quién?

—Lidia Pedralba —en el tono de «¿cómo puede ser que no me reconozca?».

—Ah, sí.

—Bueno, le llamaba porque ya hace quince días que hablamos y me gustaría saber si hay algún progreso.

—¿Progreso? Bueno, sí... —Resaca insoportable—. He averiguado algunas cosas. Pero no tengo material para hacer un informe serio. De hecho, todavía no he podido ni acercarme al juez Trujillo. La verdad es que no sé nada. Mire: verá, hágame caso. Quíteselo de la cabeza.

Ella, que respiraba ruidosamente por el auricular, me interrumpió:

—¡No, no lo deje, por favor! Tarde o temprano ese hijo de puta acabará por meter la pata...

—... No he facturado nada por su caso y no me veo con ánimo de facturar nada, porque no avanzo.

—Pero insista. Seguro que tarde o temprano...

—Bueno, sí, de acuerdo. Si usted insiste, yo insistiré. Trataré de acercarme a Trujillo. En fin. Póngase en contacto con Pacheco. Él la mantendrá informada. No me llame a mí, ¿de acuerdo? Yo informaré a Pacheco y Pacheco la informará a usted. Será lo mejor.

A continuación, debería haber llamado a Pacheco para decirle que abandonaba el caso, pero me agobiaba la resaca, me esperaba mucho trabajo en el bufete, y Pacheco insistiría para que siguiera adelante, con un par o tres de informes, porque eran ochenta euros cada informe, y no me veía capaz de soportar una discusión. Pacheco solía hablar en un tono de voz demasiado alto.

Y por la noche volví al Racket. Por el camino, me preguntaba por qué lo hacía. Si pensaba dejar el caso, si los policías de Regueira me parecían detestables, si ni siquiera me gustaba la música del local. A lo mejor, lo único que me llevaba allí eran los gin-tonics.

«Barcelona capital de la coctelería, Barcelona Cocktail Experience. Cóctel del día: Tom Collins».

En la barra, Pepo con gafas oscuras como un Ray Charles del cóctel.

—Hola, Pepo, ¿cómo va ese ojo?

—Muy bien, pero me parece que le he pillado el gusto a usar gafas oscuras. No veo bien, pero me hacen muy interesante, ¿no te parece? ¿Qué haremos, hoy? ¿Tom Collins?

—No. Hagamos un gin-tonic. Y no me lo cargues mucho, que querré otro.

¿Qué hacía, yo, en el Racket, aparte de hincharme a gin-tonics como cada noche?

La mirada se me fue hacia un rincón muy preciso, aquel donde se reía Miranda, la ex de Trujillo, con sus amigas. Cuatro mujeres elegantes empeñadas en demostrar que se lo pasaban de maravilla. Miranda.

El sofá semicircular de la primera fila, aquella noche estaba ocupado por un grupo extraño. No estaban los policías. Recordé que habían comentado que estaban preparando un operativo muy importante.

—Tu gin-tonic.

—Gracias, Pepo.

Bajé lentamente buscando una mesa vacía, con la copa en la mano y la mirada clavada en el grupo de mujeres. Pensaba en abordar a Miranda y preguntarle por su marido. «¿Por qué os separasteis? ¿Qué te hizo?». Me habían hablado de algo que había pasado con su hijo.

Ocupé una mesa cerca del grupo de mujeres. Lo bastante cerca como para darme cuenta de que no se lo estaban pasando todo lo bien que parecía. Fingían. La rutina de cada noche en el Racket. Solteras, viudas, separadas, acaso alguna adúltera que no tenían otra cosa que hacer durante el día que ir de la peluquería a la manicura, de la manicura al masajista, del masajista a las tiendas del centro, y por la noche a tomar una copa al Racket, como de costumbre. Me excitaba pensar que, de un momento a otro, una podía descolgarse del grupo, supuestamente vencida por el alcohol, esperando al macho que decidiera aprovecharse de ella.

Miranda levantó la vista y sus ojos grandes, brillantes, de largas pestañas, se fijaron en los míos.

No sé si me reconoció como el habitual acompañante de los policías del sofá semicircular. Imaginé que sus amigas se apartaban o abandonaban el local y ella se quedaba sola y desamparada, dándome la oportunidad de acercarme. «Háblame de tu marido».

Pensé: «No: tengo que estar más sereno». No se me ocurrió pensar en Lana, en su belleza, en la fidelidad. «No, hoy no puedo» significaba que otro día sí iba a poder y entonces lo intentaría. Tenía que procurar beber menos alcohol durante el día la próxima vez que tuviera previsto visitar el Racket.

Camino de casa, sin embargo, fantaseé con la posibilidad de hacer el amor con Lana, si la encontraba en casa. Tenía ganas. No podía borrar la mirada de Miranda, y todo lo que me imaginaba me iba excitando más y más.

Lana no estaba.

Las dos de la madrugada y no estaba.

Mantuve los celos a raya. Lana y yo nos habíamos prohibido los celos. Me serví un vaso de whisky porque, total, lo siguiente que tenía que hacer era ir a dormir, y me arrellané en el sofá delante de la tele buscando alguna película o alguna serie en Netflix que me interesara. Antes de encontrarla ya me había terminado el whisky y decidí que no quería que Lana me sorprendiera despierto. No quería hablar con ella, ni preguntarle de dónde venía, ni por qué venía tan tarde, ni ver si venía satisfecha o aburrida, eufórica o deprimida, o triste, o feliz.

De manera que me acosté y, cuando ella llegó, fingí que dormía.

Mi vida había dado un giro brusco. Coincidía con Paco Passeres en el bufete y realizaba los trabajos que hicieran falta, e iba a la comisaría de Mossos, o a la Ciudad de la Justicia a hacer acto de presencia, o desayunábamos, comíamos o cenábamos con Lana en casa, y nos reíamos, y nos metíamos mano mutuamente, o no, y hacíamos el amor, o no, pero mi bajo vientre vibraba como un motor al ralentí cuando pensaba en la pantera llamada Miranda.

El jueves, Lidia Pedralba me volvió a llamar. Al ver su nombre en la pantalla del móvil, estuve a punto de no contestar, pero después de un momento pulsé el botón dispuesto a despedirme de ella definitivamente.

—Sí.

La voz enérgica me golpeó en la oreja como una bofetada.

—Perdone que lo llame, ya sé que está muy ocupado, pero ¿ha leído los periódicos?

—Eh... —No, no había leído los periódicos, no tengo costumbre—. ¿A qué se refiere?

—¿A qué me refiero? Al «gran operativo» de nuestro querido juez Trujillo. Entrevista a toda página. ¿No lo ha visto? ¿Qué le parece? Yo creo que es su redención, ¿y usted? Se está lavando la cara. Todo ese despliegue de propaganda, ¿no le parece que tiene que esconder pecados muy grandes? ¿Qué le parece?

—No, no, no lo sé —tartamudeé agobiado—. Es demasiado prematuro para decir nada aún. Lo estoy analizando.

—Pero ¿no le parece que toda esta exhibición de bondades es excesiva? ¿Es normal que se aplauda tanto a un juez en la prensa? ¿Porque ha detenido a cuatro narcotraficantes? ¿No es su obligación? ¿No hacen eso mismo docenas de jueces, cada día? ¿No le parece que están encubriendo algo?

—De momento, no me parece nada. Perdone. Ahora no puedo hablar.

Corté la comunicación.

Camino del despacho compré cuatro periódicos. En las portadas, noticias del estilo de «El PSOE discute la ley trans» o «Irán prepara nuevos envíos de drones y misiles para Rusia». El primer indicio que encontré de lo que había mencionado Lidia fue en «la Contra» de *La Vanguardia*, donde entrevistaban a toda plana al juez Daniel Trujillo. Titular: «Los narcos nos han declarado la guerra». La foto era un contrapicado y él levantaba la barbilla y fruncía los ojos, soberbio y desafiante. Traje azul marino, camisa azul cielo y corbata roja con un pequeño estampado negro. Guapo y triunfador.

Me encerré en mi despacho del bufete, pedí a Montse que me llevara un café, saqué la botella de whisky del cajón y busqué las páginas dedicadas a esos hechos luctuosos que la mayoría de gente pasa de largo porque resultan de mal gusto, porque se repiten a menudo y todos se parecen y, sobre todo, porque no hablan de nuestro mundo. Suelen suceder en sitios que no hemos pisado nunca, o en momentos en que no estamos, y son protagonizados por individuos raros y vulgares, ya sean delincuentes como policías o jueces, gente ocupada en unas actividades sórdidas, desagradables y perniciosas y preocupada por acontecimientos escalofriantes que nunca han formado parte de lo que entendemos por vida normal. Encontré la noticia, destacada, eso sí, entre otras del estilo de «Detenido un conductor sin carné, con un cargamento de hachís y una orden de ingreso en prisión» o «Investigado un hombre por poner lazos de caza ilegales para atrapar conejos».

«Golpe al narcotráfico en el pueblo de Gavà». «Redada contra el crimen organizado en Gavà». «Diecinueve narcos detenidos en la provincia de Barcelona». «Desmontada una red de traficantes de drogas».

El reportaje más extenso, con gran cantidad de datos, detalles y anécdotas, estaba firmado por Valentí Renom, aquel periodista que había conocido en el Racket, bigote, gafas verdes, risa de oreja a oreja, ojos ilusionados y cazadora de beisbolista.

La Policía Nacional y los Mossos, colaborando en una operación antidroga conjunta llamada Balalaika, habían irrumpido la noche del 18 al 19 de octubre en tres domicilios y un almacén de la calle Ramon Llull de la población de Gavà de la comarca del Baix Llobregat (Barcelona), habían efectuado diecinueve detenciones y habían intervenido

6.300 kilos de cocaína, sesenta mil euros en efectivo, siete armas largas de fuego, cinco pistolas automáticas, tres revólveres, una ballesta, inhibidores de frecuencia, material de comunicación, básculas de precisión y una docena de cajas con cogollos de marihuana. Una semana atrás, el día del Pilar, cuando salía de su domicilio de la avenida de Escolapi Càncer del barrio de Torre Baró de Barcelona, un individuo había sido asesinado a tiros de pistola que le habían disparado desde un automóvil. La investigación de este asesinato había conducido a la Policía hacia una organización mafiosa instalada en la población de Gavà y, a consecuencia de los seguimientos y las escuchas telefónicas realizadas con la autorización del juez Daniel Trujillo, había desembocado en una gran redada que había significado la detención del presunto asesino y el desmantelamiento de una gran organización de tráfico de cocaína. De este modo, Daniel Trujillo, que se había hecho famoso unos días atrás por el fracaso en la detención de otro narcotraficante llamado Cangrejo Klimovski, demostraba que era capaz de hacer bien las cosas. Y realmente, tal como decía Lidia Pedralba, parecía que la prensa había decidido reconciliarse con el juez cantándole todo tipo de alabanzas.

En la entrevista que le hacían en «la Contra» de *La Vanguardia*, decía cosas como que «esto es una guerra, sí, una guerra abierta, pero no somos nosotros quien la hemos declarado: los agresores son los narcos, que envenenan y corrompen nuestras calles», o «Cangrejo Klimovski se nos escapó porque actuamos con demasiada precipitación, pero esta vez, a estos los tenemos bien agarrados». «Cangrejo todavía no está en la cárcel, pero ha sido desactivado, incapacitado para dirigir su familia de delincuentes». «Pudo escapar porque el crimen organizado está muy bien organizado y se las piensan todas, pero la busca continúa y, más pronto que tarde, caerá de nuevo, y esta vez definitivamente». «La lucha contra el crimen organizado no es fácil, y por eso puede ser que alguna vez cometamos errores, pero la Justicia y los Cuerpos y Fuerzas de Seguridad del Estado nunca abandonamos la lucha y, al final, podemos garantizar que quien la hace la paga y por eso nuestras calles y nuestras ciudades son de las más seguras del mundo». «Yo soy el que da las órdenes, pero el gestor de este operativo, quien dirige realmente el equipo de héroes que ha hecho posible nuestro triunfo, es un inspector de la Policía Judicial de gran categoría, que algún día merecería ser protagonista de alguna serie de televisión». Deduje que se refería al inspector de primera Regueira y a sus amigos del Racket.

Yo no sabía qué hacer con aquella información. No ayudaba en nada a los propósitos de mi clienta. Si en el expediente de Trujillo podía haber aparecido alguna fisura con el caso del Cangrejo, ahora la rendija había quedado bien soldada y se desvanecía cualquier sospecha de prevaricación. De la noche a la mañana, Daniel Trujillo se había convertido en el adalid de la lucha contra el crimen organizado en Barcelona. Bravo por él.

Aquel día, al volver a casa, me detuve a tomar algo en el bar Alaska, el último que visitó la famosa Carmen Broto antes de que la mataran, y tomé unos cuantos chupitos de orujo blanco que me inspiraron para entrar en el mercado de la Abacería, que ahora está instalado en medio del paseo de Sant Joan, y comprar un ramo de flores para Lana.

Me daba miedo no encontrarla en casa, y tengo que confesar que iba bastante angustiado, pero sí que estaba, y simpática y espléndida, vestida con un blusón ligero y unos pantaloncitos cortos que le permitían lucir las piernas en toda su belleza.

—Guau..., ¿y esto? ¿Quién es este desconocido que invade mi piso y me trae un ramo de flores?

Abrazo, sonrisa y beso prometedor, con regusto de exceso de orujo. Y yo, emocionado como si estuviera recuperando algo valiosísimo que ya daba por perdido.

—Que últimamente ya no coincidimos en esta casa.

—Como tienes tanto trabajo... ¿Cómo va la exposición?

—Espléndida. ¿Y tú, con tus chorizos?

—Idiotas y aburridos.

—Qué ramo tan bonito. Déjame, que lo pondré en el jarrón...

—No, espera.

No podía soportar que se alejara de mí, ahora que la había recuperado. Estaba ansioso, y excitado y un poco ingrávido a causa del alcohol. Le quité la blusa para admirarle los pechos y a ella le gustó, amplió la sonrisa y me acarició las mejillas.

—Ven, que yo sé lo que te gusta.

Fuimos al dormitorio, caímos sobre la cama, nos besamos y nos metimos mano mutuamente. Todo empezó a rodar a mi alrededor, primero el cerebro como si acabara de cobrar vida propia, después la habitación, la cama, y la imagen de Lana se duplicó y rodó como si la mirase a través de un calidoscopio. Perdí contacto con la realidad.

—Perdona —tuve que decir, sin aliento.

Y corrí al lavabo para vomitar.

Capítulo 6

El abogado y el periodista

Pere Romeral es el gorila vestido de seda, que gorila se queda. Con una testa grande y granítica, rostro feroz y cuerpo peludo y voluminoso de movimientos pesados, parece haber sido diseñado para camionero, estibador del muelle o leñador antes que para abogado de prestigio, a pesar de su disfraz de anillos de oro, reloj ostentoso, traje a medida diseñado por alguna firma carísima, corbata de seda y zapatos siempre acabados de estrenar. Él debe de saber que sus esfuerzos son inútiles y por eso circula por la vida con ademán manifiestamente antipático y mirada hostil y agresiva bajo sus cejas pobladas, que desafía a la gente que se cruza con él a decir lo que piensa. Resulta imposible imaginar una sonrisa en esa boca llena de desprecio.

Hacía días que intentaba hablar con él llamándole mil veces a su despacho («Ahora no se puede poner», «Está reunido», «Hoy no ha venido», «Tiene un juicio»), de manera que, cuando lo distinguí, inconfundible, avanzando a toda velocidad por el gran vestíbulo de la Ciudad de la Justicia, probablemente camino de la salida, tuve un sobresalto y no me lo podía creer. Corrí hacia él para cortarle el paso.

—Eh, Romeral. Hola, ¿tienes un momento?

Gruñó:

—Lo siento.

Me esquivó y continuó andando, imparable. Me puse a su lado y me adapté a su marcha vertiginosa.

—Soy Marc Olván, somos colegas, y hace tiempo que quiero hablar contigo sobre el tema del Cangrejo, José Klimovski. —Él no estaba dispuesto a decir nada más, pero al oír mi nombre me dirigió una mirada de reojo y frenó el paso. Sabía quién era yo—. Quería felicitarte. ¿Cómo lo hiciste? Tengo una gran curiosidad. ¿Cómo convenciste a Trujillo?

—Ahora tengo prisa, lo siento.

Me atreví a sujetarlo de la manga.

—¿Cuál es tu secreto? ¿Has comprado al juez? ¿Le estás haciendo algún tipo de chantaje o algo así?

Se detuvo en seco, miró mi mano y su manga como si esperase ver una mancha de mierda, y clavó sus ojos incendiarios en los míos para continuar gruñendo:

—¿Qué has dicho? ¿Qué coño estás diciendo? —Hablaba en voz baja para no montar un escándalo allí en medio, pero cada frase era como una picadura venenosa—. ¿Qué te inventas? ¿De qué vas? ¿Qué pretendes?

—Era una broma. Solo para que te parases...

—Pues esta clase de bromas te las puedes meter por el culo, desgraciado.

—Hace días que quiero hablar contigo.

—Sí, ya lo sé. Hace días que yo no quiero hablar contigo.

—Pero ¿por qué? —protesté, estupefacto. Una vez había conseguido que dejara de correr, ya era mío, tenía que escucharme. Empecé a hablar tan deprisa como cuando tienes que convencer a un juez impidiendo que piense con claridad—. Solo quiero saber cómo lo hiciste. Curiosidad profesional. No era un caso sencillo. Un Klimovski, en busca y captura, lo agarran con treinta kilos de cocaína, lo llevan ante el juez, y lo representas tú, y el juez lo suelta. ¿Cómo lo hiciste? No, de verdad, en serio, el mérito es de la defensa, o sea, tuyo. ¿Cómo lo hiciste?

—¿Por qué coño has dicho eso del chantaje?

—Solo era una broma. Quería hablar contigo. Sé que tienes un gran prestigio como abogado, y toda mi admiración...

—Pues si me admiras tanto procura no ir esparciendo mierda sobre mí. Ni compro jueces ni hago chantajes, ¿me has entendido? Simplemente hago bien mi trabajo. Aquel día hice bien mi trabajo, el juez hizo bien su trabajo y el fiscal hizo bien su trabajo, y el resultado fue el que fue.

—Sí, claro, pero el juez ¿qué cara ponía? ¿Cómo se puso? ¿Tuvisteis que discutir mucho?

—El Cangrejo no estaba en busca y captura.

—¿Ah, no?

—Y no llevaba treinta kilos de coca. Eso lo dijeron los periódicos, no sé por qué, pero no llevaba nada de coca.

—Los periódicos lo dijeron.

—Los periódicos dicen cualquier cosa. ¿Estás contento, ahora?

—Pero, ¿y el juez Trujillo? ¿Él tenía claro que lo quería encerrar? ¿Se resistió? ¿Aceptó tus alegaciones a la primera? ¿Se conformó?

—¿A qué viene tanto interés por el juez Trujillo? Es un juez como cualquier otro.

—Pero ¿te tiene bien considerado? Debe de ser difícil para ti conservar el prestigio cuando solo tienes un cliente y son los Klimovski.

Me miró de arriba abajo e hizo una mueca de asco.

—Imbécil. Qué más querrías.

—Pues claro que lo querría. Quiero ser como tú, Romeral, de verdad, créeme. Yo también quiero tener un cliente como los tuyos. Por eso te pregunto. ¡Para aprender!

Eso lo ablandó un poco. Le enfrió la mirada y noté que se relajaba.

—A mí no me enseñó nadie —dijo después de un instante de reflexión—. Búscate la vida. Ahora tengo prisa.

Continuó andando como si yo nunca hubiera existido.

A mediodía, encontré al periodista Valentí Renom en el bar restaurante de la Ciudad de la Justicia, donde entré a tomar un bocadillo. Estaba en una mesa con otras tres personas, comiendo y charlando muy animados. Todos bebían agua. Pensé que tal vez fuera buena idea comer siempre con agua y dejar el alcohol para la tarde y noche. Vestía una chaqueta de pata de gallo blanca y negra, muy vistosa, con camisa rosa y pantalones rojos. Se hacía mirar. Cuando vi que se dirigía a la barra, para pedir algo o quizá para pagar, fui a su encuentro.

—Eh, ¿Valentí? —como si hasta aquel momento no me hubiera fijado en él y me sorprendiera y me alegrase de verlo—. Soy Olván, Marc Olván. Nos vimos en el Racket, con Regueira y los suyos...

Si esperaba encontrarme al payaso complaciente y entusiasta que el periodista era entre los policías, me quedé con las ganas. Su mirada dejó claro que yo era la persona más aburrida e insustancial del mundo. Fue verme y entrarle ganas de volverse de espaldas. Pero tenía que hacer el papelón, claro. Nunca se sabe dónde puede saltar la noticia. Frunció los ojos tras los vidrios verdes de sus gafas, como el que hace un esfuerzo de memoria pero sin ganas de sacar ningún provecho.

—Ah, sí.

—Escucha —rápido, antes de que se me escabullera—, quería hacerte una pregunta, una curiosidad, solo un momento. Cuando detuvieron al Cangrejo, la prensa, me parece que fuiste tú, dijisteis que llevaba no sé cuántos kilos de coca, y que estaba en busca y captura... Eso no fue exactamente así, ¿verdad?

Como si no se acordara:

—¿Kilos de coca? Pues a lo mejor sí que lo dijimos. Lo que decía el informe policial. Luego resultó que no, que no los llevaba.

—¿Y cómo es que lo decía, el informe policial? Menuda cagada, ¿no?

—No lo sé. En aquel caso, se hizo todo muy deprisa. Alguien se equivocó. Pero... —advertencia, para que yo no pensara lo que no era, espacio publicitario—: no hagas caso, eh. No te engañes. Regueira y los suyos son cojonudos. Policías veteranos, de los que se han forjado en la calle y conocen su trabajo como pocos. Valientes como no te puedes imaginar, son poco amigos de las leyes garantistas que van más a favor del delincuente que de la víctima. —Lección magistral, señalándome con el índice, mirándome fijamente y asintiendo con intensidad como si estuviera empujando sus palabras para que penetraran bien dentro de mi mollera—: Atento a lo que te voy a decir; es su lema. Ley no es justicia. Fíjate bien. Ley no es justicia, y ellos hacen justicia, aunque la ley no juegue a su favor. ¿Verdad que me entiendes?

—Pero de vez en cuando la cagan —me atreví—. Detuvieron al Cangrejo y tuvieron que soltarlo.

—Pero eso ya es agua pasada. ¿Has visto el operativo que montaron con los Cosacos de Gavà? Perfecto. Impecable. Hacía más de cinco años que iban detrás de esos rusos. Se pusieron a ello...

—Con Trujillo —apunté, llevando el agua a mi molino.

—Ah, sí, Trujillo, nuestro juez estrella. Se pusieron a ello...

—¿Cómo es ese Trujillo? ¿También hace justicia por encima de las leyes?

—Los jueces siempre hacen justicia conforme a la ley —cuidado: lección dos—, porque los jueces, la justicia y la ley son una misma cosa.

Dicho lo cual, me tocó el codo en señal de despedida, dio media vuelta y volvió a su mesa. El gesto dedicado a sus amigos fue bastante explícito: «Perdonad, que me he encontrado con un pelmazo que...».

Era viernes.

Al día siguiente, sábado por la mañana, fuimos a comprar con Lana para llenar el frigorífico. Por la tarde, se fue a Camprodon, donde tenía que hacer una serie de fotos para su colección. Hasta el momento, todas las fotos de desnudos masculinos habían sido realizadas en estudio, y la gente del equipo, o los organizadores de ARCO o quienes fueran, la habían convencido de que quizás estaría bien hacer unas cuantas en espacios naturales. Como le parecía que era demasiado natural encontrar hombres desnudos en la playa, decidió que esa nueva serie la haría en la montaña y, si se daba la circunstancia propicia, en centros urbanos. No volvería hasta el domingo por la noche o el lunes por la mañana, o, en todo caso, ya me llamaría. Yo me quedé viendo una serie policíaca nórdica, *Darkness*, protagonizada por una actriz de ascendencia española, Natalie Madueño. Cuando me desperté, ya había oscurecido. No había bebido mucho, y la siesta había resultado larga y reparadora, de manera que me preparé un gin-tonic, me duché, comí un plato de *cap-i-pota* que tenía congelado, me vestí para la ocasión, y me fui al Racket.

Noche de sábado.

Pensaba en Miranda. Quería hablar con ella. Consideraba que era muy importante preguntarle por Trujillo, no, por su marido. Quiero decir, no por el juez sino por el hombre que había conocido en la intimidad. A lo mejor le preguntaría por su vida sexual. Ella me daría una visión completamente nueva de aquel hombre, desde el punto de vista de mujer que se había separado y que durante un tiempo había visitado la discoteca para hablar mal de su marido. «Dice a quien quiera escucharla que es la mujer de Trujillo, y que Trujillo es un hijo de puta, que la dejó, que pasa de ella y de su hijo, y blablablá».

Decidí borrar la presencia de Lana de mi vida. Si se me aparecía su recuerdo, le cerraba la puerta en las narices diciéndome que tenía que hablar con Miranda inevitablemente si quería seguir adelante con mi misión.

Pero ¿qué misión, si solo había redactado un informe y ni siquiera lo había cobrado? Si había decidido dejarlo, si no quería ni hablar con la clienta.

Tenía que llamar a Pacheco: «Hay que establecer una tarifa global para este caso; porque no quiero hacer muchos informes, ¿entiendes? No quiero que un día caigan en manos de Trujillo».

Capítulo 7

¿Qué te pasa a ti con Trujillo?

—¿Cómo va ese ojo, Pepo?

—El ojo bien, pero me he acostumbrado a usar gafas oscuras incluso aquí dentro. Ahora, si me las quito, me duelen los dos ojos.

—A eso se le llama mejorar.

—¿Qué te pongo?

—Un gin-tonic poco cargado, que voy de abstemio.

—O sea, que hoy quieres follar. —Estuve a punto de protestar diciendo que no, pero me callé y el barman me leyó la verdad en los ojos. Suspiró y dijo—: Nos hacemos mayores.

Estaba la pandilla de amigas de Miranda, y al otro lado de la discoteca la pandilla de amigos de Regueira. Con Valentí Renom, con la ilusión del niño que conoce personalmente a los Tres Reyes Magos de una vez y la vistosa chaqueta de pata de gallo que ya le había visto el viernes. Con ellos allí, no me acercaría a Miranda. ¿Para eso me había servido la abstinencia? Tengo que confesar que me había sacrificado pensando en Miranda, quería tener la cabeza clara cuando hablara con ella, no quería hacer el ridículo. Pero no quería que Regueira y los suyos me vieran abordarla. Se reirían de mí, se meterían por el medio, harían comentarios. Me cabreó un poco su presencia. Estuve a punto de dar media vuelta y largarme.

Con el gin-tonic en la mano, descendí despacio por las gradas hacia donde estaban Regueira y los suyos. Pero la vista se me iba hacia el grupo de mujeres animadas. Y, antes de llegar a mi destino, los ojos felinos me localizaron, me atraparon y ya no me soltaron.

Tuve la sensación de que los polis me estaban esperando. Cuatro polis y el periodista Valentí Renom. Cinco pares de ojos contemplando mi descenso por el anfiteatro. Todos me saludaron. «Eh, Marc», «Hola, Figurín», «¿Cómo va eso?».

—¿Cómo estás? Ven, siéntate aquí.

Regueira me reclamaba a su lado. Me senté. Miranda no me perdía de vista desde el otro lado de la sala. Yo conocía el tema que sonaba. No sabía quién lo tocaba, ni cómo se llamaba, pero era capaz de tararearlo. Incluso me venían ganas de bailar. Música de los ochenta.

—¿Cómo estás, Figurín? —Regueira, oculto tras su antifaz, reclamaba mi atención—. ¿Todo bien?

—Sí —dije.

Fue directo al grano:

—Escúchame una cosa. ¿Qué te iba yo a decir? ¿Qué te pasa, a ti, con Trujillo?

Pam. Choque contra la realidad. Se acabó la broma.

—¿A mí? ¿Con Trujillo? ¿Si dejamos aparte que tiene una mujer que está muy buena?

—Vas preguntando a todo el mundo por Trujillo. A Romeral, a Valentí... ¿Qué te pasa a ti con Trujillo?

No me sorprendió que me lo preguntara, pero me pareció significativo. Yo tenía la sensación de que no me había interesado de manera tan precisa por el juez. Había hablado, sobre todo, del caso del Cangrejo, que era realmente extraño y que resultaba natural que despertara mi interés como abogado. Si había salido el tema del juez Trujillo había sido de manera colateral, porque estaba directamente implicado. Pero Romeral y Valentí habían corrido a decirle a Regueira que yo andaba preguntando por el juez, como si él hubiera sido el único centro de mi interés.

—No me pasa nada. ¿Por qué?

—Pareces obsesionado por el tema de la detención del Cangrejo. No paras de preguntar. Piensa que para nosotros es un fracaso y no nos gusta que estés hurgando y hurgando ahí.

Había adoptado la postura de interrogador y no era el poli bueno. Con aquella mirada odiosa y la barba despeinada de pirata. No estaba allí para divertirse. Me estaba sometiendo a una prueba. Si la superaba, entraría en una nueva fase de mi vida, aunque yo en aquel momento no pudiera entender muy bien lo que aquello significaba. Si no superaba la prueba, tendría que buscarme otro sitio donde ir a tomar los gin-tonics.

Los otros cuatro individuos que compartían con nosotros el sofá semicircular me contemplaban con intensidad. La expresión de dolor y angustia de Duque parecía advertirme de desgracias horribles que me iban a suceder si no daba las respuestas correctas. Soliño Rubio y Gordo se mostraba amenazante, era el «Dejádmelo a mí». Los ojos de párpados pesados del corpulento Bulla eran más de «Ya sabía yo que acabaríamos así; alguien habría tenido que prevenir a este pobre chico». Valentí Renom me miraba fijamente a través del filtro de los cristales verdes, para no perderse ni un detalle de lo que pudiera suceder a continuación. Periodista buitre oliendo la sangre. El desinterés del viernes, cuando nos habíamos encontrado en el restaurante de la Ciudad de la Justicia, ya estaba superado; yo era el protagonista de la noticia más sensacional del día.

—No es obsesión —repliqué, tan convincente como supe, recurriendo a mis mejores artes de letrado—. Es curiosidad, curiosidad profesional. Soy abogado, como Romeral; y él es un superabogado que consigue hacer milagros y yo soy un pelacañas que no llega a final de mes. Y quiero ser como Romeral. ¿Lo podéis entender? Quiero ser como Romeral, y hacerme los trajes a medida, como Romeral. Detenéis a un gran capo del narcotráfico que está en busca y captura; lo pilláis con un cargamento de no sé cuántos kilos de droga, ¿y el juez lo suelta? Yo quiero saber cómo se hace eso. ¿Fue un error vuestro? Pues me gustaría saber dónde la cagasteis. Pero no para joderos: para conocer las rendijas del sistema que me permitirán hacer milagros. ¿Fue mérito de Romeral? Pues quiero que me explique el truco porque, si lo sé hacer, un día seré como él.

Mientras hablaba, trataba de eludir las miradas expectantes de los inquisidores dirigiendo la vista hacia otro lado, hacia la pista donde una docena de personas se aburrían bailando, o hacia el vaso de gin-tonic que tenía en la mano, o hacia el otro lado de la sala donde tropecé con la mirada feroz de Miranda como prometedora cuerda de salvación.

—¿Fue cosa de Trujillo? —iba diciendo, con energía—. Pues quiero saber cómo lo procesó Trujillo, claro que sí. ¿No es normal y comprensible lo que estoy diciendo?

Miranda entendía que Regueira y los suyos me tenían acorralado y me estaban sometiendo a un examen comprometedor, y no disimulaba su curiosidad. Reflejada en aquellos ojos de pantera y la boca depredadora, resultaba una curiosidad malsana. Pero, a su manera, era una presencia solidaria, la única de la que disponía en aquel momento.

Regueira se hizo atrás para contemplarme de cuerpo entero, comprobó una vez más que yo era un pobre desgraciado y sonrió de aquella manera odiosa, perdonándome la vida como se perdona la vida de una hormiga solitaria y perdida. Abrió la boca, me hizo esperar unos segundos más y, por fin, dijo:

—No estaba en busca y captura. —E hizo una pausa—. El Cangrejo no estaba en busca y captura. Los Klimovski siempre han sido muy listos. Están en busca y captura algunos de sus parientes, primos y empleados de poca categoría. Pero ¿él? Desde que se hizo cargo de la familia, ya no necesita ensuciarse las manos. Hay otros que lo hacen por él. Y no había ningún cargamento de droga en su coche.

No: como lo oyes: no había ningún cargamento de droga en su coche. El chivato que nos dijo dónde pillarlo aseguró que llevaría el maletero lleno de coca, pero a la hora de la verdad no encontramos ni un gramo, ni en el maletero ni en su bolsillo. —Miranda continuaba mirando—. No tendríamos que haberlo detenido. No teníamos ningún motivo. Pero era tan cojonudo tener al gran Cangrejo allí, al alcance de la mano, lo habíamos soñado durante tantos años, que no pudimos evitarlo. Teníamos a Cangrejo Klimovski a punta de pistola, con todo lo que sabemos de él, ¿y lo íbamos a soltar sin más? No. Imposible. Teníamos que llevarlo ante el juez y que el juez decidiera lo que había que hacer.

Cuando volví a dirigir la vista hacia Miranda, esta remodeló su sonrisa, que se hizo más brillante y empática. Le leí el pensamiento: «¿Todo va bien?». Se lo agradecí.

—Cuando Romeral vino a Jefatura y le expusimos el caso, se echó a reír —continuaba Regueira—. Pero yo dije: «Ha habido resistencia a la autoridad, ha golpeado a un agente…». Lo que fuera para que el hijo de puta del Cangrejo pasara la noche en el calabozo. Aunque después me soltaran la bronca a mí, aquel tío tenía que comparecer ante el juez. Y claro que lo conseguí. El fiscal se enfadó y el juez Daniel Trujillo me amonestó, y luego me dijo «Pero ¿qué haces?». Y aquel señor quedó libre, pero me parece que yo y mis hombres, igual que el fiscal y el mismo juez, nos sentimos muy satisfechos de que aquel malnacido hubiera pasado al menos una noche en el calabozo. Y colorín colorado, este cuento se ha acabado. ¿Esto era lo que querías saber?

Me quedé aturdido. Las cuatro mujeres maduras del Racket abandonaban su rincón. Por un momento pensé que venían a reunirse con nosotros, pero se estaban desplazando hacia la pista para bailar. Antes de empezar a mover las caderas, Miranda me dirigió una ojeada, como para brindarme el espectáculo. Di un trago al gin-tonic para aturdirme un poco más, pero Pepo lo había hecho muy suave.

—Eh, Figurín. ¿Dónde estás? ¿Esto era lo que querías saber?

Aligeré el tono, como si el cóctel me ayudara a tomármelo todo en broma.

—¿Y esto era tan difícil de decir?

—¿Te has quedado contento? —insistía Regueira—. ¿Ya te ves capaz de hacer los milagros que hace Romeral?

—¡Habérmelo dicho antes, hombre!

—¿Te has quedado satisfecho?

En la pista, la ex de Trujillo estaba moviendo la pelvis adelante y atrás, de una manera tan explícitamente obscena, como si yo fuera el único espectador de la exhibición, que me asusté, sentí un pronto de rechazo.

Y decía Regueira:

—¿O quieres ir a ver a Trujillo y hablas con él en persona?

Me lo quedé mirando. ¿Lo había oído bien?

Él parecía estárselo pasando de maravilla.

—Vamos a ver Trujillo —repitió—, te lo presento y vas y le preguntas personalmente cómo fue ese tema del Cangrejo. —Sí, lo había oído bien—. ¿Quieres?

Solo supe decir:

—¿Ahora?

Y él insistió:

—¿Quieres?

—Pero ¿adónde? ¿Ahora? ¿Dónde iríamos?

Regueira se puso en pie:

—Vamos, chicos, que quiere conocer a Su Señoría. Vamos a escuchar jazz.

Antes de abandonar el local, comprobé si Miranda continuaba bailando y detecté en ella un gesto de decepción. «Si no has entendido lo que te quería decir, vete a la mierda».

Capítulo 8

My name is Cary Heffner, do you know me?

El Bebop es uno de los muchos locales del barrio de Gràcia que se dedican a la música en vivo, especializado en jazz. El dueño, Albert Guadaira, asegura que un día encontró en un almacén de Ciutat Vella una extraña colección de elementos de decoración que le dijeron que procedían de un parque de atracciones que había antes de la guerra en el parque de la Ciutadella, que lo llamaban Saturno Park, imitación del Luna Park de Nueva York. De allí sacó dos estatuas de casi tres metros, rectilíneas y policromas, *art déco*, que representan a un faraón y a una faraona en actitud hierática, ahora situados a un lado y al otro del espacio dedicado al escenario. En la barra, entrando a la izquierda, hay espejos y dispensadores de bebidas bruñidos donde se refleja, deslumbrante, una sarta de bombillas de todos los colores. En un lugar muy visible, un letrero anunciador: «Leire Alfaro y Los Improperios. Sábado noche, dos funciones».

Los cocteleros, hombre y mujer, son cubanos y extraordinariamente dinámicos. No paran de moverse, sacudiendo cocteleras, o poniendo cubitos en los vasos, o limpiándolos, o pasando el paño por el mostrador.

En el resto del local abunda la decoración *vintage* de estilo *déco*, con detalles geométricos, rígidos y sensuales, un poco desvencijados y descoloridos por el paso de los años, paredes recubiertas de madera noble, sofás confortables alrededor de veladores pequeños y frágiles, y un largo banco almohadillado a lo largo de la pared más próxima a la pista, habilitada con megafonía para lucimiento de los músicos, piano de media cola y batería. Junto a este rincón, dispuesto a disfrutar de la actuación desde primera fila, se encontraba aquella noche el juez Trujillo, solo, tranquilo, abstraído en sus pensamientos, elegante, ni una arruga en el traje gris, las piernas cruzadas, la mirada perdida, en paz consigo mismo.

Lo vi más joven que en la foto de «la Contra» de *La Vanguardia*, más moderno y presentable que Regueira y cualquiera de sus amigos. Delgado, huesudo, de mejillas hundidas y nariz y barbilla en punta, dirigió la vista hacia nosotros y se permitió una sonrisa tibia.

A mí, la verdad es que se me habían pasado las ganas de conocer al juez Trujillo. Había dejado mi coche en el aparcamiento del Racket, me habían metido en el suntuoso Peugeot de Regueira y, durante el trayecto, nos habíamos reído y hablado de cosas que no tenían nada que ver ni con el Cangrejo ni con Romeral, ni con mi curiosidad innata. Superada la prueba, noté que me había transformado en uno más de la pandilla, el gracioso, el ingenioso, aquel de quien se espera que aporte la alegría, los chistes, la felicidad.

—¿Sabéis aquel...? —Yo sé muchos chistes, sobre todo de esos cortos, que no agotan la paciencia del oyente—. He hecho un curso de crítica constructiva, ¿y qué tal?, una puta mierda.

Por el camino, Regueira recuperó una idea que había tenido a poco de conocerme:

—A ver, Figurín, ¿cómo hacías eso de hablar inglés?

—¿Qué quieres que te diga? *When I speak English, I don't understand myself!*

—¡Hostia, tú, es que lo haces perfecto! Eres como un actor americano. ¿Cuál es la última película que has rodado?

Contesté con acento inglés, como si mascara chicle:

—Es una *very* interesante *movie. Barley and wild boars on the golf course*, basada en una novela de la escritora Natalie Murdock. —Se partían de risa. Regueira golpeaba el volante con la mano y decía «Qué cabrón»—. ¿Conocéis la novela? Yo soy el soldado escondido en el clóset. ¿Cómo se dice «clóset»?

Al exterior, había bombillas que se encendían y se apagaban y un cartel que anunciaba a Leire Alfaro y Los Improperios.

Nuestra entrada en el local fue ruidosa. Risas, algún chillido y algún señor en una mesa cercana que nos miraba huraño.

Regueira indicó a los otros cuatro que esperasen en la barra, «Id pidiendo, que ahora venimos», y me agarró del codo para conducirme entre las mesas.

—Señoría, si me permite, me gustaría presentarle a Marc, un buen amigo...

—Marc Olván —dije, mientras estrechaba la mano del juez—... Abogado penalista.

—¿Puede ser que nos hayamos visto alguna vez, en mi juzgado?

—No creo. Me acordaría.

—Está muy interesado —intervino Regueira, como si todo aquello fuera una broma sin importancia— en saber cómo fue el tema del Cangrejo, José Klimovski Calomarde.

Trujillo sonrió apacible como el abuelo ante una pregunta ingenua de su nieto.

—Que te lo cuente el inspector. Ya le dije que la próxima vez que haga una cosa parecida me encargaré personalmente de que se le caiga el pelo.

Yo no quería ni incomodar al juez ni volver a empezar con el tema. No había más que hablar.

—No, no —dije—. El inspector Regueira ya me ha informado de todo. Pero se resistió, ¿verdad? Y agredió a un agente.

Daniel Trujillo me dirigió una mirada llena de paciencia y bondad.

—Que no había caso. Nada más. No había caso. El abogado, ¿cómo se llama...?

—Pere Romeral —apuntó el inspector, a mi lado.

—Pere Romeral preguntó: «¿Por qué estamos aquí?», y ni el inspector aquí presente, ni el fiscal, ni yo, supimos qué decir. ¿Qué hacía aquel hombre allí? La Policía se precipitó y abusó de su autoridad. Suerte tuvimos de que ni el detenido ni su abogado quisieron poner denuncia. El Cangrejo tenía muchas ganas de volver a casa y no quería más jaleo. Pero ahora... —inciso—, ¿ya se lo has dicho, Regueira? Pero ahora estamos reuniendo un montón de pruebas para que la próxima vez que le echemos el guante no se nos pueda escapar tan fácilmente.

—¿Ya tienen las pruebas? —pregunté sinceramente interesado—. ¿Ahora ya podrían retener al Cangrejo, si volvieran a pillarlo?

El juez miró al policía y le dedicó una sonrisa de complicidad. Me corrigió:

—Ahora ya podremos retener al Cangrejo, cuando lo volvamos a atrapar, ¿verdad que sí, Alfonso? Que te lo cuente él, que es quien lo está trabajando.

—Uy —hizo el policía, dando a entender que lo íbamos a dejar para más tarde—. Bueno, no le molestamos más, Señoría. Vamos allí, que tenemos a los amigos que nos esperan.

El juez cerró los ojos y asintió, dándonos permiso, yo le dediqué mi mejor sonrisa para que no me olvidara, y volvimos con Regueira hasta la barra, donde a mí ya me esperaba un gin-tonic y al inspector un cubata o algo parecido.

A partir de aquel momento, la noche enloqueció.

Regueira se había animado con el juego inventado y me manejó como si yo fuera su títere. Y yo se lo permití porque bebíamos, porque era divertido y porque toda la pandilla me reía las gracias, pero sobre todo porque me sentía integrado en el grupo, y lo vivía como un privilegio, no me preguntéis por qué, y eso me obligaba a comportarme como ellos esperaban de mí. Si Regueira y sus amigos se lo pasaban bien de esa manera, aunque fuera a mi costa, yo pensaba seguirles la corriente. Enseguida me encontré cómodo en aquella compañía, tomando un gin-tonic tras otro y hablando inglés. Ninguno de los policías hablaba otra lengua que el castellano y mi habilidad políglota despertaba en ellos, al mismo tiempo, la admiración y la hilaridad que puede provocar la exhibición de un malabarista o un funámbulo.

Y, a continuación, aparecieron las cuatro chicas, casi unas niñas, que se habían maquillado y puesto bien sexis para vivir una de las primeras aventuras nocturnas de sus vidas. Noche de sábado en que probablemente habían mentido a sus padres para disfrutar de libertad. Entraron en el local fascinadas y no sabían muy bien qué hacer, si elegir una mesa donde sentarse o quedarse en la barra ocupada por los cinco energúmenos que me acompañaban. Se maravillaban con la decoración del establecimiento, murmuraban, soltaban risitas agudas y dirigían hacia nosotros ojeadas nada discretas. Buscaban. Duque lo rezongó detrás de mí: «Buscan, buscan, están buscando».

El gran Bulla se separó de nosotros y, después de dar una vuelta por el local, lo que ellos llamaban «una envolvente», se dirigió a las chicas por el otro flanco como procurando que nosotros no le oyéramos.

—¿Ya habéis visto a quién tenéis aquí?

Su apariencia de abuelo tranquilo y buenazo y la ingenuidad lamentable de las chicas hicieron que no desconfiaran. En todo caso, su primera reacción fue la de «de qué va este tío», con estallido de risitas encantadas por el hecho de que alguien se hubiera fijado en ellas. Y el hombre gordo que olía a habano insistió:

—¿No lo conocéis? ¿Es que no vais al cine?

Yo charlaba con los otros, en voz lo bastante alta como para que las chicas captaran mi acento inglés. Durante unos minutos fui un turista inglés guapo y elegantemente colocado. En el instante siguiente me convertí en un actor muy conocido, «¡Pues claro!, ¿no lo conoces?, sí, mujer, que el otro día lo vi en una película». Y hasta mí llegaban sus cuchicheos, «¿Cómo se llama? ¿Cómo se llama?», y algunos nombres de actores a los que nunca se me habría ocurrido pensar que yo me pareciera.

Por fin, ya no pude seguir ignorando tantas miradas y tantos secretitos y dediqué a las niñas una sonrisa hollywoodiense y me presenté para desvanecer cualquier duda:

—*Cary Heffner. My name is Cary Heffner, do you know me?*

Eran de buena familia. Cuando dejaron chaquetas y abrigos en el guardarropa, dejaron al descubierto escotes atrevidos y brazos tatuados. Hay una edad en que todo el mundo es muy guapo. Todas sabían hablar inglés, y me temí que alguna lo hiciera mejor que yo. La comedia continuaba con la intervención de Duque Cara de Amargura, tratando de impedir que las muchachas me molestaran. «Dejadlo en paz, que está cansado; no les hagas caso, ¿cómo se dice en inglés que no les hagas caso?». Yo quería continuar la conversación porque eran muy guapas y ellas querían continuar hablando conmigo porque hacía que se sintieran guapas. Si mis escoltas, feos y desagradables, querían prohibirme que lo hiciera, eso no hacía más que aumentar nuestra complicidad y compartir el placer de la transgresión.

—*We are making a film called Barley and wild boars on the golf course, based on a novel by the writer Natalie Murdock.*

El inglés distanciaba todavía más a mis acompañantes, que no lo hablaban, y me unía más a mis admiradoras.

Regueira se resistió a ser marginado tratando de asumir el papel de intérprete: que yo estaba de incógnito, que no era conveniente que la prensa se enterase de que estábamos allí. Pero no lo necesitábamos para nada. Les di a entender que aquel tipo no me gustaba nada, que era de la productora española y resultaba aburrido y casposo, y las chicas se reían y me aceptaban sintiéndose aceptadas.

Los policías, en segundo término, se lo estaban pasando tan bien como yo. Éramos una pandilla de granujas jugando a ligar. Y, de vez en cuando, yo echaba una ojeada hacia el juez Trujillo, que estaba al fondo, cerca de la pista, absorto en su móvil, y en alguna ocasión lo sorprendí mirándonos benévolo, como el papá que cuida de que los chavales no se pasen.

Las invitamos, «¿Qué queréis tomar?», «Eh, ¿qué edad tenéis? ¿Ya os dejan beber alcohol?». Pagaban los policías porque figuraba que eran los representantes de la productora de la película. Se llamaban Loreto, Selena, Susana y Victoria, *Vicky*; tenían dieciocho y diecinueve años, les gustaba el vodka con naranja —lo llamaban «destornillador»— y las dos primeras estudiaban en la Facultad de Filología, la tercera en el Institut del Teatre y la cuarta trabajaba en una fábrica de metacrilatos. Esta cuarta parecía la más atrevida. Había abandonado los estudios «porque no servía para hincar los codos, eh, chicas, ¿cómo se dice que no sirvo para hincar los codos en inglés?». Era ella, sin duda, la que había arrastrado a las otras a la aventura nocturna de aquel sábado.

Dediqué mi atención a Susana porque quería ser actriz y me daba más juego, pero Vicky competía para atraer mi atención. Las otras dos enseguida se dieron por vencidas y empezaron a hacer caso a los viejos lobos que ya se hacían ilusiones.

—¿Así que tú quieres ser actriz? ¿Y a qué actriz te gustaría parecerte?

No sé cuál me dijo, no le prestaba mucha atención. Llevaba un top escotado que dejaba brazos y tatuajes al aire y resaltaba unos pechos muy desarrollados. Demasiado fresca para la época del año, pero para mí ya estaba bien. Bajo el rímel y la sombra violeta y el perfilador, brillaban unos ojos candorosos que aún creían en Papá Noel y los Reyes Magos. Debía de ser muy fácil enamorarse de ella. La vida, a su lado, tenía que ser sencilla, natural y diáfana.

Me atribuí anécdotas del mundo del cine sacadas de las biografías de Billy Wilder o de Woody Allen, o de aquel libro llamado *La ciudad de las redes* que relataba chismes de Hollywood. La chica estaba encantada, me contemplaba fijamente con muchas ganas de gustar, mientras que yo practicaba el arte sutil del seductor que debe mostrarse simultáneamente atraído y desinteresado, omnisciente y humilde, superior pero cercano, e inalcanzable para todo el mundo salvo esta privilegiada que ahora ha sido elegida entre el resto de los mortales, hipnotizada en inglés, incapaz de resistirse a cualquier cosa que yo le pidiera.

Reaccionó con espontaneidad enternecedora cuando le dije que no había conocido nunca a nadie con tantas cualidades de actriz como ella.

—¿De verdad? ¿Qué quieres decir con eso de cualidades de actriz?

Vibraba de ilusión.

—Eres muy expresiva, y tus manifestaciones, ¿cómo decírtelo?, tanto en tus movimientos como en el timbre de tu voz, parece que salen de tu interior. La mayoría de personas son demasiado superficiales, ¿cómo te lo diría?, epidérmicas, incluso cuando quieren ser sinceras. Tú eres esencialmente sincera. Serías una especie de Natalie Portman, o Charlize Theron, o no, mejor, ¿sabes quién? La actriz de los —aquí me traicioné, arrastrado por mi propia inercia, porque no sabía cómo se llamaban *Los juegos del hambre* en inglés, y dije *The Appetite Games*, en lugar de *The Hunger Games*, pero daba igual, la chica ya estaba predispuesta para oír lo que quería oír— *Appetite Games*. Bueno, tendría que conocerte más a fondo, pero a primera vista seguro que te elegirían en más de un *casting*.

—¿Me lo prometes?

—Tal vez lo único que juega en tu contra sean los tatuajes...

—¿Los tatuajes?

—Claro, mujer. Piensa que tu cuerpo es tu herramienta de trabajo. Si lo ensucias así, siempre tendrás que disimularlo. ¿Te imaginas a Ofelia con estos tatuajes? ¿O a Lady Macbeth? ¿O a Madame de Pompadour? Y no me digas que en el teatro clásico nadie se desnuda porque, hoy día, si quieres hacer teatro, te vas a tener que desnudar.

Vicky aceptó enseguida su derrota y se incorporó a las otras.

Cuando Leire Alfaro y Los Improperios ocuparon la pista y se interrumpió la música de los altavoces y empezaron a tocar, aprovechamos la excusa para distanciarnos del grupo de niñas y acercarnos, Susana y yo, el uno a la otra, la otra al uno. El espectáculo y el respeto al público nos obligaban a hablar en voz baja y con las cabezas muy cerca, casi tocándonos las mejillas, calentándonos con el calor del otro, acariciándonos con nuestras respectivas respiraciones. Primero, como por azar, permití que mi brazo entrara en contacto con el suyo, y ella no se retiró. Después la miré, como para comprobar si le gustaba el concierto, y ella me devolvió la mirada, y me pareció que sus ojos se entretenían en mí más tiempo del necesario y pensé que, si intentaba besarla, ella no se iba a oponer. Al tercer o cuarto tema, como quien no quiere la cosa, le pasé el brazo por encima de los hombros y permití que mis dedos acariciaran la piel de su brazo. Y ella se acomodó al abrazo.

Regueira y los otros dedicaban su atención a las otras tres chicas, sobre todo para apartarlas de Susana y de mí y preservar nuestra intimidad. Si tenían alguna esperanza de ligar, debía de ser remota, aunque seguro que no descartaban ninguna opción. Eran depredadores con un desafío y a lo mejor estaban explotando su condición de productores de cine para intentarlo.

Enseguida entendí que continuaba sometido a prueba. La cosa no había terminado en el Racket con una disertación convincente. Aquel había sido el examen teórico. Ahora estaba superando el examen práctico. Me habían propuesto un juego y yo jugaba, y ahora todos querían ver hasta dónde era capaz de llegar. Me lo habían puesto a huevo. Ahora, si quería ganarme el excelente, debería portarme como ellos entendían que tenía que comportarse un hombre. Hablaban con las chicas, pero de vez en cuando dejaban caer hacia mí algún reojo socarrón, como para comprobar que las cosas iban por buen camino. Y las otras chicas también estaban atentas a mis progresos, acaso un poco envidiosas pero con la esperanza de que, al día siguiente, Susana se reuniría con ellas con noticias sensacionales.

Yo sabía que tenía que actuar antes de que terminara el recital de Leire Alfaro. Intuía que, cuando el local volviese a la normalidad de la música ambiental y las conversaciones distendidas, el grupo de policías y adolescentes se vería obligado a reunirse con nosotros y se rompería el hechizo.

De forma que, con los aplausos que exigían un bis, y dando por supuesto que el bis se produciría y nos facilitaría un lapso de tiempo para la fuga, dije a Susana al oído:

—¿Qué te parece si buscamos otro sitio donde podamos hablar tranquilamente?

Ella me miró desconsolada porque sabía que no podía echarse atrás. Si decía que no, el momento mágico se desvanecería definitivamente y habría perdido la oportunidad de su vida. Una circunstancia como aquella no volvería a repetirse jamás.

No dijo que sí. Solo frunció los labios y se deslizó entre mi cuerpo y la barra, camino del guardarropa, donde recogió un abrigo azul. Yo me despedí de los policías y las amigas con una leve mueca de compromiso y seguí a Susana hacia la salida dejando atrás un rictus de satisfacción. El Figurín había triunfado, había superado la prueba final.

Salimos a la calle. Hacía frío. Susana, encogida y cruzada de brazos para protegerse, se había detenido y se volvió hacia mí, para ver qué hacíamos, hacia dónde teníamos que ir, si teníamos que besarnos o qué.

Un taxi providencial frenó delante de nosotros. Bajó de él una pareja aficionada al jazz que querían asistir a la segunda actuación de Leire Alfaro y Los Improperios.

Impedí que se cerrara la puerta del vehículo e invité a Susana para que montara. Ya tenía preparado en la mano un billete de cincuenta euros. Se lo di al conductor y me dirigí a ella en mi mejor castellano, destrozando definitivamente el mito del actor Cary Heffner.

—Dile dónde vives y vete a casa. Hoy la noche se acaba aquí. Por favor, no vuelvas atrás. No vuelvas allí dentro. Estamos engañando a ese hatajo de fantasmas.

Cerré la puerta y me aseguré de que el taxi se alejaba calle allá y doblaba por la primera esquina.

Me volví, para comprobar que Regueira y los suyos no nos habían seguido a la calle, y me encontré con el juez Trujillo, que fumaba y me miraba tieso como una estatua; firme, sólido y esencial como un juez de verdad.

Le devolví la sonrisa, excusándome por mi comportamiento.

—Resulta que eres honesto —dijo—. Tal como me había parecido.

Respondí con gesto de humilde conformidad, «¿Qué le vamos a hacer?». Él aspiró el humo del cigarrillo, lo expulsó, y yo esperando.

—¿Qué hace un hombre honrado como tú con la cuadrilla de Regueira?

No tenía respuesta para aquello.

—Son divertidos.

—Sí —me reconoció a regañadientes—. A veces son divertidos. —Se le veía triste, preocupado por todo lo que se callaba. Y cambió de tema—: ¿Sabes que la palabra «honesto» tiene connotaciones sexuales? —No. Yo no lo sabía—. En la definición de «honesto» suele hablarse de buenas costumbres, de decencia, de moral, de fidelidad. El honrado, en cambio, está relacionado con el amor al trabajo, con quien no roba, con quien no miente. La honestidad está relacionada con el sexto mandamiento. La honradez, con el séptimo. Son matices, pero matices muy importantes. Sobre todo, para un juez. Tú no eres honrado, porque has mentido, has engañado a esa pobre chica, y te has reído de ella. Pero eres honesto porque no te has aprovechado de ella. Podrías haberlo hecho, pero no lo has hecho.

Tenía razón. Y yo no era capaz de añadir ni una palabra más.

Sonrió, indulgente; yo sonreí agradecido, estuve a punto de suplicarle que no dijera nada a Regueira, pero consideré que seguramente no haría falta, y di media vuelta y detuve a un taxi para que me llevara al Racket, donde me esperaba mi coche.

En cuanto se borró la imagen de Susana, fue sustituida, automáticamente, por la figura obscena de Miranda bailando descarada y provocadora en mitad de la pista, sin ningún tipo de vergüenza. Era un recuerdo que, a la vez, me despertaba rechazo y me atraía. Se mezclaba en mí la ternura de Susana que se había puesto incondicionalmente en mis manos, con la presencia espléndida de Lana y nuestra convivencia y nuestras promesas de fidelidad, y áquel súcubo exigente, de aspecto cruel, que me tentaba.

Bajé del taxi delante del Racket y, en pie junto a mi Suzuki Vitara, estuve un buen rato contemplando el neón años cincuenta, preguntándome si debía entrar o no. Si me decía que no, solo era porque pensaba que Miranda ya no estaría allí, no me habría esperado hasta tan tarde. Pero, ¿y si estaba? Consulté la hora. Las dos y media. «No, demasiado tarde, ¿qué coño creo que voy a hacer si la encuentro dentro a estas horas?».

Monté en el Suzuki y me fui a casa.

El corazón me latía con fuerza.

Capítulo 9

¿Te gusta que te peguen?

Al día siguiente volví.

Domingo. Comida en casa de mi padre. Sin Lana, que estaba en Camprodon sacando fotos a hombres en pelotas. Su colección de pollas, como decíamos en plan de broma. Mi padre y su compañero recibieron con grandes risotadas la noticia de que ahora Lana trataba de continuar su colección de «Desnudos masculinos» en ambiente urbano. Les pareció una idea genial, y mi padre explicó por enésima vez lo que quería decir cuando definía la obra de Lana como conceptual, «está llena de concepto». También recitó un fragmento de *La venganza de Don Mendo*.

—... Y un juego vil / que no hay que jugarlo a ciegas, / pues juegas cien veces, mil, / y de las mil, ves febril / que o te pasas o no llegas. / Y el no llegar da dolor, / pues indica que mal tasas / y eres del otro deudor. / Mas ¡ay de ti si te pasas! / ¡Si te pasas es peor!

Yo no dejaba de pensar en Miranda. Se había fijado en mí, me había dedicado sus contorsiones más explícitas y aún debía de estar esperando mi respuesta. Eso me perturbaba. Me decía que solo quería ver a Miranda para hablar con ella, para preguntarle por su marido. Y yo mismo me reía de mis patrañas y pensaba que era un desgraciado.

Cuando salí de casa de mi padre, lo primero que se me ocurrió fue que era mi última oportunidad para ir al encuentro de Miranda. Lana ya no vendría el domingo, pero el lunes seguro que sí y con ella en casa ya no me atrevería. En aquella época pensaba así. Bebía y bebía y pensaba de este modo sin poder evitarlo. Me puse a dormir a las cinco de la tarde con la intención de evaporar los efectos del alcohol de la comida y me desperté tarde, cuando ya había oscurecido. Me duché, me puse la cazadora de piel vuelta, la camisa de rayitas, sin corbata, zapatos a juego con la cazadora, y salí disparado de casa, con miedo a que Lana se presentara por sorpresa.

Fui a un restaurante de Sarrià, cerca del Racket y, sobre todo, tan lejos como me fue posible de mi casa, por si acaso Lana llegaba y me buscaba por el barrio. Comí en abundancia, para que el alcohol no me hiciera tanto efecto.

Y, nervioso como un adolescente primerizo, me fui al Racket, como quien salta al mar desde un acantilado y que sea lo que Dios quiera.

Me justificaba pensando que solo quería conocer a Miranda para hablar con ella de Trujillo. «Le preguntaré qué clase de persona es, qué le gusta hacer en la cama, qué le gusta tocarte, qué le gusta que le toques y qué te dice durante el orgasmo, cosas así», me burlaba de mí mismo.

Y todo salió como estaba previsto. Llegué al Racket tan sobrio que me temblaba la mano cuando agarré la copa de gin-tonic.

—Hola, Pepo —sin mucha más conversación.

Los policías, afortunadamente, no estaban allí. La suerte me ayudaba. Estaba escrito que ese día tenía que llegar, tarde o temprano. Bebí un buen trago de gin-tonic antes de otear desde lo alto del anfiteatro.

Las mujeres de siempre estaban en la mesa de siempre, tan guapas, distinguidas y aburridas como siempre, y la mirada de pantera, más cruel que nunca, más tentadora que nunca, me dio la bienvenida desde detrás de un vaso. Y, tal como me habían vaticinado los oráculos unos días atrás, se separó de la manada y se dejó caer en un sofá, vencida por una fatiga morbosa, y el resto se alejó discretamente, abandonándola como se hace con los individuos rechazables, y se quedó sola, melancólica, triste y solitaria, hasta que yo, respondiendo a sus miradas agónicas, me compadecí de ella y arrastré los pies hasta aquel lado de la sala.

—¿Me puedo sentar?

No me contestó. Como si se cuestionara si eran necesarias tantas formalidades después de todo lo que habíamos vivido juntos.

Sí que eran necesarias. Ella todavía no sabía cómo me llamaba yo.

—Marc Olván. Abogado.

Lana solía decir: «Desconfía de las personas que se presentan diciendo su profesión; el que dice "Yo soy ingeniero" te está advirtiendo de que solo es ingeniero, que no aspira a ser ninguna otra cosa en la vida». Lana solo se fiaba de quienes dicen «Me llamo Fulano y soy persona».

—Yo me llamo Miranda.

Buena señal. «Miranda y persona». Traje rojo, escotado, corto, zapatos de tacón de aguja. Vaso de color naranjada, quién sabe con qué cantidad de alcohol. Boca amarga y ojos llenos de malas intenciones.

—Eres la ex del juez Trujillo, ¿verdad?

—Te lo han dicho tus amigos policías…

—Sí.

—¿Y qué?

—Me interesa. A los abogados nos ayuda mucho conocer a jueces con los que podemos tropezar un día u otro.

—¿Vienes a verme a mí porque te interesa mi ex? —dijo burlona, con un sarcasmo capaz de destruir todo nuestro futuro.

—Me gustaría conocer la huella que ha dejado en ti.

—Para eso —dijo, harta de circunloquios— tendrías que conocerme muy a fondo, no sé si me entiendes. Tendrías que penetrar muy profundamente en mí.

Sus ojos no me perdían de vista.

Quizá me habría gustado algo más de conversación e intimidad antes de ir al grano de forma tan descarnada. Lana daba mucha importancia a los preliminares, a las cosquillas, a las risas previas, a lo que ella denominaba «caricias inofensivas». «No corras, ¿te gusta que te toque aquí?, pues deja que te toque aquí, después te diré yo dónde me gusta que me toques, ahora déjate, relájate, disfruta, no hay ninguna prisa, dejemos para otro día el polvo rápido y pasional, hoy es el día de la filigrana».

Yo le decía: «¿Y cuando no pueda más?».

Y ella: «Te aguantas y descubrirás que todavía puedes más y, al final, es mejor».

Lana me ha enseñado todo lo que sé sobre un montón de cosas.

Miranda, no. Miranda no sabía que existía un día de la filigrana.

Dijo:

—¿Tienes coche? Iremos en el mío. ¿A tu casa o a la mía? A la mía. No me beses ni me toques hasta que estemos dentro del coche.

Sus ojos decían «Estas son mis condiciones y no hay otras». El pánico me cortó la respiración, pero fui incapaz de echarme atrás. Pensaba que no tenía que pensar en Lana. Aquello no era sexo. Era otra cosa. Algún día se lo diría a Lana: «No era sexo, era otra cosa». ¿Y qué diría ella? Era la condición imprescindible para sacarle información sobre el juez Daniel Trujillo. No se me olvidaba que existía una mujer que se llamaba Lidia Pedralba y que quería ser mi clienta. Me terminé el gin-tonic. Ella me miraba cargada de paciencia.

En el aparcamiento, nos metimos en un BMW azul marino con olor a nuevo. Ella al volante.

Dijo:

—Ahora sí.

Buscó el beso en la boca, me repasó los labios con la lengua, la metió para buscar la mía, lo hizo durar. Se separó un instante para murmurar:

—¿Te gusta? Déjame ver si te gusta.

Hurgó en mi bragueta y, labio contra labio, con las salivas mezcladas, y alientos de gin-tonic, y vodka y naranjada, ronroneó como un gato:

—Sí, sí que te gusta, uy, cómo te gusta.

Me estaba mareando. Perdí el contacto con la realidad.

—¡Pero tócame! —exclamó ella, con risa perversa—. Ahora sí puedes tocarme.

La toqué.

—¿Por qué no nos vamos a un lugar más cómodo?

—¿No te parece bastante cómodo un BMW?

—¿Digamos que me siento expuesto a miradas indiscretas...?

—¿Y no te gustaría una mamadita aquí, donde te puede ver cualquiera? ¿No te excita?

Me había bajado la cremallera y buscaba dentro de mis calzoncillos. Los ojos le centelleaban, peligrosos. Estaba disfrutando. Le gustaba lo que tocaba, lo que empuñaba como un mango, y le gustaba mi cara abotagada de imbécil.

—Vamos a tu casa —dije con voz ahogada.

Fuimos a su casa. Un edificio antiguo de la avenida de Roma con una puerta muy ornamentada y pretenciosa.

Un vestíbulo con espejos, un ascensor de madera noble y asiento almohadillado adaptado a las exigencias de seguridad de los nuevos tiempos. Beso baboso y manos en los pechos, y la pierna de ella enroscándose a la mía, contacto de pubis. Se me comía. Era más poderosa que yo.

Un piso grande, decorado por un nuevo rico de los años cincuenta, alguien que se había beneficiado de colaborar con el Régimen. Techos altos, puertas palaciegas, baldosas modernistas de dibujo policromo y caprichoso, cuadros antiguos sacados de un anticuario, o tal vez de los Encantes;

vocación de museo novecentista. En algún lugar, un piano de cola. Cortinajes pesados. Parecía una casa deshabitada, con olor a libros viejos, armarios llenos de ropa apolillada, alfombras polvorientas y muchas puertas que hacía años que no se abrían. Pero no tuve tiempo de contemplar el decorado, porque enseguida fuimos a parar sobre la cama y allí la pantera me devoró.

Tenía un cuerpo formidable, digamos normativo, digamos neumático, obra de un artista cirujano especialista en bótox y silicona; pechos poderosos, cintura de avispa, piernas largas, culo rotundo. Mucho más espectacular que Lana, aunque supieras que todo era postizo.

Insaciable, atacó con violencia, con exigencia. Si yo ya no llegaba, llegaba ella, con una imaginación desbordada. Yo no me podía resistir, pero no me gustaba. Quería acabar con aquel combate, pero era incapaz de hacerlo. Me sentía maltratado, violado, como si me agarrara por las solapas y me sacudiera insultándome. De hecho, me insultaba, «hijo de puta, cabrón, malnacido», y se cagaba en Dios y en todos los santos, y decía: «Fóllame, vamos, bien adentro, no pares, no te arrugues, imbécil». Nada que ver con Lana.

Hasta que se me quitó de encima, lanzándome al otro extremo de aquella cama inmensa, y agarró una caja de cigarrillos de la mesilla de noche y se puso uno en la boca, lo encendió, aspiró el humo y lo expelió con un suspiro de felicidad.

Final del combate.

Temí que a continuación me echara de su casa.

«Ya no te necesito para nada».

Desnudo boca arriba sobre las sábanas, mirando al techo, muy lejos el uno del otro.

—¿Aquí es donde follabais con el juez? —pregunté.

Silencio. Pensativa, con la mirada clavada en el techo, soplaba el humo.

—¿Aquí vivíais con Daniel Trujillo? ¿Este era el hogar conyugal?

—El hogar conyugal, sí. Aquí folábamos, sí. —Callé, esperando que se desahogara—. El hogar conyugal. La madre que lo parió.

—¿Se fue él, o lo echaste tú?

—Lo eché.

—¿Por qué? ¿Se había terminado el amor?

—Él —suspiró Miranda después de hacerme esperar unos instantes, y arrancó a tirones, como si le costara estructurar los pensamientos—, él. Envió. A mi niño. A los Estados Unidos. Para que perfeccionara su inglés, ¿sabes? En una escuela cara, de élite. Muy importante. Donde van los famosos. Para que se formara de cara a su futuro. —Sus palabras estaban teñidas de sarcasmo y desprecio—. Y, cuando el chico se fue..., Miquel, se llama Miquel...

—¿Qué edad tiene?

—Veintitrés. Cuando se fue, descubrí que él era lo único que me unía a Daniel. Sin Miquel en casa, ya no teníamos nada que decirnos. Yo no quería que Miquel se fuera, a tomar por culo el inglés y su futuro, yo lo quería aquí, a mi lado. Sin Miquel, esto ya no tenía ningún sentido. Y sí, le dije que me dejara sola, que necesitaba espacio para pensar. Necesitaba espacio para respirar.

—¿Daniel no te dejaba respirar?

—Daniel es un dios omnipotente y omnisciente y clarividente. Si algún día lo conoces, no le lleves la contraria. Él decide qué es verdad y qué es mentira: él escribe la historia. Es muy consciente de ello. Dice: «El día de mañana los historiadores mirarán qué dijimos los jueces y decidirán que eso fue lo que pasó». Está convencido de ello.

—¿Qué sabes de aquello que trajeron los periódicos, sobre tu marido?

—¿Lo que trajeron los periódicos?

—Aquello de uno que se llamaba Cangrejo. Que dicen que se le escapó.

—Ah, no sé nada. Nunca me hablaba de su trabajo. Ni a mí me interesaba. Y, además, aquello pasó cuando ya nos habíamos separado. Pero, vaya, por lo que decían los periódicos, le salió mal, ¿no? Quería ser juez estrella y se estrelló con aquel caso.

Le divertía recordarlo.

—¿Era frecuente que se le escaparan detenidos?

—No lo sé. Supongo que no. Aquello dijeron que había sido por culpa de la Policía, ¿no? Y me parece que los policías eran esos amigos tuyos, los que están contigo en el Racket. ¿No te han contado ellos lo que pasó?

—No. No se lo pregunté. —Añadí—: Te fuiste tú.

—¿De dónde?

—De casa. No echaste a Daniel de casa. Él te echó a ti, y tuviste que venir a vivir a esta casa fantasmal. Vosotros no vivíais aquí.

—A Daniel nadie puede echarle de ninguna parte.

—¿Esta casa era de tu familia?

—Aquí vivieron mis padres toda la vida. Desde que nací hasta que murieron.

—Debes de sentirte muy sola, en esta casa tan grande y tan inhóspita. ¿Te gusta mucho vivir aquí?

—Me gusta tener esta cama tan grande. —Sopló el humo del cigarrillo y comentó, como si no tuviera ninguna importancia—: Me ataba, ¿sabes? Le gustaba atarme. Me ataba a la cabecera y a los pies de la cama. Eso lo ponía muchísimo. ¿Lo has probado alguna vez? Me ataba de pies y manos, así, los brazos en cruz, las piernas muy separadas, y decía que lo volvía loco verme tan indefensa, a su merced. Saber que podía hacer de mí todo lo que quería.

—¿Y a ti te gustaba?

Me dirigió una mirada cruel.

—Un poco, sí —sonrió, enseñando los dientes—. Un día se presentó con una chica. Una chica de pago. Una puta, vaya. Muy guapa, muy joven, bien vestida. No una cualquiera.

Para hacer un trío. En realidad, lo que quería era que yo me lo hiciera con la chica, y él mirar. Él miraba y jugaba, daba vueltas a nuestro alrededor para ver cómo nos besábamos, cómo nos tocábamos, y él metía mano de vez en cuando... ¿Has hecho algo así alguna vez?

No, no había hecho nunca nada parecido.

Apagó la colilla en un cenicero de la mesilla de noche.

—¿Te gustaría hacerlo?

—Nunca habría dicho que Su Señoría fuera tan perverso.

Emitió una risa falsa que ridiculizaba a Su Señoría.

—¡No! Daniel no es perverso: es un niño que quiere probarlo todo. Perdió su juventud estudiando, encerrado en su habitación, preparando las oposiciones a juez, más de un año y más de dos. Mientras sus amigos descubrían el mundo, él solo descubría los artículos del Código Penal, que no eran más que letras sobre papel, pero él no lo sabía. Y, cuando consiguió lo que quería, descubrió que el mundo era mucho más grande de lo que había imaginado, y quiso recuperar el tiempo perdido. Quería hacer lo que suponía que todos sus amigos habían hecho mientras él estudiaba, y nunca tenía bastante de nada.

—¿Quería? ¿Tenía? ¿Ahora ya no?

—No, ahora supongo que también. Pero ahora ya no lo tengo en mi habitación.

—¿Dirías que es honrado? —Al acabar de pronunciar estas palabras, y no antes, me vino a la mente lo que Daniel Trujillo me había dicho sobre la honradez y la honestidad. Yo era honesto, pero no honrado. A partir de lo que me decía Miranda, concluí que él no era honesto, pero ¿honrado?—. ¿Dirías que Daniel es un juez honrado?

Ella lo pensó. Quizá porque le gustaría responderme que no, que era una mala persona, aquel cabrón malnacido, como le llamaba cuando se emborrachaba en el Racket. Pero dijo:

—Sí. Es honrado. Muy rígido. Intolerante. No soporta que le lleven la contraria. Ni que le falten al respeto. —Bulla había dicho algo parecido—. No tolera que lo envíen a la mierda.

—Y tú lo enviaste a la mierda.

—Sí.

—¿Y...?

Como si quisiera comprobar que yo todavía estaba allí, a su lado, Miranda alargó la mano, me acarició el costado, la cintura, la barriga, me buscaba el vientre.

—Se enfadó mucho.

—¿Cómo de mucho?

—Mucho.

—¿Te pegó?

—Sí.

—¿Te pegaba muy a menudo?

—No. Solo cuando jugábamos. Cuando yo se lo pedía. Aquel día se pasó un poco, pero en el fondo me gustó. Acabamos follando. —Se volvió hacia mí—. ¿A ti te gusta pegar?

Tenía bolsas debajo de los ojos, y dos surcos profundos cerrando la boca como un paréntesis de amargura. Y los ojos, en aquellos momentos, se habían cansado de ser salvajes y ahora eran turbios como el agua sucia de un pantano.

Negué con la cabeza, con la sensación de que perdía puntos.

Miranda me había agarrado la polla con aquella firmeza tan suya, como si hubiera encontrado la herramienta que mejor sabía utilizar, y la presionaba como para asegurarse de su consistencia. Era una mano brusca, que no sabía masturbar. Daba miedo cuando te la agarraba como si fuera el mango de un martillo, acostumbrado como estaba a la delicadeza de Lana.

—¿Te gusta que te peguen?

—No.

—¿Te gusta que te la chupen?

Su mano estaba jugando con mi pene. Se retorció como una serpiente y fue a buscarlo con la boca.

—¿Te gusta o no?

—Sí, sí que me gusta.

—Pues dilo, coño. Qué cabrón.

Pensé en Lana y la angustia me cortó la respiración.

Capítulo 10

Segundas partes

El lunes me desperté destrozado.

Era Paco al móvil.

—¿No vas a venir?

—Hostia, ¿qué hora es?

—Tardísimo. Te están esperando.

—Hostia, perdona. Entretenlos un momento, que ya voy. Salgo cagando leches.

Lana no había vuelto a casa. Su lado de la cama estaba vacío y frío.

Me habría resultado muy fácil atribuir mi malestar a la resaca, pero no era eso, no era solo esto. Otras veces había aceptado con deportividad la migraña, la fotofobia, la amargura de la boca seca, el mareo, las náuseas y el cansancio infinito. Pero no era eso, no era solo el alcohol. Me miraba al espejo del lavabo y me decía: «¿Qué haces? Pero ¿qué haces? Pero ¿qué estás haciendo? ¿Qué te pasa?».

Miranda preguntándome. «¿Te gusta pegar?».

No se me había ocurrido nunca. ¿Qué coño me pasaba?

Miranda preguntándome. «¿Te gusta que te peguen?».

Y yo respondiendo delante del espejo, como si lo dijera en broma: «Ahora mismo merecería que me pegaran una buena paliza».

Cuando llegué al bufete, los clientes ya se habían ido, enfadados. Que les llamara. O que ya se buscarían otro abogado. Ya verían.

Paco se alarmó.

—Hostia, tú, ¿qué te pasa? Haces mala cara. ¿No te encuentras bien?

—Debe de ser un virus. —Que es como decir «la maldición de los dioses»; hoy todo se atribuye a la intervención de los virus. En la vida real y en la vida informática, que es más real que la vida misma. Todo es vírico, todo es viral.

Desayuné tres Alka-Seltzer.

Lana llamó a media mañana. Feliz y risueña como hacía tiempo que no la oía.

—Ostras, Marc, esto está quedando de coña. No veas la revolución que hemos organizado en Camprodon. Incluso tenemos gente del pueblo que accede a fotografiarse en bolas. ¡Y en medio de la plaza, tú! ¡Es fantástico! Estoy cambiando toda la colección de arriba abajo. Me parece que no aprovecharemos ninguna de las fotografías del principio, pero todo el mundo me dice que esto es mucho mejor. —Y a mí se me cerraban los ojos y pensaba «¿Todo el mundo te lo dice? ¿Quién es todo el mundo?»—. Ya verás cómo te gusta, cuando lo veas. Bueno, que te quería decir que aún estaremos por aquí un par de días. ¿Tú cómo estás?

—Bien.

—¿Te las apañas bien sin mí?

—Es difícil, pero hago lo que puedo.

—¿El trabajo, bien?

—Tengo un caso muy complicado entre manos. —Los pechos de Miranda entre mis manos.

—Bueno, pues. Un beso. Te llamo.

Lana colgó y me quedé solo con la estupefacción de la noche anterior. Miranda quitándose el vestido rojo, desabrochándose el sujetador, orgullosa de sus pechos, que tan caros le habían costado. Su avidez invasora.

Evoqué la delicadeza de Lana en la hora de hacer el amor —sí, hacer el amor—, y se me fundía el corazón. Nada que ver.

A la hora de comer no debía tomar alcohol (porque estaba hecho mierda) (para reservarme para la noche) (no digas tonterías, ayer ibas bien mamado y te portaste como un campeón) (ja, ja, bien mamado), pero antes de comer, en el restaurante, mientras esperaba que me sirvieran, me pedí una cervecita (cervecita en diminutivo, como si eso rebajara su graduación), y para acompañar el estofado de ternera me habían parecido imprescindibles unas cuantas copitas (copitas) de vino, no hace falta que te bebas toda la botella, pero no, no te la lleves, déjala en la mesa.

No podía olvidar las bolsas bajo los ojos turbios y las arrugas de la boca torcida de repulsión, aquella expresión desprovista de todo afecto, de la más mínima chispa de amor, y me enfurecía, y quería volver a verla desnuda delante de mí, y pellizcarla, y morderla, y oírla gemir de dolor, que para ella era una forma de placer.

Después, la siesta. Le había dicho a Paco Passeres: «¿Sabes qué? Esta tarde no voy a venir, tengo que ir a ver a un cliente». Él me había dicho: «Lo que tendrías que hacer es ir a casa a descansar, que pareces un cadáver».

Una siesta profunda, que es como un ensayo de la muerte. Sin sueños, sin pensamientos, sin reproches, sin cagadas monstruosas de las que arrepentirme. Sin Lana, pero también sin Miranda tentadora.

Pero, en cuanto abrí los ojos, Miranda estaba allí.

Miranda desnuda, Miranda amarga, Miranda desvergonzada, Miranda obscena, Miranda desdeñosa, Miranda cruel. Miranda que me llamaba y yo no podía dejar de acudir a su lado. «Iré a verla y le diré que basta ya».

Eran todos los síntomas de un enamoramiento juvenil. A medida que te haces mayor, aprendes que esta locura no tiene nada que ver con el amor, lo de sacrificarse por el otro, fiesta sorpresa para el día de su cumpleaños y taparla cuando se ha dormido delante de la tele o hacerle un caldo cuando está enferma, nada de todo eso. Pero el prurito es similar. «Esta mujer no me conviene, esta mujer es odiosa, pero quiero volver a verla desnuda».

Una voz me decía: «Os necesitáis mutuamente».

Un *amour fou*.

Era la mujer fatal. «Te pedirá que mates a alguien y no podrás negarte».

Lana no estaba, y, como no estaba, aquella noche volvería a ver a Miranda. Por última vez. Solo para decirle que no quería saber nada de ella, que se fuera a la mierda. Si quería que la abofeteara, la abofetearía. Si tenía que atarla, la ataría. Se me ocurrió que tendría gracia que la atara a la cama y me fuera, dejándola allí inmovilizada, para que fuera pensando qué quería hacer durante el resto de su vida.

«Resulta que eres honesto», me había dicho Trujillo. «Tal como me había parecido».

¿Honesto? ¿Tal como te había parecido? Indignado, ahora le respondía: «¿Honesto, cagondios?, ahora vas a ver qué clase de honestidad me gasto». Me miraba en los ojos felinos de Miranda y veía reflejada toda la furia que llevaba dentro.

Y llegué al Racket, y Pepo todavía no se había quitado las gafas negras, y me preguntó si quería un gin-tonic o un Almax. Le dije que un gin-tonic.

Al fondo del anfiteatro estaba Miranda.

Sola.

Miranda atada a la cama, los brazos en cruz, las piernas muy separadas para que le puedas hacer todo lo que quieras.

Todo lo que quieras.

Y yo, desamparado y solo, sin Lana.

La había perdido por voluntad propia. ¿Por siempre jamás? Lana, tan fantástica, la perfecta, la que todo lo hace bien, ¿eh, papá, qué te parece? La que siempre está cuando la necesitas, ¿verdad? ¿Qué me dices? ¿Dónde está ahora? Fotografiando a tíos en pelotas, en Camprodon.

No estaban las amigas y no estaba la pandilla de policías. Se me ocurrió que los había echado a todos: «Dejadnos solos». Bajé, me senté a su lado, «¿Qué ha pasado, hoy?», y bebimos juntos sin nada que decirnos. Hablamos sin tener nada que decirnos. Que es, tal vez, cuando resulta más fácil hablar.

—¿Qué has hecho hoy? —me preguntó, muy pendiente de mi respuesta.

—Nada. ¿Y tú?

—Pensar en ti. ¿Tú has pensado en mí?

—Sí. Mucho.

—¿Qué pensabas?

No sabía qué decir. Yo estaba allí para hablar del juez Trujillo. Pero ella ya me había confiado todo lo que tenía que confiarme de su marido. Y si algún tema se nos había pasado por alto, no sabía cómo preguntárselo. «¿Crees que tu ex es un corrupto? ¿Prevarica? ¿Cobra a cambio de dictar sentencias al gusto del consumidor?». Era incapaz de formular nada con un poco de sentido.

—Eh, ¿qué pensabas?

—No lo sé.

—¿Cómo me imaginabas? ¿Desnuda? ¿Haciéndote cosas?

—Bueno, sí, no. Según cómo.

—¿Qué te hacía?

—¿Qué?

Se me acercó mucho, arrimándose para que notase la turgencia de sus pechos en contacto con mi cuerpo, y me acarició la mejilla con una suavidad que, viniendo de ella, me daba más miedo que placer. Su mano reposaba sobre mi estómago, a punto para saltar a la bragueta.

—Que qué te hacía.

—¿Cuándo?

—En tus fantasías. ¿Qué te hacía?

—Bueno, fantasías, fantasías, tampoco te vayas a creer...

—Di, ¿qué te hacía?

Su mano pesaba sobre mi estómago amenazante, a punto para actuar.

—Cosas.

—¿Cosas nuevas? ¿Cosas que no te hice ayer?

—No. No lo sé.

Yo tenía ganas, me moría de ganas, pero no quería tenerlas. Le agarré un pecho, porque era lo que se esperaba de mí, pero no podía dejar de pensar que era un bloque de silicona. Agradable al tacto, pero silicona al fin y al cabo. No quería que me insultara, ni que me pegara, ni me apetecía atarla, ni pellizcarle los pezones hasta hacerla gritar, ni acabar a trompazos de un lado a otro del dormitorio. No quería que me sacudiera la polla como si fuera una zambomba. La noche anterior ya había probado una aproximación a aquella modalidad de sexo, y ya tenía bastante, no quería repetir.

—¿Qué te pasa? Te encuentro apagado.

—Estoy apagado. Agotado.

—¿Agotado? ¿Ayer se te acabó la gasolina?

Lana nunca habría dicho una cosa así.

—Sí.

—Ven, que te haré los primeros auxilios. Empezaremos por el boca a boca.

El boca a boca.

Me besó, primero en la mejilla, muy cerca de la comisura, como para tranquilizarme, «No pasa nada», como cuando tienes que ponerle el collar a un perro que ya sabe que lo vas a arrastrar hacia el sacrificio; y enseguida en la boca, en una inmersión de saliva y lengua e incluso dientes, si era necesario. Y la mano en la entrepierna, para calcular el calibre.

—¿Vamos al coche? —reclamó con ansia.

Al mirarla a la cara tan de cerca, vi tristeza donde la noche anterior había furia. Sus ojos emitían un grito de súplica y de socorro. Hoy no tocaba ser la sádica, sino la masoquista, ya no era la maníaca sino la depresiva. Estaba a punto de llorar y de gimotear «Por favor» y de ofrecerse «Soy tu esclava». Y yo no quería tener una esclava, no sabría qué hacer con ella. En todo caso, yo sería el sádico que dice «Pues te jodes».

—¿Vamos al coche?

Dejamos el gin-tonic y su bebida sin acabar, y fuimos al coche. Y allá empezamos a hacer lo que tocaba, besos, tocamientos, los de ella más ansiosos y desesperados, y me desabrochó los pantalones tirando del cinturón como si estuviera domando a un caballo salvaje, y se precipitó a la felación como la drogadicta que se lanza sobre la droga que ha de salvarle la vida.

Llegué a la conclusión. Quiero decir que, después de llegar a la conclusión, llegué a la conclusión de que yo no tenía que estar allí.

—Vale, vale —dije—. No puedo más. Será mejor que lo dejemos por hoy. Lo siento. No me encuentro bien.

Su rostro se cubrió de desolación. Le vi las ganas de llorar en el fondo de los ojos, y recé mentalmente «Por favor, no». Entonces entendí que a ella tampoco le gustaba todo aquello. Lo hacía porque daba por supuesto que a mí tenía que gustarme, que a todos los hombres les gustaba tener una pantera en la cama, y que estaba dispuesta a hacer cualquier cosa, lo que fuera, para tenerme contento. No conocía ninguna otra manera. Porque al hombre que más había conocido y al que echaba de menos le entusiasmaba hacer aquellas cosas, y no le gustaban otras. Y lo lamenté por ella. Deseé que aprendiera la lección. Hay muchas maneras de practicar el sexo. Cada cual tiene la suya. Y solo puede salir bien si los participantes coinciden en los gustos.

Me abroché la bragueta húmeda, manchándome los dedos.

—¿Te vas? —me preguntó, muy angustiada.

—No me encuentro bien. Lo siento.

Salí del BMW y fui adonde me esperaba mi Suzuki Vitara, con la sensación de que era muy despiadado al abandonar a una mujer de aquella manera y en aquellas condiciones. Temí que me llamara, implorante. Pero no lo hizo.

Capítulo 11

El que sabe dónde está el Cangrejo

Y, a pesar de todo, el miércoles volví al Racket.

Soy así de contradictorio. Lo soy normalmente y en aquella época aún lo era más. Hora tras hora diciéndome que no quería volver a ver a Miranda, que no volvería allí, esperando a Lana que no volvía de Camprodon, que me llamó para decirme que se lo estaba pasando estupendamente, que habían hecho toda una sesión de fotos en el campo, entre piedras y árboles y vacas y burros, un montón de hombres en pelotas, tendrías que haberlo visto, y yo decidido a no beber alcohol porque me encontraba mal, y por fin me encontré ante el neón anunciador, y apoyado en la barra de Pepo y sus gafas oscuras.

—Hola, Pepo, ¿cómo va eso?

—Ya lo ves, aprendiendo a hacer cócteles a tientas. ¿Gintonic de Seagram's?

—No. Hoy ponme algo explosivo, que necesito gasolina —iteraba las palabras de Miranda.

La verdad era que ya iba bastante entonado.

—El cóctel del día es un Harvey Wallbanger, si te ves con ánimos. ¿Conoces el licor de Galliano?

—No.

—No te asustes. Es un licor italiano un poco dulce, anís, cítricos, vainilla, ochenta y seis grados...

—¡¿Ochenta y seis grados?!

—... pero se mezcla con vodka para hacerlo más masculino, y con zumo de naranja para hacerlo más femenino. ¿Te animas?

—Por favor. Soy uno de los alcohólicos más famosos que conozco.

—Ya me dirás si te gusta.

Cuando lo probé, me preguntó:

—¿Es lo que querías?

—Te lo diré cuando recupere el conocimiento.

Miranda y sus amigas no estaban. Me la imaginé llorando como una magdalena y lloriqueando «No quiero volver nunca más por el Racket, no quiero volver a encontrarme con él». Y él era yo. Supuse que eso me hacía ganador del combate.

Bajé lentamente, con mucho cuidado, hacia donde estaban Regueira, Duque Cara de Asco y Bulla Inmenso y Buenazo, al sofá de siempre, los tres muy juntos, como si conspirasen.

—Buenas noches, pasma —dije, alegremente fatigado.

—Hola, Figurín. ¿Qué es de tu vida?

—Espantosa. Pero yo soy más fuerte.

Siempre que me miraban todos a la vez, de aquella manera tan policíaca, tenía la sensación de que habían estado hablando de mí.

Me senté en un extremo del sofá, y me dediqué al Harvey Wallbanger como si pudiera leer mi futuro en el fondo del vaso. El líquido era naranja, como aquello que le gustaba a Miranda, con vodka, o las bebidas que pidieron Susana y sus amigas. Los policías continuaban su conversación, que yo no podía oír porque cuchicheaban y porque la música me ensordecía. Traté de recordar el título del tema que estaba sonando, y el nombre del intérprete. Infructuosamente.

Estaba realmente muy cansado.

Cuando terminaron con los secretos, intercambié algunas palabras con los policías, «Qué, ¿a qué te dedicas?», «No estoy fino, últimamente», «No te veo muy animado, debe de ser un virus», pero mostré suficiente desinterés como para que volvieran a dejarme solo con la música.

El Harvey Wallbanger era realmente muy fuerte. En algún momento cerré los ojos.

Y así, con los ojos cerrados y la nuca apoyada en el respaldo del sofá, oí que sonaba un móvil, y Regueira contestó alejándose de sus amigos y acercándose donde yo estaba.

—Sí, soy yo, ¿qué quieres?, ¿qué?, ¿qué me dices?; ¿de dónde lo has sacado?, ¿dónde está?, bueno, pues dime dónde está, ah, ¿qué quieres?, sí, sí, pero ¿tú qué quieres?; estás loco, estás como una cabra; ¿ya sabe el Abuelo que me estás llamando?; ¿y ya se lo has dicho, a él?; puedo comprobarlo; ¿dónde estás?; no, claro que no te voy a llevar nada, ahora, primero tenemos que hablar, ¿dónde estás?, pues no te muevas, que ahora voy.

Yo continuaba con los ojos cerrados, inmóvil, como si me hubiera dormido profundamente.

Regueira hablaba con los otros levantando la voz lo suficiente como para que yo pudiera oírles.

—Nero Neroni.

—¿Nero Neroni?

—Que sabe dónde podemos encontrar al Cangrejo.

—¿Eso te ha dicho?

—Y que nos lo dirá si le llevamos cinco mil euros.

—Qué cabrón.

—¿Y...?

—Pues que habrá que ir a verle. A ver con qué nos sale.

—¿Ahora, hay que ir? ¿Quieres que vayamos todos?

—Y llamaré al Abuelo, o a Goliat, para que venga alguien de la familia para ver qué está pasando.

—¿Dónde hay que ir?

—Donde están siempre. A La Birra de la Ronda.

—Pero ese es su terreno. La Birra es como el cuartel general de los Klimovski. Allí no podremos hablar con libertad.

—De todas formas, no hay nada de que hablar. ¿Qué nos va a decir?

—¿Y llamarás al Abuelo? El Abuelo no quiere saber nada del pacto.

—No nos dirá nada.

—Y, además, me parece que no está de acuerdo.

—El Abuelo se ha tragado el pacto, y ahora ya da igual que esté de acuerdo como que no. Y es con él con quien hay que hablar, porque es el Abuelo, es quien manda y exige respeto.

—Quien manda es el Cangrejo.

—Quien manda es el Abuelo y hay que tenerle un respeto, joder. Las cosas hay que hacerlas bien. Si estamos buscando al Cangrejo, hay que hablar con el Abuelo. Pero también llamaré a Goliat para que esté presente, claro. A ver qué habrá que hacer con este Neroni.

—Claro. Goliat tiene que estar.

—Lo que hay que hacer es agarrar a ese Neroni y...

—Lo que hay que hacer es nada. Nada. ¿Me has entendido, Duque? Nada. ¿En qué estás pensando? A Neroni ni tocarlo. Que tenemos un trato, hostia. Ni a Neroni ni a ningún Klimovski. Eso ya tendrías que saberlo, coño.

—Pero...

—Pero nada. Los Klimovski tienen que resolver sus cosas entre ellos. Nosotros no pintamos nada en la familia Klimovski. ¿De acuerdo? ¿Lo has entendido? Pues venga, vamos.

—¿Y este?

—Está durmiendo. Déjale que duerma.

Dejaron que durmiera, y dejé que se fueran. Esperé unos minutos y fingí que me despertaba, que echaba de menos a mis amigos. Miré a un lado y a otro, y hacia la puerta, y sacudí la cabeza, contrariado. Todo ello por si se daba el caso improbable de que alguno de los policías se hubiera quedado atrás para comprobar mi reacción.

Nadie se había quedado atrás.

Busqué en el móvil «Birra de la Ronda» y enseguida localicé la cervecería La Birra en la Ronda de Sant Pau.

Habían dicho: «La Birra es como el cuartel general de los Klimovski».

Y existía un pacto. Entre la cuadrilla de Regueira y los Klimovski.

Al día siguiente, jueves, a mediodía, fui a la cervecería de la Ronda de Sant Pau. La Birra. Un local enorme, con muchas mesas y muy poco movimiento a la hora de comer. Servían bocadillos: bikinis, frankfurts, pepitos. Tomé tres cervezas, un bikini y un pepito de lomo. Al fondo del local, cuatro o cinco chicos jóvenes ocupaban un par de mesas y se reían haciendo mucho ruido. Uno vestía un chándal del Barça, otros camisetas y vaqueros rotos en las rodillas, bambas caras, y anillos de oro, y cadenas también de oro en el cuello. Un par se cubrían con gorras de Ferrari.

Pensé en preguntarle al camarero si eran de la familia Klimovski, pero no me atreví.

Por la tarde, Lana no había dado señales de vida. La llamé yo. Me contestó muy animada y risueña, de una manera que me pareció que no hacía más que prolongar la conversación que estaba manteniendo cuando había sonado el móvil. Como si, en realidad, no estuviera hablando conmigo, sino permitiéndome entrar en su tertulia, mucho más animada. Al fondo, se oía el tintineo de vasos o copas y una música remota. Se lo estaba pasando estupendamente.

—Ah, Marc, ahora estábamos diciendo que es muy curioso, porque habíamos hecho todas las fotos de la primera serie en interiores, con una iluminación artificial estudiada al milímetro, y ahora, en cambio, cuando las estamos haciendo con luz natural y absoluta improvisación, quedan mucho mejor, mucho más espontáneas y luminosas...

—Ya veo que estás bien.

—Muy bien. Estoy feliz. ¿Y tú?

—Bien.

—Bueno, fantástico. Yo igual me quedaré aquí un par de días. Esto es maravilloso. Estoy haciendo otra serie de temática completamente diferente. Experimento. —En segundo término, alguien respondía a su última palabra haciendo un comentario que no pude entender pero que causó la hilaridad de todos los que estaban con Lana. Ella también se rio y dijo—: ¡Qué burro eres!

Yo me despedí:

—Bueno, pues...

Parpadeé y, al abrir los ojos, el mundo ya era diferente.

Impresionante. Me quedé jadeando como si me hubieran arrancado de un tirón el aparato respiratorio. Boqueando como pez fuera del agua. Solo con mi desazón, con una angustia que no me permitía pensar, de repente pensar estaba prohibido, no pienses, Marc, porque todo va bien. Todo iba tan bien que, para celebrarlo, fui a buscar la botella de vermut negro, y me serví un buen vaso con hielo. Brindo por ti, Lana. Y otro vaso, y otro y otro, y decidí que aquella noche no saldría porque me apetecía quedarme en casa para ver una buena película o una buena serie. Y, además, a lo mejor se presentaría Lana. A lo mejor lo pensaba mejor y decidía que prefería estar conmigo, en casa, mejor que acompañada por todos aquellos payasos que le reían las gracias. La recibiría con los brazos abiertos. Ah, Lana, cómo te he echado de menos.

Al día siguiente, viernes, por la mañana, la mitad de la cama donde solía dormir Lana continuaba vacío y frío, y ella no me llamó en todo el día, y yo decidí que tampoco la iba a llamar porque, si ella no necesitaba hablar conmigo, yo tampoco necesitaba hablar con ella. Me costó mucho concentrarme en el trabajo, pero trabajé, para demostrarme que estaba en perfectas condiciones físicas y mentales; y no me privé de tomar alcohol porque sabía que, si no bebía, me iba a encontrar mal; y me dejé caer en una siesta reparadora y, al atardecer, me vestí para la noche y fui al Racket porque, qué iba a hacer, si no, el día se me estaba haciendo demasiado largo.

Pude estacionar el Suzuki en el interior del recinto cercado por anuncios de la ampliación del club de pádel, y noté la ausencia del Peugeot 3008 de Regueira.

Antes de que pudiera pedir el gin-tonic y de que oteara la sala para ver si estaban Regueira y su pandilla, Pepo dijo:

—Acaban de salir. No hace ni diez minutos. —Lo miré, sorprendido e interrogativo—. Tus amigos. La panda de allí abajo. Se han reunido aquí, en la barra, se han tomado unas cervezas y se han ido.

—¿Han dicho adónde iban?

—Han estado hablando de un sitio que se llama El Terrenal, donde por lo visto hacen un *cap-i-pota* y unas manitas de cerdo y unos callos a la madrileña que, solo de oírles hablar, yo ya salivaba.

—Ah —hice mientras digería la información.

—¿Conoces el sitio?

—No. ¿Sabes dónde está?

—He oído que decían que estaba por Badalona, pero no te sé decir.

Le dediqué una sonrisa de agradecimiento y volví a salir.

Puse «El Terrenal» en el GPS del Suzuki y enseguida me indicó la trayectoria que debía llevarme por la Ronda del General Mitre hasta la Ronda de Dalt y de allí, rodeando la ciudad, hacia las playas de Badalona.

Puse el coche en marcha.

El Terrenal está en una zona medio industrial, entre almacenes, fábricas, casitas de uno o dos pisos, en segunda o tercera línea de playa. Es un bar de barrio que no merece una segunda mirada, nunca ha pretendido ser moderno ni de diseño. Unas pocas mesas sobre la acera forman una terraza exigua protegida por una valla de plástico de color verde. En el interior, mobiliario de fórmica, paredes que no se pintan desde el día de la inauguración, decoradas con pósteres cutres: uno de toros, cinco toros de la ganadería de…, y otro de la Semana Santa de Salamanca.

A aquella hora solo había tres mesas ocupadas, pero parecía que los cubiertos contra los platos y las conversaciones de los comensales sonaban demasiado fuerte.

Los camareros parecían paquistaníes y hacían su trabajo con precipitación y brusquedad, sin ninguna simpatía. Su modelo debía de ser un hombre gordo y calvo de gran bigote, malcarado, de actitud peligrosa, que los vigilaba desde detrás del mostrador con ordenador y la caja registradora, donde solo se dedicaba a cobrar.

Me recibió levantando una ceja.

—¿Ha visto a Regueira y a sus amigos por aquí? —pregunté, dando por supuesto que eran habituales y que, cuando eran habituales de un sitio, se hacían ver, y como si yo formara parte del equipo.

No dudó ni un segundo.

—Arriba, pero me parece que están ocupados.

—¿Y cómo se sube arriba?

Me indicó un pasillo que había al fondo y que conducía hacia la cocina a la izquierda, y los servicios a la derecha.

Capítulo 12

Un confidente llamado Yimy Cangas

De la cocina salía un calor sobrehumano y un guirigay de voces irritadas hablando en un idioma que yo desconocía. Los lavabos olían mal. A continuación, invisible desde el comedor, una escalera empinada de diez escalones se encaramaba hacia el segundo piso.

Subí seis escalones. Arriba había un pasillo con puertas. La primera estaba entreabierta y de allá me llegó la voz de tenor de Bulla:

—No, yo te estoy preguntando a ti. ¡De los dos muertos de Santa Coloma! Ese es el tema, o sea que no te hagas el imbécil.

—¡Yo no sé nada, de esos dos muertos! —protestó una voz aguda y harta de repetir las cosas.

—Antes has dicho que sí; que sabías que eran de la rama de los Klein. De Goliat y de Crispín. Y del Abuelo.

—Bueno, sí, sé que son Klein y no son Calomarde como el Cangrejo. Pero eso lo sabe todo el mundo. No hacía falta que os lo dijera.

—Pero ¿qué significa eso?

—Yo qué sé qué significa.

—¿Qué te sugiere? ¿Qué te hace pensar?

—¿Qué tiene que hacerme pensar? ¿Qué queréis que os diga?

—Una idea: ¿no puede significar que se los cargó el Cangrejo?

—¡Yo no he dicho eso!

—¿No lo has pensado?

—¡No!

—¿No hay quien lo piense?

—¡No! ¡Yo qué sé!

—¿Nadie ha pensado que a lo mejor ha sido el Cangrejo quien se ha cargado a los dos de Santa Coloma? Porque los dos de Santa Coloma negociaron el tema de los chinos, y el Cangrejo no quería que os liarais con los chinos, ¿no es así?

—Claro que no, ¿quién dice eso? El Cangrejo fue quien cerró el trato con los chinos. Él estaba a favor. ¿Quién dice lo contrario? Yo no lo he oído decir. Ni en el entorno de los Klein he oído nada parecido.

De repente, un estruendo de arrastrar sillas y mesa, y un breve grito de espanto, y la voz aguda, más histérica que feroz, de Soliño:

—¡Escúchame bien, mamarracho! Desde que hemos llegado que no paras de preguntar si sabemos dónde está el Cangrejo, que por dónde lo estamos buscando y no sé cuántas cosas más... Tú aquí eres nuestro informante, y no a la inversa. ¡Y hasta ahora no nos has informado de nada!

—Es que no sé nada de lo que me preguntáis. ¡No sé dónde está el Cangrejo, ni el Vis a Vis, ni ninguno de los otros Calomarde! No sé nada de los muertos de Santa Coloma, pero no lo hizo el Cangrejo, eso seguro...

—¡Hay testigos! ¡Lo vieron, pistola en mano! Tiró la pistola, la recuperamos, tiene sus huellas...

—¡Mentira! ¡Eso es mentira! ¡Se sabría! Y yo no he oído nada de todo eso. ¡La gente no habla de eso! ¡Y hablaría! No he oído nada, ni en las Casas Buenas, ni en el Poble-sec, ni en la Mina. Se sabría. Es todo lo que os puedo decir. ¿Qué más queréis?

Terminé de subir los peldaños hasta el distribuidor de arriba y la puerta entreabierta me permitió ver un comedor familiar, como si aquel piso en algún momento hubiera sido la residencia de los propietarios del negocio. Había una mesa capaz de acoger a ocho comensales, con sillas que un día habían sido pretenciosas, una vitrina con cristalería polvorienta y recuerdos baratos de toda la provincia, y una araña con lágrimas de cristal, e incluso una silla alta de bebé. Pero también había pilas de cajas de cervezas y refrescos, y en un rincón una fregona, una escoba, un cubo y una pala recogedora.

Llenaban la estancia los cuatro policías, que parecían enormes, y un joven de nariz larga, gorra de lana de cuadros, sudadera gris, ojos llorosos y muy amedrentado. Bulla y Soliño, enormes los dos, sacos de grasa y músculos, estaban de pie, uno a cada lado del chico, inclinados sobre él como policías interrogadores que eran. Duque estaba sentado, blanco verdoso como un cadáver, sufriente, acodado sobre las piernas, como si estuviera haciendo penitencia por los pecados de todos juntos. Y Regueira también estaba sentado, pero más apoltronado, y se volvió hacia mí.

—¡Coño, Figurín! ¿Qué haces, por aquí?

—Pepo me ha dicho que estabais aquí y que hacen unas manitas de cerdo cojonudas.

Mi presencia cambió la situación radicalmente. Vi cómo el chico se relajaba y suspiraba como quien se quita un peso de encima, y Bulla y Soliño se incorporaban y se volvían buenos y sonrientes, incluso ponían una mano protectora sobre el interrogado; y Duque casi dejaba de sufrir.

—Y nos has encontrado, qué cabrón.

—¿Conoces a Yimy Cangas? —Era el nombre del informador interrogado.

—Es nuestro proveedor —se rio Bulla, mirando alrededor por si alguien le reía el chiste.

—Pero ya se iba —dijo Regueira muy serio—. ¿Verdad que ya te ibas, Yimy?

Yimy estaba deseando salir de allí. Abandonó la silla, me miró agradecido por mi intervención, y se abrió paso entre muebles y personas, hasta la puerta. Oí cómo bajaba las escaleras y procuré no variar de expresión, como si no hubiera oído ni presentido nada en particular y todavía no entendiera qué estábamos haciendo en aquella extraña habitación. Mi sonrisa de idiota más convincente, a la expectativa, «¿Y... y ahora qué hay que hacer?».

Regueira me dio una palmada amistosa en la espalda.

—Así que nos has encontrado, ¿eh? Que Pepo te lo ha dicho, ¿eh?

—Sí. Dice que aquí hacen unas manitas de cerdo fantásticas. Me he dicho «Pues allá que nos vamos».

Bajamos al restaurante donde nos tenían reservada una mesa. Añadieron un cubierto para mí.

—¿Proveedor? —pregunté a Bulla.

Con sonrisa socarrona, el hombre corpulento y buenazo se tapó un agujero de la nariz con un dedo y aspiró por el otro. Ja, ja. Ya nos entendíamos. Capté una mirada reprobatoria de Regueira a través de sus gafas impenetrables.

Regueira pidió una ensalada «donde hubiera de todo», para repartir, y platos de manitas de cerdo, de *cap i pota* y callos a la madrileña. Continuaron comentando la reunión que habían mantenido con el llamado Yimy Cangas.

El Duque de la Triste Figura opinaba que el error fue que un día le habían dado dinero a cambio de confidencias. Igual que el Nero Neroni «del otro día», que también quería dinero a cambio de «decirnos cualquier cosa».

—No hay que dar dinero a los confites —sentenciaba.

—Le dimos dinero a cambio de la farlopa —mascullό Soliño Rubio y Gordo, como excusa.

—No es así —le contradecía Duque—, y tú sabes que no es así. Le pagamos la mandanga por un lado, los números claros, y un plus aparte por el chivatazo. Y ahí la cagamos. Las cosas como son. Y ahora se piensa que solo tiene que abrir la boca y tender la mano para que le llueva la pasta del cielo. Y eso no puede ser.

—¿Decía que sabía dónde se esconde el Cangrejo? —intervine como oyente ignorante.

—No —sonrió irónico Regueira—. Hacía como si quisiera que nosotros le dijéramos dónde se esconde el Cangrejo, pero la verdad es que solo quería vendernos su material. Esa es la relación entre los confites y la Policía. Nos cuentan cosas, pero porque quieren que nosotros también les contemos cosas. Los malos también necesitan información. Y Yimy Cangas, además, está como una cabra. —Se dirigió a Duque, imitándolo para corregirle—: Las cosas como son.

—Bueno —dijo Soliño—, el caso es que el Cangrejo ya es nuestro. La próxima vez no se nos va a escapar. Ahora hay dos muertos, y tenemos la pistola y las huellas dactilares. Cuando le agarremos, ya no se librará.

Bebíamos un priorato llamado Ònix que pasaba la mar de bien. Un par de botellas, para empezar. Atribuyo a sus efectos que me atreviera a preguntar, como si nada:

—¿Y cómo fue que atrapasteis al Cangrejo aquel día? Quiero decir, el día que lo detuvisteis. Un tío que dicen que vivía tan escondido, que no se le conocía la cara, que nunca habíais podido ni hablar con él, eso decían los periódicos. Lo decía vuestro amigo Renom. Leí que se esconde en túneles que hay debajo de su casa. ¿Cómo pudisteis detenerle?

Se miraron unos a otros, planteándose si yo merecía suficiente confianza como para saberlo, y Regueira tomó la palabra, asumiendo su responsabilidad como jefe indiscutible de la banda.

—*Cherchez la femme* —dijo—. El Cangrejo se encaprichó de una mujer muy guapa. Y muy cara. ¿Has oído hablar de Modas La Boreal? —No, no había oído hablar. Los otros me contemplaban con lástima por mis carencias—. ¿No sabes nada de la Aurora Boreal? Pues esta es una mujer que tiene una tienda y que, si vas a verla, te puede enseñar tres catálogos...

—Cuatro —le corrigió el gigante Bulla.

—Tres —insistió Regueira.

—Cuatro.

—Tres. Y si existe un cuarto, tú no lo has visto.

—Pues claro que lo he visto. Lo que me extraña es que tú no lo hayas visto.

Regueira abrió las manos sobre la mesa, dando por terminado el paréntesis. Pausa y continuó.

—Hay un catálogo de mujeres guapísimas, chicas muy jóvenes, a un precio elevado pero razonablemente asequible. Puedes comprobarlo en internet.

—El cuarto catálogo no está en internet.

—Te metes en Google, entras en la página y verás una serie de fotografías de tías espectaculares. Eliges una, rellenas el formulario, pagas, clicas y la tienes en tu casa, o en un hotel, donde a ti te parezca. Te puede acompañar a un viaje, por ejemplo. El segundo catálogo —y miró a Bulla subrayando que las cosas eran como eran— ya no está en internet. Si quieres verlo, tendrás que ir a la tienda. Es de famosas españolas, o sea, presentadoras de televisión, o azafatas de esas que hacen de florero en los concursos, o actrices de segunda fila, o modelos, o deportistas. En este caso el precio ya sube bastante y solo puedes verlas en la sede central de Aurora Boreal, que está por la Via Augusta, o en el hotel que ellas te digan. Y hay un tercer catálogo —volvió a enfatizar— que tampoco está en internet y que es de estrellas internacionales, quiero decir actrices de Hollywood, quiero decir modelos de alta costura, quiero decir incluso políticas, mundialmente conocidas. Es impresionante, increíble. Si eliges una de estas, además de tener que pagar un ojo de la cara, deberás hacer lo que te digan. No irán donde tú quieras. Te dirán dónde tienes que ir. Normalmente, a la tienda de Modas La Boreal, donde Aurora tiene un par de habitaciones muy bien puestas, pero, según cómo, según a quién elijas, te dirán que vayas a París, o a Estocolmo, o a Los Ángeles, que allí te estarán esperando. La cosa tiene que ser cuando ellas dicen y donde ellas dicen. Bueno, pues el Cangrejo se volvió loco por una de este último catálogo. Me parece que era una actriz italiana jovencita que está empezando. No sé. Y Aurora Boreal le dijo: «Aquí la tendrás». Y fue por eso por lo que el Cangrejo tuvo que salir de su madriguera para ir a la Via Augusta. Y alguien que nos debe favores nos lo dijo. Y cerca de allí, en una calle paralela, le cortamos el paso y pam, le pusimos las esposas. No podíamos dejarlo escapar. Él es quien manda en los Klimovski. Él da las órdenes y el resto de la familia obedece...

—¿Aún ahora? ¿Estando desaparecido?

—No está desaparecido. Está escondido. Pero lo vamos a encontrar, no tengas miedo, que lo vamos a encontrar. —Soliño remató el relato muy satisfecho de cómo le había quedado—. *Cherchez la femme fatale.*

Se hizo un silencio que enseguida rompió Roberto Bulla:

—El cuarto catálogo es de cosas raras. Niños, niñas, y otras cosas que se te puedan ocurrir.

A Regueira no le gustó este colofón y lo hizo notar dejando que se coagulara el silencio. Hizo un esfuerzo por relajarse, recuperó su sonrisa burlona y se dirigió a mí:

—¿Lo entiendes, ahora? Los malos siempre tienen un punto flaco, un talón de Aquiles, y nosotros siempre se lo acabamos encontrando. La próxima vez que pillemos al Cangrejo —dijo con énfasis, un poco picado—, yo te garantizo que no se saldrá con la suya tan fácilmente. Ahora tenemos pruebas de que ha matado a dos personas. Tenemos la pistola con sus huellas dactilares. Está *kaput*. Es cuestión de tiempo.

Con la lengua se limpiaba restos de comida que le quedaban en las encías. Y los otros mantenían clavadas en mí miradas muy penetrantes.

—Qué, nene, ¿cómo te has quedado? —intervino Bulla con la boca llena de *cap-i-pota*—. ¿Te gustaría ir a visitar las Modas La Boreal?

—No podría pagar ni el saldo más tirado del primer catálogo —respondí, como si lo lamentara.

Cuando volvía a casa, sin apretar el acelerador porque era consciente de que superaba de sobras la tasa de alcoholemia, me arrepentía de no haber preguntado cuánto había que pagar por las mujeres de Modas La Boreal, aunque solo fuera por las del primer catálogo. Solo por saberlo.

Claro que también tenía curiosidad por saber qué se pagaba por las del tercer catálogo. Y qué mujeres encontraría en este tercer catálogo. A lo mejor te hacían pagar solo por echarle un vistazo. ¿Y qué habría en el cuarto catálogo?

El sábado volví a abrir los ojos sin la compañía de Lana.

«No pienses, Marc.

»Duerme toda la mañana, duerme cuanto puedas. Mientras duermes, la realidad no existe».

Al atardecer, como era sábado, fui al Bebop, a ver si coincidía con Trujillo. Probaba suerte. Y la tuve.

Estaba sentado en el mismo sitio donde ya lo había visto el primer sábado, cuando hicimos el juego de Susana y sus amigas. Vestido con camisa y pantalones negros, delgado, tieso como un poste, absorto en su móvil, esperando la actuación del día. Pedí un gin-tonic al matrimonio cubano de la barra y fui a ocupar una mesa dentro del campo visual del juez, a una distancia prudente. Yo también me dediqué a acariciar la pantalla de mi móvil. Busqué la página de Aurora Boreal y me entretuve mirando fotos de chicas hermosas con poca ropa, dando tiempo a Su Señoría para que me viera y me llamara. Prefería que diera él el primer paso. Si no lo conseguía antes de la primera actuación, fingiría que descubría su presencia durante el espectáculo, porque él estaba cerca de la pista donde tenían que actuar, e iría a buscarlo.

Pero se cumplió mi deseo. Oí que una voz agradable decía «¿Marc?» y lo encontré ante mí, con una sonrisa radiante y apacible. Había venido a buscarme. No era de esas personas que gritan de un lado a otro de un local.

—¿Marc?

Me hice el sorprendido, claro, «Uy, no le había visto», así, de usted, era un juez y yo un simple mortal. Mortal y simple, una combinación tan humilde como humillante.

Me puse en pie, nos estrechamos las manos.

—¿Qué haces por aquí? ¿Te gustó Leire, el otro día?

—¿Leire...?

—La cantante. La que actuaba. Leire y Los Improperios. Jazz feminista. Un poco agresivo, ¿no te pareció? Pero supongo que no prestaste mucha atención a la actuación, el otro día. Estabas por otras cosas. —Sonreía, muy agradable, no recriminaba, eran comentarios casuales—. Ven allí, hay sitio, y estarás más cerca de la pista.

Me senté con él, guardamos los móviles y tuvimos una conversación muy entretenida. Él propuso el tema del jazz. Iba a menudo por aquel local porque tenían buen gusto tanto en la selección de la música de fondo como en la elección de músicos para las actuaciones en directo de los sábados. Aunque, en sentido estricto, no se podía decir que Leire Alfaro y Los Improperios (aquel nombre le hacía mucha gracia, teniendo en cuenta que todas eran mujeres) fueran jazz, pero tanto la pianista como la contrabajo se notaba que se habían educado en el blues. Enseguida me preguntó qué clase de jazz me gustaba y yo, para no dármelas de entendido cuando no lo era, le respondí con sinceridad que me gustaba la música «más bien fácil, la melódica; si habláramos de pintura, me inclinaría más hacia el impresionismo que a la pintura abstracta, más Van Gogh que Jackson Pollock, no sé si me entiende».

—¿Te gusta Charlie Parker?

—Mire... Yo sé que ahora debería decir que sí. Todo aquel a quien le gusta el jazz venera a Charlie Parker, ya lo sé. Si no te gusta Charlie Parker, no te gusta el jazz. Pues, si no me queda más remedio, escucho a Charlie Parker igual como escucharía una zarzuela, pero tengo que confesar que, para mí, Charlie Parker es Jackson Pollock.

Se rio complacido.

—Entonces, si dices que te gusta el jazz, ¿qué tipo de jazz te gusta?

Improvisé, por no quedarme callado como un tonto.

—El blues, el blues cuando ya empieza a ser rock...

—Pero eso no es jazz.

—Tiene razón —me rendí—. No entiendo mucho de música.

—No, no te cortes, perdona. ¿Qué me ibas a decir?

—Hablo de la música que me gusta escuchar. Me gusta Louis Armstrong. Pero más el Armstrong de los All Stars que el de los Hot Five y Hot Seven, que es más arcaico. —Usé la palabra «arcaico», porque sonaba más interesante que «antiguo»—. Me gusta el Dixieland. Me gusta la música que me pone contento, no la que me deprime. Tengo muy claro que la música conecta directamente con los sentimientos. Por eso la utilizan en las películas, para hacer que sintonices con los sentimientos que el director te quiere transmitir. Y me gusta la música exultante, la que me levanta el ánimo, y la que me pone alegre y me hace reír. Y detesto la música *aplatanadora*, si me entiende lo que quiero decir.

—Por favor —dijo el juez Trujillo—, llámame de tú, y Daniel.

Así siguió el diálogo, hasta que llegó el momento de la actuación, y luego nos pedimos otra copa (no te pases, Marc) y continuamos charlando.

Al despedirnos, en la calle, me dijo que algún día tenía que ir a su casa para escuchar jazz, que tenía algunos discos que muy probablemente me gustarían.

—... No te pondré música *aplatanadora* —dijo, sonriendo—, no te preocupes. A mí también me gusta más reír que llorar.

Vi cómo se alejaba y me pareció que yo me tambaleaba un poco, con las piernas flojas por el alcohol, y que probablemente Su Señoría Daniel se habría fijado en ello. Camino de casa, me pregunté por qué me habría invitado a la suya. Miranda me había dicho que era un falso perverso que quería probarlo todo. ¿Querría probar una relación homosexual conmigo?

Se me escapó una sonrisa escéptica y divertida, como si me encontrara ante una puerta que se acababa de abrir hacia experiencias insospechadas.

Era muy tarde cuando llegué a casa, pero las luces estaban encendidas. Primero pensé que me las había dejado yo, pero enseguida entendí que era prueba de que Lana había regresado.

Estaba en el dormitorio, deshaciendo la maleta. La puerta del armario abierta, percheros libres. Y la ausencia desoladora de una sonrisa de bienvenida.

Lana tenía unos ojos grandes inclinados hacia afuera, de forma que eran muy divertidos cuando se reía, porque parecía que lloraba de risa, que se moría de risa; y resultaban muy tristes cuando estaba seria.

Choqué contra tanta seriedad y tanta tristeza, como quien choca contra un muro.

—Marc —dijo. Me había estado esperando. Preparando el discurso. Pero le costaba, y tuvo que tomar impulso para empezar—. Tenemos que hablar.

No estaba deshaciendo la maleta. La estaba llenando con la ropa del armario.

Capítulo 13

El placer del ludópata

Me ahorraré detalles.

Estaba cantado. No puedo decir que me sorprendiera.

Me estaba afeitando y, de repente, mi imagen en el espejo se agrietaba y se hacía añicos, como le pasaba al capitán Haddock en *El asunto Tornasol*. Iba andando, tan tranquilo, y descubría que bajo mis pies tenía una cuerda tensada entre dos rascacielos y era incapaz de mantener el equilibrio. Saltaba y bailaba en medio de la calle y, de pronto, me daba cuenta de que el resto del mundo me estaba observando y me recriminaba mi comportamiento de imbécil.

¿Qué había hecho?

Me hundí y lloré. Y fui a buscar la botella de whisky para poder soportar el disgusto, y los ojos de Lana me riñeron «Pero ¿qué haces?». Fue una noche muy larga, que me dio tiempo a irritarme y gritar como un marrano, diciendo cosas como «No me extraña, tanto tiempo fotografiando pollas, era cuestión de tiempo que alguna se te metiera en el coño», y Lana continuó llenando de ropa la maleta.

Caí sobre la cama, maldiciéndome el alma, y maldiciendo a Miranda y a Trujillo y a la banda de Regueira, que me habían poseído como demonios y me habían forzado a hacer cosas contra mi voluntad, cosas que me condenaban por siempre jamás.

Una vez, un jugador a quien tuve que defender porque había robado para pagar deudas de juego, me confesó de dónde venía su adicción. «El ludópata encuentra el placer en la posibilidad de perder», me dijo, para mi sorpresa. «Si sabes seguro que siempre ganarás, el juego no tiene ninguna gracia. Es la perspectiva del tahúr, del tramposo, que solo piensa en ganar dinero. Es otra cosa, más relacionada con el robo. La pasión del jugador, lo que hace que cada partida sea una descarga eléctrica, como el mejor de los orgasmos, es la posibilidad de perder. Y, cuanto más te juegas, más excitado y frenético estás. Eso es lo que te atrapa en la timba, y te retiene, y hace que juegues una y otra vez, aunque vayas ganando. Hasta que pierdes. Te lo juegas todo, y pierdes. Porque, si hay la posibilidad de perder, al final perderás».

Eso era lo que me había pasado a mí. No, mentira. No me había pasado. Eso era lo que yo había hecho. Lo había conseguido con el auténtico esfuerzo del suicida imbécil. Había jugado como un niño estúpido y había perdido como un ludópata enfermo.

Se hizo de día, y me despertó Paco, y Lana ya no estaba.

—¿Marc...?

Se lo dije:

—Lana me ha dejado, tío. Hostia puta, Paco, Lana ha hecho las maletas y se ha ido de casa.

Después llegó un domingo en que fui a comer a casa de mi padre. Sin Lana y completamente ebrio. Tan ebrio a la una del mediodía que ni yo mismo entendía muy bien lo que decía, y tenía que apoyarme en la pared para no caer.

Pero mi padre no se extrañó en absoluto de mi estado etílico o, en todo caso, no hizo el menor comentario al respecto. A él solo le preocupaba la ausencia de Lana.

—¿Hoy tampoco ha venido?

—No.

—¿Todavía está en Camprodon?

—Fotografiando pollas.

—¿Y qué tal?

—Me ha dejado. Se ha ido para siempre.

Porque era para siempre, claro. Ninguna posibilidad de que aquella mujer espléndida pudiera ni siquiera pensar en volver junto a una escoria como yo. Lloré y mi padre trató de consolarme diciendo que ya se veía venir, desde hacía tiempo, que Lana no era para mí. «Sois muy diferentes». Y entendí perfectamente lo que quería decir.

No comí casi nada. Me quedé dormido en el sofá. Dormir era una bendición. Abandonabas la realidad, te ibas a otro mundo en el que no había alcohol, ni la necesidad de una mujer, ni llantos, ni tenías que hacer el esfuerzo de vivir. Ya había anochecido cuando me desperté y, mientras mi padre me acompañaba con el coche, yo pensaba que solo me estaba alejando de su casa y de su lado para que no estorbara. Me despidió con un consejo benevolente. «Come un poco y duerme. Estas cosas se curan durmiendo».

Me llamó Paco Passeres, y mi padre, y poca gente más. Quizás algún cliente, pero al ver su nombre en la pantalla no contesté. Resultó que todos los amigos que llenaban la casa en los buenos tiempos, todos eran amigos de Lana, y yo solo era alguien que pasaba casualmente por allí. Alguno me llamó e incluso vino a verme, pero era evidente que lo hacían porque Lana, compadecida o culpable, se lo había pedido: «Id a ver a Marc, pobre Marc, que lo debe de estar pasando mal», pero a la hora de la verdad quedaba claro que no tenían nada que decirme y se morían de ganas de salir disparados hacia nuevas aventuras. Un fracasado borracho y deprimido no es buena compañía para nadie.

El primer contacto con la realidad que me vi capaz de enfrentar fue una inmersión en la infinita sapiencia de Google, buscando información sobre los Klimovski.

Dos asesinatos en Santa Coloma de Gramenet.

Un padre de cincuenta años y su hijo de veintidós, en la zona de Can Zam, por la noche, cuando volvían a casa. Los dos llevaban el apellido Klimovski y se suponía que sus muertes estaban relacionadas con el crimen organizado y el narcotráfico y poca cosa más.

Me armé de valor y, aprovechando que el whisky, aquel día, aún no me había hecho mucho efecto, llamé a mi amigo Edu Gracián.

—¡Eh, Marc! —me dijo, contento de oír mi voz—. ¿Cómo estás?

No sabía si alguien le había hablado de mi desgracia y de mi estado lamentable, pero dije «Bien» y él abandonó su interés por mi estado:

—¿Todavía andas interesado en Trujillo?

—¿Por qué? ¿Tienes noticias?

—Bueno, desde que hablamos se ha convertido en el juez estrella de Cataluña, ¿no te parece? El terror de los narcos.

—Sí, es verdad. No: de momento, estoy interesado en los Klimovski.

—Ah, bueno. Deben de estar escondidos debajo de la cama por miedo a Trujillo.

—Solo detuvo a un Klimovski, y se le escapó.

—Pero ya caerán, ya.

—¿Tú crees?

—¿Por qué me lo preguntas?

—No lo sé. ¿Qué sabes de los dos muertos de Santa Coloma?

—Ah. Dicen que lo hizo el Cangrejo.

—¿Por qué lo habría hecho? —Me sorprendía que lo tuviera tan claro.

—No lo sé seguro. Solo lo que se comenta por aquí. —Se refería al complejo policial de la calle Guipúzcoa, donde él trabajaba—. Dicen que, desde que el Cangrejo se escapó, sus primos Klein, quiero decir los Klimovski Klein, han tomado las riendas de la familia.

—Escúchame... —Eché un trago para aplacar el dolor de cabeza—. ¿Puedes explicarme ese lío de los Klimovski Klein y de los Klimovski Calomarde? ¿Son una sola familia, o son dos, o qué?

—Vamos a ver... —Gracián hizo una pausa para preparar el discurso—. La familia Klimovski se hizo fuerte y empezó a crecer en las Casas Buenas de la Zona Franca. Allí se consolidaron como Klimovski Calomarde, con el Tío Klimovski y la Bisabuela, que es la madre del Abuelo, el actual patriarca del clan, que todavía está vivo. Y en las Casas Buenas es donde está el jefe de la familia, el que realmente la dirige, el Cangrejo, José Klimovski Calomarde, que ahora no se sabe dónde está, junto con su hermano Juan, alias *Vis a Vis*. Después del Abuelo, él es quien manda sobre toda la familia Klimovski. Incluidos los Klimovski Klein, que tienen su sede en el Poble-sec. La familia Klein ya era muy importante en la ciudad y, cuando un Klimovski se casó con una Klein, se distanciaron de las Casas Buenas y se hicieron la ilusión de que, a partir de entonces, ellos cortarían el bacalao. Pero son unos inútiles. Goliat, Crispín y sus seguidores no sirven para nada. Tienen mentalidad de chorizos de barrio. Aquí los que han hecho importante a la familia fueron, primero, la Bisabuela y, cuando ella murió, el Cangrejo. Esto dicho por el mismo Abuelo, que ahora es el patriarca. Entre las dos ramas familiares la situación se crispa de vez en cuando, pero los Klein no tienen nada que hacer, y lo saben. Por eso, por mucho que discutan, nunca se produce la ruptura. Por ejemplo, se sabe que el Cangrejo y su hermano Vis a Vis tenían la intención de cerrar un negocio con los chinos de Pei Lan de la Zona Franca. Cuando el Cangrejo desapareció, todos mis compañeros del crimen organizado brindaron dando por supuesto que la asociación no se iba a producir. Pero, ah, los rumores ahora dicen que los Klein, o sea, Brallan Klimovski Klein, que se conoce como *Goliat*, y Kilian Klimovski Klein, alias *Crispín*, han cerrado el acuerdo. Todo esto son voces de confites sin contrastar. Que yo sepa, no tenemos nada seguro. Y los Mossos tampoco. Son rumores. Pero ¿qué significaría eso? Los Klein solos no lo habrían hecho nunca. Eso significa que quien manda continúa siendo José Klimovski Calomarde, *el Cangrejo*. Y los otros obedecen. Cuando el Abuelo se fue a vivir al Poble-sec, con los Klein, hubo quien lo interpretó como que debilitaba la autoridad del Cangrejo, pero, por lo visto, solo era una maniobra para controlar a los Klein de cerca.

—Todo el mundo está buscando al Cangrejo, ¿no?

—Siempre lo hemos buscado y nunca lo hemos encontrado. Dicen que se esconde en las catacumbas de la ciudad. Pero sí, Regueira y los suyos están encabronados y dicen que lo están buscando más que nunca. Y no se entiende, porque el Cangrejo de ahora es el mismo de antes de que lo detuvieran. Si entonces no tenían ninguna prueba de nada para retenerlo, ahora tampoco...

—... A menos que se le atribuyan los asesinatos de Santa Coloma —apunté.

—De momento, no hay ninguna prueba que demuestre su participación.

—Hay quien dice que sí.

—Todo suposiciones, Marc.

—¿La pistola con sus huellas dactilares?

—Nada en firme.

—¿Y no sabes nada más?

—¿De los Klimovski? No me ha llegado nada más.

—¿Y de Regueira?

—¿De Regueira?

—Sí, del inspector Regueira. Inspector de primera. ¿Sabes algo?

—¿Qué pasa con Regueira? Nada. Como siempre. Un veterano de la antigua escuela, que tiene siete vidas y siempre cae de pie. Como los gatos.

Poco a poco fui volviendo a la normalidad. Las mañanas se hacían algo más soportables. Pude volver por el bufete, y saludaba a Paco como si me alegrara de verlo, y a él se le puso cara de pésame, y me dijo: «Joder, tío, estás enfermo, tienes que cuidarte». Empecé a poner al día el trabajo aplazado.

Me entrevistaba con clientes, los acompañaba a la Ciudad de la Justicia, hablaba con fiscales, con jueces... Por suerte, en aquel tiempo no me entró ningún caso complicado. Todas las personas a las que tenía que defender eran culpables, manifiestamente culpables, atrapadas con las manos en la masa, delincuentes habituales que conocían el protocolo mejor que yo. No me daban mucho trabajo ni exigían mis facultades intelectuales al cien por cien. A algunos los invitaba, si había oportunidad, «¿Una cervecita?». La mayoría eran más alcohólicos que yo.

Se me ocurrían tonterías como llamar a Lana para decirle que ya me encontraba mejor, que me iba reponiendo, pero no lo hacía, dado que ella no había mostrado ningún interés por mi descalabro.

Mi padre no vino a verme. Me llamó, eso sí, «¿Cómo estás?», y yo «Bien, tirando», y él «Cuídate», y basta. Y en el bar del barrio, una tarde, el camarero me dijo «Basta ya, Marc, ya has bebido bastante, vete a casa», y me enfadé y tuvo que sacarme a empujones.

Ya no iba por el Racket, para no encontrarme con Miranda, y porque tampoco tenía ganas de coincidir con Regueira y los suyos. Ellos tampoco me llamaban, y a lo mejor me habría gustado que lo hicieran, pero enseguida recordé que nunca habíamos intercambiado números de teléfono. Claro que ellos eran policías y, si querían localizarme, seguro que podían hacerlo. No querían.

De vez en cuando me desanimaba con la idea de que, después de haber convivido con Lana, ya no sería capaz de disfrutar de ningún otro tipo de vida. Llegaba a la conclusión de que no sabría continuar adelante.

Un día que estaba en la Ciudad de la Justicia resolviendo un tema relacionado con María Luisa Lezana Delgado (alias *la Pelleringa*, aquella que había descalabrado a un hombre en las Casas Buenas de la Zona Franca), me crucé por el pasillo con una mujer de unos cincuenta años, con gafas de pasta, cargada de carpetas gruesas, y establecí una rápida e intuitiva conexión. Era fiscal, se llamaba Cristina Noséqué y había leído su nombre en un expediente hacía poco.

La detuve:

—¿Cristina...? —Frenó en seco, como si hubiera sentido el silbato de un guardia de tráfico, y me miró—. Soy Marc Olván, abogado. Perdóname un momento. Si no me equivoco, tú estuviste de fiscal en un caso del juez Trujillo. Un caso de violación de menores. Un chico gay que estaba bañando a un niño, y la abuela del niño dijo que lo estaba masturbando...

—Ah, sí —inexpresiva, atenta.

—Solo es curiosidad profesional. Trujillo decretó prisión provisional. ¿Podrías decirme en qué se basaba? ¿Por qué...? —Mi tono no daba ninguna importancia a la pregunta, como si en realidad no me interesara la respuesta para nada.

Hizo un esfuerzo por recordar.

—No sé... Creo que hablamos de alarma social, y encontramos pornografía en el ordenador del chico. Aparte de la resistencia a la autoridad... Pero ahora no lo tengo presente.

—¿Y el caso aquel del Klimovski, el Cangrejo, que la Policía lo detuvo, no sé por qué, y lo soltasteis...?

Me clavó su mirada, tratando de penetrar en el fondo de mi ojo para descifrar mis intenciones.

—¿Estás haciendo un estudio sobre los casos de nuestro juzgado?

—¡No, no! —me reí, como si lo interpretara como una broma.

Ella tragó saliva e hizo gesto de olvidarse de mí.

—Pero espera... —la retuve, siempre sonriendo, siempre superficial—. Me gustaría hablar con la LAJ del juzgado de Trujillo. ¿Quién era...?

—¿La LAJ?

—Sí, la Letrada de la Administración de Justicia. Lo que antes se llamaba la secretaria judicial.

A la fiscal le extrañaba que yo no conociera la noticia:

—Murió.

—¿Qué me dices? ¿La LAJ de Trujillo? —me sorprendí.

—Murió, la pobre.

—Pero si era joven... ¿Qué edad tenía?

—No lo sé. Unos treinta y pocos. La atropelló un coche. El día siguiente al Pilar. La atropelló un coche que se dio a la fuga. Me parece que aún no han encontrado al conductor. Sí, señor, una desgracia.

Continuó andando y me dejó atrás con la boca abierta.

Capítulo 14

La página en blanco y el papel higiénico

Había aprendido a combatir la resaca con Bloody Marys, que dicen que es el remedio clásico e infalible, y llegaba a mediodía medio anestesiado, en un estado de bienestar distanciado de la realidad; comía poco, y a media tarde ya no controlaba del todo mis movimientos. Entonces caía en un pozo profundo del que era imposible salir, o bien afloraba la rabia y me sentía capaz de todo.

Un sábado, a mediados de noviembre, como no tenía que ir a trabajar, me pareció buena idea curarme la resaca con vino. Tenía una buena reserva de penedès, ribera del Duero y rioja y me puse en la actitud del enólogo sumiller que tiene que probarlo todo. A lo largo de la mañana fui consciente de mi degradación y la asumí como un castigo merecido por haberme permitido perder a Lana. Me sentí hermanado con Miranda y su gusto por ser atada y maltratada, y en algún momento pensé que estábamos hechos el uno para la otra y que mi destino debería ser el de vivir a su lado el resto de mis días. No sé si eso se me ocurrió antes o después de vomitar, pero, cuando más destrozado estaba, pasadas las tres de la tarde, sonó el teléfono y pensé que sería Lana para preguntarme cómo estaba, y respondí, y era Lidia Pedralba.

Lidia Pedralba, Dios mío, ¿y ahora qué le digo?

—Soy Lidia, Lidia Pedralba…

—Sí, sí, ya sé…

—Es que ya hace más de un mes que hablamos…

—No tengo nada…

—¿Qué?

—Que no tengo nada… Ya le dije que no tenía nada… No puedo ir contra un juez. No querrá que haga informes contra un juez para que después el juez los vea y diga que los he escrito yo…

—Perdone, no le entiendo muy bien…

—Que lo deje correr. ¿Me ha entendido ahora? Que lo deje correr. Que no tengo nada.

—Pero ¿usted ha investigado? ¿Usted ha procurado acercarse al juez Trujillo?

—Yo… Bueno, yo…

—Porque yo le pagué al señor Pacheco. Y él me dijo que usted estaba investigando. ¿Qué ha hecho usted?

—¿Yo? Investigar. Investigar, eso sí.

—Pues algo habrá descubierto.

—Poca cosa.

—¡Con poca cosa ya tendremos suficiente! Solo se trata de tirar del hilo. Solo necesitamos un detalle, una sospecha, un rumor. Y si no quiere hacerlo usted, ya me encargo yo de llevarlo a la prensa. Cualquier periodista ansioso de noticias sensacionales estará dispuesto a destaparlo todo, lo que sea… ¿Qué ha descubierto? ¡Dígamelo! ¿Qué poca cosa ha descubierto?

—Nada, nada. Lo que tengo no sirve para nada. ¿Que es aficionado al sadomasoquismo?

—¿Ah, sí?

—Sí, pero ¿y qué? Se ha separado de su mujer. La ataba a la cama y le daba en el culito de vez en cuando, ¿y qué? ¿Qué va a hacer con eso? Y el Cangrejo se le escapó entre los dedos. Ah, muy raro, ¿verdad?

—Sí, ¿verdad que fue raro? ¿A que hubo algún trapicheo raro en eso?

—Bueno, sí, ¿y qué? ¿Qué quiere que hagamos? Los jueces…, ¿me oye?

—Sí, sí.

—¿Me está escuchando?

—Sí, sí.

—¿Qué le decía?... Los jueces son omnipotentes. Si les gusta atar a las mujeres a la cama, pues las atan y no pasa nada. Si tienen un trato secreto con una familia mafiosa, nadie les va a llamar la atención. Policía corrupta, bueno, ¿y qué? ¿Quién vigila al vigilante? ¿Quién vigila a Regueira, por ejemplo?

—¿A Regueira?

—Sí: el policía que soltó al Cangrejo. ¿Quién vigila al vigilante? Yo no. ¿Usted lo vigila? Pues yo tampoco. O sea, que déjelo. Yo no puedo hacer nada. Yo no puedo hacer más de lo que he hecho hasta ahora. Me ha abandonado mi chica, ¿sabe?

—¿Qué?

—Que estoy solo. Me ha dejado solo. Me ha abandonado, vaya. Y yo siento como si hubiera perdido todas mis fuerzas, ¿sabe lo que le quiero decir? Un juez corrupto es muy poderoso. Y yo no tengo fuerzas para enfrentarme a él. Imposible.

—Perdone, pero no le entiendo muy bien.

—¡Que Lana me ha dejado! Laura Braulio, que se hace llamar Lana Brau porque va de famosa y de artista, pero ella se llama Lana, quiero decir Braulio...

—Bueno, perdone pero ahora tengo que colgar. Gracias por todo, señor Olván.

Adormilado en el sofá, aquella conversación me había traído a la mente al puto Trujillo, tan creído, tan tieso, diciendo que ya sabía él que yo era una persona honesta. Honesta. Honesta, dijo, que tiene connotaciones sexuales. Tócate los cojones. La madre que parió al juez Trujillo. Tenía que ir a verle y cantarle las cuarenta, pues qué se había creído.

Al atardecer, fui al Bebop, en taxi porque no estaba en condiciones de conducir, y me pedí el gin-tonic de reglamento, y estaban tocando aquello de «¡Hey, Eugene!», uno de mis temas favoritos, y allí estaba el juez Trujillo, como cada sábado, solo con su móvil, tan estirado como siempre. Fui hacia él y lo miré, y me senté a su lado porque noté que oscilaba un poco.

—¡Marc! —exclamó con una sonrisa enorme y sincera—. Cuánto tiempo sin verte. ¿Cómo vamos?

Me costó unos segundos arrancar, y durante ese lapso de tiempo se dio cuenta de mi estado y se le borró la sonrisa.

—Bien —dije, contra toda lógica—. Quería hablar contigo... —pausa— ...porque Lana me ha dejado. ¿Tú sabes quién es Lana? La mujer más maravillosa del mundo. He tenido la suerte de estar viviendo con ella los últimos tres años, ¿tres?, no, cuatro, no, ¿cuatro?, me ha dejado, tú, Su Señoría, señor juez; se largó de casa.

—Lo siento mucho —dijo Trujillo con cara de sentirlo mucho.

Empecé a farfullar aquello de que él creía que yo era una persona honesta, y le informé de lo equivocado que estaba, porque yo no era nada, un pensamiento que había elaborado en aquellos días, yo no era nada, para nadie; yo era una página en blanco, un papel arrugado, papel higiénico para limpiarte el culo. Trujillo no sabía qué replicar ni qué hacer. Para que se decidiera de una vez, le hice la gran confesión, así, de golpe y porrazo, con todas las letras, que me había tirado a su ex, sí, a Miranda, que me la había follado de una manera salvaje.

Por fin, él tomó una determinación. Se metió el móvil en el bolsillo y me dijo:

—Ven. Salgamos de aquí.

—¿Quieres ir a la calle? ¿Quieres que nos peleemos? De acuerdo, vamos a la calle. Te lo diré igual. Te lo digo aquí y te lo diré en la calle.

Me puse en pie y fui tambaleándome hasta la puerta. Allí me di cuenta de que me había dejado la copa de gin-tonic en la mesa, y quería volver atrás, pero él me sujetó para obligarme a salir del club.

—No me toques, ¿eh? —le decía yo—. No me toques, que yo no te he tocado.

Me dirigió hacia su coche, un Audi negro que me pareció espectacular, mientras yo trataba de convencerlo de que en aquel momento no podía pelear porque el alcohol me había sentado mal porque había comido poco aquel mediodía, y volvía a desarrollar la teoría de la página en blanco, el papel arrugado y el papel higiénico porque creía que aún no se lo había explicado.

En el coche, cerré los ojos y todo me daba vueltas. Y de pronto ya estaba en su casa. Una casa moderna, espaciosa, tan ordenada que daba vértigo, con espacios tan amplios que me provocaba agorafobia. Cuadros abstractos de manchas y garabatos, y una terraza inmensa con vistas a la ciudad, y un sofá donde me caí. No sé de qué hablamos con el señor juez, si es que llegamos a hablar de algo. Solo sé que me quedé dormido en el sofá y que, al despertarme, ya era de día, él ya se había ido y me invadió una abrumadora sensación de vergüenza. «Basta, Marc, basta ya, esto se tiene que acabar».

Me encontré solo en casa de Daniel Trujillo. Tambaleándome, tembloroso, cansado, con la boca seca y los párpados pesados, se me ocurrió que el hecho de no disponer de una botella salvadora multiplicaba la necesidad de tomarme un vaso o dos. Ya no pensaba que la dosis anhelada me devolvería a la normalidad. La normalidad ya era aquel estado de desazón y amargura. Después, en todo caso, a base de tragos, ya no pensabas y, despacio, te acostumbrabas a vivir en aquellas condiciones. Como el fumador se habitúa a toser a primera hora de la mañana, y vive convencido de que la tos que le revienta los pulmones, lo congestiona y parte por la mitad es perfectamente normal.

Aplastado por la resaca, me encontré con todo el piso para mí solo, para poder revolver y registrar y curiosear tanto como quisiera. Me pareció una muestra de confianza tan descomunal que casi me hizo llorar. Lo consideré prueba irrefutable de la confianza del juez Trujillo en mí y de su inocencia. Era evidente que no tenía nada que esconder. Disponía de una terraza muy ancha, con vistas a las azoteas del Putxet y, al fondo, en días claros como aquel, se podía ver el mar.

Lo único que a lo mejor tenía que esconder era el alcohol, porque no lo encontré en ningún mueble de la sala de estar comedor. Era un piso tan luminoso, blanco y limpio que me dolía en los ojos, casi tenía que andar a tientas, y convertía la migraña en un bloque de piedra compacto y pesado dentro de mi cerebro.

Sobre la mesa de la cocina, encontré medio folio con un mensaje escrito a mano. «Tengo guardia y debo irme. No bebas mucho, que no te sienta bien. Tómate esta pastilla y aprovecha el domingo para dormir». Al lado, un vaso de agua y una píldora blanca. No traté de saber de qué clase de medicamento se trataba. Me la tragué, con fe ciega. En el congelador, encontré una botella de orujo blanco El Afilador y bebí a morro porque me parecía que no podía esperar más. Un trago para comprobar que estaba muy bueno. Un segundo trago por necesidad. Y basta. No quería abusar de mi benefactor.

Capítulo 15

Monty Alexander en Montreux, 1976

Si digo que aquel domingo no fui a comer a casa de mi padre, cualquiera podrá entender el porqué. Lo llamé para decirle que no me encontraba bien y me dijo:

—¿Cómo está Lana?

Me cabreé:

—¿Y yo qué sé cómo está Lana? ¿Por qué tendría que saberlo? ¡Me dejó! ¡Se fue! ¡No la veré nunca más! ¿Por qué no me preguntas cómo estoy yo?

—Porque ya se sabe que tú debes de estar muy mal, debes de estar hecho mierda. Ya me lo imagino, hijo. Ya sé que tú estás destrozado. Ahora solo falta saber cómo está ella...

—Pues no lo sé. No lo sé. Supongo que ella estará tan contenta, fotografiando pollas erectas.

—Bueno, pues no sé: cuídate. A ver si el próximo domingo ya estás mejor y puedes venir.

—Haré lo posible, papá.

Echaba de menos a Lana. Su presencia estaba en cada rincón de la casa. Me saludaba en cada habitación. En el lavabo, mientras meaba. En el dormitorio, entre las sábanas, más sexi que nunca.

A mediodía, me llamó Trujillo.

Había pensado que tenía que llamarlo yo, pero lo había aplazado pensando en alguna hora propicia, después había pensado que tenía guardia y que debía de estar ocupado, luego me había olvidado y, de pronto, zumbaba el móvil y era él.

—¿Cómo estás?

—Ah, hola, tenía que llamarte yo, quería llamarte, pero se me ha pasado... Y quería pedirte perdón porque ayer me parece que la cagué.

—No te preocupes.

—¿Qué te dije? Que Lana me había dejado, ¿verdad? Lo siento. Es que lo voy diciendo todo el día, a todo el que quiere escucharme. Lo siento. Te pido perdón.

—No, no importa. Escucha: yo ayer, en casa, quería enseñarte un disco de jazz que estoy seguro de que te gustará. ¿Crees que, si nos encontramos mañana por la tarde, estarías en condiciones de escuchar el disco y hacerme caso?

—Bueno... Supongo que sí.

—Porque ayer no estabas en condiciones, era evidente.

—No: ayer no estaba en condiciones.

—¿Y te parece que mañana sí? —No se fiaba de mí—. ¿Te parece que podrás mantenerte sobrio hasta la tarde? Pongamos a las seis. Te recibiré con un vaso de whisky. ¿Qué tal?

—Sí, sí, claro.

—¿No beberás nada en todo el día, hasta que yo te dé la copa en casa?

—No, no beberé nada.

—¿Qué clase de whisky te gusta? Blended, Speyside, ahumado como el Lagavulin, bourbon americano, el Suntory japonés...?

—No sé. Whisky.

—De acuerdo. Te espero. A las seis. ¿Recuerdas dónde vivo? Por si acaso, te envío al móvil la ubicación.

No fue tan difícil.

Aquel lunes fui a trabajar como si nada, hablé con Paco Passeres, mi socio, sin hacer ninguna referencia al alcohol ni a mi separación. Aquí no ha pasado nada. «Cómo estás?», y yo «Bien», y continuamos viviendo.

Me sentía enfermo, pero no muy enfermo, era un malestar soportable. Un vacío en el estómago, como si tuviera hambre; niebla en la cabeza como si la cogorza anunciara su llegada inminente, incluso antes de tomar la primera copa. La obsesión de la sed, la necesidad de beber, la resistencia heroica.

El secreto: no ir a casa. Echar de menos a Lana de lejos, con la imaginación, sin pisar el suelo donde ella bailaba, ni respirar la atmósfera donde ella jadeaba sus orgasmos. No, más vale no hablar de todo esto. No fue tan difícil y basta.

Y llegué a casa del juez Trujillo y me recibió con la actitud alegre y tolerante del amigo que se alegra de recibir a un amigo, con un vaso de Knockando que fue el trago de whisky más bueno, sabroso y reconfortante de toda mi vida. Sin ninguna mirada condescendiente, ni dolorida, ni angustiada.

Quería hacerme oír un disco (de vinilo: tenía tocadiscos y discos de vinilo con fondo de sofrito), un disco que yo no conocía y que, tal como él suponía, me pareció formidable. Monty Alexander en Montreux, 1976. Con entusiasmo casi infantil, me hizo disfrutar con atención aquel inicio lento y expectante del «Himno de la República» («Battle Hymn of the Republic») y la energía vibrante de la «Canción del Trabajo» («Work Song»), con John Clayton al bajo y Jeff Hamilton a la batería. Tal vez influyó la conversación distendida y el calorcillo del Knockando en una terraza casi tan grande como el resto del piso. En aquella época no hacía frío, y se estaba bien a la hora del sol, bajo un toldo a rayas. E incluso al atardecer, porque disponía de una de esas estufas de butano, elevadas como un parasol, que tienen en los bares.

—¡Sí, señor! —exclamé—. Esta es la clase de música que me gusta. ¿Usted diría que esto no es jazz?

Puso cara de contrariedad:

—Por favor, habíamos quedado en que nos tutearíamos. Tú eres Marc y yo Daniel, ¿de acuerdo? ¿Crees que se puede escuchar jazz llamándonos de usted?

Le mencioné el disco de Dave Brubeck, donde escuché por primera vez el «Take Five», y también lo tenía, claro, y lo puso. Cuando vio con qué alegría celebraba yo la *Bossa Nova U.S.A.* y, sobre todo, el «The Trolley Song», Trujillo se echó a reír y me dijo:

—Ahora entiendo lo que me decías el otro día. A ti te gusta jugar. Te gusta la música juguetona.

—La que me hace feliz —le dije.

—La que no es *aplatanadora* —recordó él.

—La que me hace reír y bailar. ¿Para qué serviría la música, si no? ¿Para deprimirnos? ¿Para acompañarnos en nuestra depresión? ¡No me jodas!

Él no mencionaba para nada mi adicción. Yo solté los dos chistes que hacía tiempo que me acompañaban. Uno lo escuché en la película *Bullitt*, la de Steve McQueen y la famosa persecución de coches por las calles de San Francisco:

—Un alcohólico es aquel que bebe más que su médico.

El otro lo escuché en un episodio de las últimas temporadas de la serie *Mad Men*, cuando los guionistas se dieron cuenta de que sus personajes tal vez bebían demasiado:

—Yo no tuve problemas con la bebida hasta que decidí dejar la bebida.

Daniel Trujillo celebraba los chistes como si no se compadeciera del patético que se reía de su desgracia.

—¿Un poco más de whisky?

—Pues sí, si no te importa. Está bueno.

En algún momento, mientras cambiaba un vinilo en el tocadiscos, tuve que preguntarle:

—¿Por qué me has llamado? —Levantó la mirada y arqueó las cejas—. ¿Por qué a mí? No me conoces de nada.

Lo pensó solo un instante.

—Porque estoy solo, como tú. Porque yo también me he separado, y vivo solo, y hace demasiado tiempo que cocino para una sola persona, y que veo la tele desde el fondo de este sofá, y ya me estoy cansando de escuchar música yo solo. Tengo tantas ganas de compartir mi vida como debes de tener tú. Últimamente tengo la sensación de que solo me relaciono con Regueira y los suyos, y no son buena compañía. Son policías de calle; eficientes si quieres, pero demasiado endurecidos, admiradores de *Harry el sucio*, ¿entiendes? «Alégrame el día». No creo que a ti te ayude mucho estar con ellos día sí día también.

—No los veo tanto.

—Pero los vas a buscar. Y no te lo aconsejo. ¿Dices «por qué a mí»? Pues porque aquel día vi cómo salvabas a aquella chica...

—¿Salvaba a aquella chica?

—Dilo como quieras. Y lo hacías a escondidas de Regueira, como queriendo quedar bien al mismo tiempo con ellos y con la chica. Y en aquel momento pensé «Es una buena persona». Y me pareció que tal vez necesitabas ayuda.

—¿Ayuda?

—¿Crees que no necesitas ayuda?

—¿Por qué? Quiero decir, a lo mejor sí, pero...

Yo me resistía a entenderlo.

—¿Por qué? —me replicó, sorprendido—. ¿A lo mejor sí? ¿Pero?

—¿A qué te refieres? ¿A la bebida?

—Pues ahora que lo dices...

—Bueno, yo no lo he dicho.

—Sí que lo has dicho. Acabas de decirlo. ¿Crees que necesitas ayuda para controlar la bebida?

—Bueno, no sé...

—Sí que lo sabes. Lo has dicho.

—Quizá sí que bebo un poco de más.

Se conformó con esta primera confesión, no añadió nada más y puso...

—Escucha esto.

Puso *Twentysomething* de Jamie Cullum y me hizo seguir nota por nota el fantástico «What a Difference a Day Made». Y no sé cómo acabamos con Django Reinhardt y Stéphane Grappelli tocando temas de Cole Porter, y bebimos, y reímos, e incluso vi al juez dar unos pasos de baile, y me fui de allí eufórico y no muy pedo, bueno, un poco alegre, pero no tanto como otros días.

Al día siguiente, Trujillo volvió a llamarme, como madre sobreprotectora, para preguntarme cómo estaba y para invitarme a su club de pádel.

—¿Juegas al pádel?

—No.

—Creo que te iría bien hacer un poco de ejercicio. ¿Por qué no vienes, esta tarde, y pruebas?

—Hace mucho tiempo que no hago ningún deporte.

—¿Eso es un «sí»?

—Quería ser un «no».

—Ah. Si hace mucho tiempo que no haces deporte, entiendo que es urgente que te pongas a ello, cuanto antes mejor. ¿No era eso lo que querías decir? ¿Por qué no esta tarde?

Me dejé convencer y, durante una hora larga, estuve persiguiendo una pelota en el club que había justo encima de la discoteca Racket. Un desastre. Pero en ningún momento Trujillo permitió que me sintiera ridículo. Me animaba, celebraba mis aciertos aunque fueran por casualidad, y me hacía notar que él también cometía errores de aprendiz. Era ágil, atlético, fibroso, y nunca perdía su simpatía ni el buen humor.

Otro día me invitó a lo que denominó «una pequeña reunión de amigos».

—He decidido —me dijo por teléfono— que la mejor manera de huir de la soledad es rodeándote de gente. ¿Qué te parece si tú también lo aprovechas? Todo es gente de nivel y la mayoría salidos de la Facultad de Derecho. O sea, colegas. ¿Qué te parece? ¿Te apuntas? —Yo, a aquellas alturas, ya no sabía decirle que no. Y era consciente de que mis visitas a Daniel disminuían notablemente mi consumo de alcohol, que empezaba a ser un objetivo en mi vida. Me daba vergüenza presentarme ante el juez en estado de embriaguez. No quería que se repitiera nunca más, de ninguna forma, aquella situación ignominiosa del primer día que me llevó a su piso. Y me parece que él también lo sabía y le gustaba comprobar que cada vez que me abría la puerta me encontraba un poco más sobrio—. Ah, y una cosa, Marc. Quería decirte que uno de los que vendrán a esta reunión de amigos es mi médico de cabecera. Me gustaría hablarle de tu problema con el alcohol, si a ti no te importa, claro. Para ver si te puede dar alguna solución. ¿Qué te parece?

—Hombre —respondí en un tono que tenía que preceder a un «no»—, no me gustaría encontrarme con un sermón moral, si entiendes lo que quiero decir.

—De acuerdo, ya te entiendo. Hablaréis del problema, pero sin lecciones morales, es esto, ¿no? Lo entiendo perfectamente. Que te ayude, pero que no te dé la vara.

—Escúchame, a lo mejor no hace falta...

—¿Quieres decir que no necesitas ayuda? A mí me parece que sí. Quiero decir que tú solo puedes salir del tema, seguro que sí; pero con la ayuda de un profesional las cosas irán mejor. —Y con una pincelada que dibujaba mi futuro—: Si se te abren puertas en el ámbito profesional, y no dudes que se te abrirán, tienes que estar muy preparado y en perfecto estado de revista. Sería una pena que te llamaran de un bufete importante y te pillaran en, digamos, horas bajas, ¿a que sí? —A continuación, la pregunta que solo admitía una respuesta—: ¿Te parece bien, pues?

Y yo, ¿qué iba a decir? ¿Me parecía bien? ¿Qué era lo que tenía que parecerme bien? ¿Qué coño me estaba preguntando? Solo podía responder una cosa:

—Sí, claro.

Y «Sí claro» significaba que me presentaría a la reunión con muy poco alcohol en el cuerpo, y bebería, claro que bebería, un gin-tonic para empezar, y acabaría encontrándome con el doctor Garicano, tal como había dispuesto Daniel, en perfecto estado de revista.

Éramos una docena de personas tan asépticas, pulcras, mesuradas y luminosas como el piso y el mobiliario de Daniel, y hablaban entre sonrisas y risas discretas, con un fondo de jazz suave, acaso el clarinete de Acker Bilk. Daniel había contratado un *catering* de canapés, bocadillos y platos de ibéricos con un camarero muy eficiente que se encargaba de que todo el mundo estuviera a gusto. Vinos, cava, cervezas, refrescos...

—¿Qué celebramos? —pregunté, admirado.

—Mi cumpleaños.

—Ah. Habérmelo dicho. Te habría comprado un regalo...

Elegí cava, para brindar. Las copas de cava, muy frías, se vacían enseguida.

Daniel coqueteaba con una rubia espectacular, de cabellera de leona y escote en busto generoso, que se explicaba con mucha vehemencia sobre un tema que sin duda dominaba. De lejos, parecería que estaba convenciendo al juez, que lo estaba poniendo en su sitio. Daniel me la presentó como «Elena Rubió, *of counsel* interna de Alcolea y Rubió» y, refiriéndose a mí, dijo:

—Abogado, héroe, caballero andante, defensor de viudas y huérfanos en la Ciudad de la Justicia.

A la sombra de la Venus resplandeciente y elocuente, había una joven más bajita, con gafas, actitud de la alumna más aplicada y reflexiva de la universidad, poca broma con ella, un poco tensa, discreta en su belleza, como si continuamente quisiera demostrar que estaba donde estaba y había llegado donde había llegado debido al trabajo bien hecho, y no gracias a su fisonomía. Como si insinuara que era todo lo contrario que la *of counsel* interna de su bufete, tan alta, rubia y vistosa.

—Es Carol Guibernau, la mano derecha de Elena.

Ni punto de comparación con Lana, por supuesto, pero me dije que, si tenía que reconstruir mi vida, tarde o temprano debería aprovechar lo que me encontraba por el camino, aunque no tuviera la calidad a la que me había acostumbrado.

Carol Guibernau y yo nos dirigimos a la mesa de las bebidas, para hacernos con nuevas copas de cava.

—¿Héroe, caballero andante, defensor de viudas y huérfanos? —preguntó con curiosidad.

—Quería decir que, sobre todo, trabajo para el Turno de Oficio. ¿Tú eres abogada?

—Divorcios.

—¿Te has divorciado muchas veces?

—Dos. Soy una experta.

Me encantan las mujeres con sentido del humor.

El doctor Garicano me tendió la emboscada en el pasillo, cuando yo regresaba del lavabo, y me invitó a entrar en un despacho donde podíamos hablar solos, sin nadie que nos molestara. Los dos con copas de cava en la mano.

—Soy un alcohólico profundo —empecé diciendo.

—No soy de la misma opinión —me respondió el doctor Garicano, muy tranquilo, casi indiferente—. Si todo va bien, no tendrás que abandonar el alcohol.

—¿Ah, no?

—Te he estado observando, he visto cómo bebes, y pienso sinceramente que esto tuyo no es tan grave. No bebes con avidez, a la desesperada, como si quisieras ahogarte en alcohol. Créeme si te digo que no eres un alcohólico profundo. Algunos de mis colegas incluso dirían que no eres ni siquiera un alcohólico.

Yo alargaba la mano izquierda para que viera cómo me temblaba.

—No me cuesta nada pensar que estoy enfermo. Estoy lleno de síntomas, de la coronilla hasta el vientre.

—Si me haces caso, podrás continuar saboreando un buen vino, o un buen whisky, sin que eso signifique que acabarás arrastrándote por el suelo. No creo que seas un enfermo crónico por naturaleza ni que tengas que serlo el resto de tu vida. Sencillamente, se trata de controlar. Fuerza de voluntad. Y tú controlas y no te falta voluntad. De momento, tendrás que dejar de beber alcohol, eso sí, durante una temporada, solo para demostrarte que puedes vivir sin beber. Pero abandonarás la bebida y te desintoxicarás más fácilmente si sabes que esto no es el final de nada. Solo tienes que llegar al punto de darte cuenta de que no lo necesitas. Nada de eso de «Me parece que necesito un trago», o «Bebo para olvidar», o «Bebo para estar contento». Nada de todo eso, mientras sepas que eso va a desembocar en borracheras profundas. Con una mierda como un piano, ni eres feliz, olvidas mucho más de lo que quieres olvidar y no estás contento. Tienes que beber porque sí, porque quieres, consciente de que, si no quieres, no bebes y no pasa nada.

Le contesté, muy sinceramente:

—Eso es muy difícil.

—Pero tú puedes hacerlo. Has hecho cosas mucho más difíciles en tu vida. Si quieres, hay un medicamento que te ayudará a dejarlo durante el tiempo necesario.

Cuando salí del despacho y buscaba a Carol Guibernau, me crucé con Daniel, y le dije:

—Me habías prometido que no habría sermón.

Se rio.

—Pero ¿os habéis entendido?

Le dije que sí.

De fondo sonaba uno de esos saxofones demasiado complicados para mí.

Pasaron tres días antes de que me animara, pero, por fin, como el soldado que salta fuera de la trinchera y echa a correr bajo el fuego enemigo, el lunes me compré el medicamento y el martes empecé a tomarlo. Inevitablemente, lo puse a prueba, claro, a ver qué pasaba si a continuación probaba un trago de whisky. No volveré a hacerlo nunca más. Es una putada. Un envenenamiento. Me encontré muy mal y tuve que convencerme a lo largo de todo el día que no iba a morirme de aquello, que no podía morirme por un medicamento recetado por un médico, pero no pude dejar de pensar en la envenenadora que tuvimos en L'Hospitalet que mató a su marido y a no sé cuánta gente dándoles aquella porquería regada con esa mezcla de Coca-Cola y vino que llaman «calimocho».

Pero no me arrepentí. Y, durante un tiempo, continué tomando el maldito disulfiram.

E, inesperadamente, llegó aquel 13 de diciembre en que, a media tarde, me sorprendió una llamada al móvil.

—¿Señor Marc Olván? —Una voz grave y solemne, en castellano, se identificó con un número de telefonema y me comunicó que me reclamaban en el complejo policial de la Verneda, de la calle Guipúzcoa, de Barcelona, para una asistencia letrada.

—¿Una asistencia letrada?

—Una asistencia letrada, sí. Usted es abogado, ¿no?

—Sí, sí, claro. —Estaba a punto de decir que aquel día no estaba de guardia, pero quedaba claro que no se trataba de una asistencia gratuita—. ¿A quién tengo que asistir?

—Son dos hermanos. Warner y Elvis Klein Klimovski...

Tomé nota, sin aliento, asegurándome en voz alta de que eran los nombres correctos:

—... Klein Klimovski, ¿eh?

—Sí, sí —confirmó la voz baja y oscura, con sorna indisimulada—. Klein Klimovski.

—¿Qué edades tienen?

—Pues... Espere que se lo miro. Diecinueve y dieciocho años. Warner, diecinueve, y Elvis, dieciocho.

—Gracias.

—Le esperamos a las veinte horas en punto.

—De acuerdo.

Pensé en Daniel Trujillo diciéndome: «Si se te abren puertas en el ámbito profesional, y no dudes que se te abrirán...».

Capítulo 16

Warner y Elvis Klein Klimovski

Cuando llegué a la Verneda había oscurecido y hacía fresco, pero no el frío que se espera a esas alturas de diciembre. El anorak que había agarrado de un zarpazo al salir de casa me parecía excesivo y poco conjuntado con la camisa y los pantalones. Debería haber cogido la gabardina, porque amenazaba lluvia.

Dejé el coche en una zona de carga y descarga, delante de la estación de metro de Sant Martí, dando por supuesto que, a aquellas horas, ya no había riesgo de multa.

Delante de la comisaría de la Verneda, en el paseo central de la calle Guipúzcoa, había un grupo de seis personas inquietantes, fumando, charlando y bebiendo cervezas en lata sentadas en un banco. Eran tres hombres de entre treinta y cuarenta años, dos corpulentos y fornidos y uno de barriga voluminosa; dos jóvenes de camiseta de manga corta muy ajustada a musculaturas terribles, y una mujer de unos cincuenta años, un poco aislada y concentrada, en plan de oración. Eran los rostros de seis personas que habían sufrido mucho, y el dolor había fijado en sus expresiones toda la rabia, el odio y el resentimiento que puede producir la injusticia. Cuando pasé junto a ellas, me sentí observado y amenazado; apresuré el paso, crucé la calzada y me acogí a la protección policial identificándome en el control de acceso.

Me introdujeron en un pasillo que servía de sala de espera, todo muy moderno, brillante, pulcro, con mármoles y grandes ventanales, que durante el día debían de proporcionar mucha luz; nada que ver con las antiguas dependencias franquistas, siniestras e inolvidables.

Enseguida me sobresaltó una alegre exclamación que salía de un ascensor.

—¡Hostia, Figurín! ¿Qué coño haces, por aquí?

Eran Soliño y Duque, el musculoso celta rubio, socarrón, tan incómodo con su cuerpo, y la figura displicente y macilenta del hombre de bolsas oscuras bajo los ojos. Vinieron a estrecharme la mano.

—¿Y vosotros?

—Coño, nosotros trabajamos aquí.

—¿Has venido para atender a los hermanos Klimovski?

—Klein Klimovski, sí. ¿Sabéis de qué va?

—A nosotros —dijo Soliño— nos han llamado por lo mismo. Estamos preparando un nuevo operativo contra el narcotráfico y, como han pillado a estos dos chavales con un cargamento de coca, los compañeros han pensado que podía interesarnos.

—Pero no —rechazaba Duque, con gesto de asco y desánimo—. Nos han hecho venir para nada. Son dos cachorros que han actuado por su cuenta.

—Han robado una mochila de coca —dijo la vocecita del Rubio y Gordo, como si me adelantara un secreto antes de tiempo—. Una chiquillada que les va a salir cara. —Y añadió, con una risa, dándome una palmada en el brazo—: ¡A menos que tú, con tus conocimientos, les eches una mano y obres el milagro!

—Bueno —rezongó Duque—, vámonos a casa, que ya hemos perdido bastante tiempo.

Se fueron hacia el fondo del pasillo con prisa por abandonar aquellas dependencias. Yo me quedé solo e inquieto, como si aquel fuera mi primer caso. A lo mejor era el primer caso del resto de mi vida.

—¿Señor Olván? Pase, por favor.

Me hicieron entrar en un despacho donde me esperaban los dos agentes que habían llevado el caso hasta el momento. Dos jóvenes guapos y musculosos, con aspecto de estudiantes universitarios norteamericanos. El Instructor y el Secretario. Yo sabía que no me iban a decir gran cosa. A la Policía no le gusta que los abogados nos metamos en su trabajo. Nos ven como intrigantes que, a la primera de cambio, desprestigiaremos su trabajo en nuestro provecho. Y no se equivocan mucho. Me identifiqué, se identificaron y cumplimos los trámites de rigor.

—Bueno, ¿qué ha pasado?

El Secretario me entregó un oficio escrito en medio folio donde constaba un resumen muy esquemático e improvisado de los hechos. A las diez y media de aquella mañana, martes, 13 de diciembre, en la garita de salida de la Terminal de Contenedores de la Zona Franca del puerto de Barcelona, la Policía portuaria había efectuado un control rutinario en el camión de marca Man, matrícula tal y tal, conducido por el señor Warner Klein Klimovski, que iba acompañado por el señor Elvis Klein Klimovski, y había encontrado una mochila que contendía veinte ladrillos, de un kilo cada uno, de una sustancia que, en análisis posterior, se había demostrado que era cocaína. Y una cizalla.

Dejé caer el escrito sobre la mesa como si para mí no tuviera ningún valor.

—¿Por qué hacen notar que han encontrado una cizalla?

El Instructor me dirigió una mirada de absoluta indiferencia, casi soñolienta.

—Porque hemos encontrado una cizalla.

—Está bien —dije—. Gracias. ¿Antecedentes penales?

—Son Klimovskis —dijo el policía, «ya se lo puede imaginar»—. No tienen antecedentes, ni el uno ni el otro, pero... Bueno, tienen cuatro detenciones por agresión sexual y robo, los dos hermanos juntos, siempre juntos, inseparables, pero lo hicieron cuando eran menores, o sea, ahora hace dos días, y todo aquello ahora no cuenta.

—Si no cuenta —dije—, no lo tendremos en cuenta.

—Posesión de veinte kilos de cocaína. Nuestro *drogotest*, con una pequeña muestra, ha constatado que se trata de coca bastante buena. Quizás un setenta por ciento de pureza. Ahora a ver qué dice el Instituto de Toxicología.

—¿Y de dónde ha salido?

Se encogieron de hombros como si no pensaran facilitarme el trabajo de ninguna manera.

—¿No os han explicado nada?

—No nos han explicado nada.

—Bueno —dije, dando a entender que renunciaba a una colaboración por su parte que no estaban dispuestos a ofrecerme—. Pues espero que a mí sí me lo expliquen. ¿Vamos a verlos?

Se levantaron, me metí el oficio en el bolsillo del anorak, y fuimos al piso de arriba, donde se encontraban las celdas.

Se identificaron ante interfonos, se abrieron puertas metálicas, pesadas y herméticas, y accedimos a una sala con una mesa y bancos pegados a la pared donde había un chico delgado y pequeño, agarrotado por los nervios, con el pelo rapado a los lados y un penacho rizado en lo alto de la cabeza; con expresión desafiante y hostil y una camiseta negra de manga corta demasiado ligera para el tiempo que hacía, con la inscripción «MOLO» en letras blancas.

Me senté en el banco, a un metro de distancia del detenido. Mis dos acompañantes se sentaron más allá e hicieron las presentaciones.

—Es el señor Marc Olván, el letrado que te va a representar. ¿Estás de acuerdo en que te represente? Supongo que sí, porque tú lo has hecho venir. ¿Estás de acuerdo?

El muchacho asintió. Estaba de acuerdo, aunque no se le veía muy dispuesto a concederme su amistad incondicional.

—¿Usted es…? —empecé. De usted.

—Es Warner Klein, el de diecinueve años —dijo el policía Instructor.

—Gracias —le dije—. Prefiero que me conteste mi representado. ¿Usted es Warner Klein? —Mi representado me miraba como queriendo decir: «Pobre de ti que te equivoques conmigo»—. ¿Le han tratado bien? —Los ojos negros y rencorosos me decían «Qué pregunta tan idiota»—. ¿Le han dado de comer? —Con impaciencia: «Venga, de acuerdo, te voy a contestar para terminar cuanto antes; sí, me han dado de comer»—. ¿Le han pegado?

—Aquí no pegamos a nadie —dijo el Instructor.

—¿Le han pegado? —insistí.

—No.

—¿Les ha revelado alguna cosa?

—¿Qué quiere que les revele? ¿Qué tendría que haberles revelado, como usted dice? —Oscurecía la voz para no parecer tan joven.

—¿Le han preguntado? ¿Y usted qué les ha dicho?

—No les he dicho nada. Me han dicho que tenía derecho a callar.

—Muy bien. A ver, Warner, para empezar: no haremos ninguna declaración a la Policía, ¿de acuerdo? Si estamos hablando de una mochila con veinte kilos de coca, esto podría suponer más de diez años de cárcel, ¿verdad que me entiende? Y ni usted ni su hermano quieren pasar diez años en la trena, ¿a que no? Diga: ¿a que no?

—No.

—Pues, para empezar, tenga claro que no hará ninguna declaración a la Policía. ¿De acuerdo? Y mañana, delante del juez, ya lo veremos. ¿Lo ha entendido? Diga: ¿lo ha entendido?

—Sí.

Me dirigí a los policías:

—Pues ya lo han oído. Mis clientes no van a hacer ninguna declaración.

Ya lo sabían.

—De acuerdo —dijo el Instructor.

Extendió sobre la mesa los formularios que llevaba preparados, y los firmamos. El Instructor, el Secretario, yo y mi representado. La firma de este último era torpe y fea, una «W» y un garabato propio de quien no estaba acostumbrado a usar un bolígrafo.

—Y ahora, si nos permiten...

No era necesario decirlo. Los agentes ya sabían que era el momento de dejar solos al letrado y a su representado para que se hicieran confidencias.

Una vez solos firmamos el contrato que me convertía oficialmente en su representante y, mientras guardaba los documentos en el maletín, recurrí a un tono que favoreciera la confianza:

—Vamos, ahora quiero saber lo que ha pasado.

—Nada. Que nos han pillado.

—Pero ¿cómo ha sido? Han entrado en la Terminal de Contenedores, ¿y qué más? —No había manera de arrancar—. Mire: para preparar bien su defensa, necesito saberlo todo. Pero todo, todo. Si no me lo quieren contar, es problema suyo, pero yo no podré hacer bien mi trabajo.

—Llevábamos un TEU.

—¿Un TEU?

—Uno de esos contenedores grandotes. Llevábamos un TEU con el camión. Nos han dicho que eran productos de perfumería para Dubái.

—¿Quién se lo ha dicho?

—El del almacén. El que nos ha contratado, a mi hermano y a mí.

—¿El camión es suyo?

—No. Nos han contratado como chóferes.

—¿A los dos? ¿A su hermano Elvis y a usted al mismo tiempo?

—Sí, a los dos.

—¿Dónde está el almacén?

—En el Paral·lel de Barcelona.

—Y para ir del Paral·lel de Barcelona a la Zona Franca han contratado a dos chóferes?

—Sí.

—Y el hombre que los ha contratado, ¿los conocía? ¿Trabajan habitualmente para él?

—No.

—¿Ustedes lo conocían?

—No.

—¿Cómo consiguieron el trabajo?

—Un papel pegado al tablero de corcho del Centro Cívico. Pedían chóferes.

—¿Y ustedes han ido, y les han confiado el camión, y el cargamento, y la documentación…?

—Sí.

Hice una pausa escéptica, para dejar claro que me costaba de creer. A él le daba igual.

—Y han entrado en la Terminal sin problemas…

—La documentación estaba en regla.

—Y han descargado el contenedor…

—Sí.

—Y, cuando iban a salir con el camión, los policías de la garita han decidido hacer un registro de rutina…

—Y nos han pillado.

—Han encontrado la mochila.

—Sí.

—¿Dónde estaba la mochila?

—Allí mismo. Detrás de los asientos.

—¿Muy escondida?

—No.

—¿Estaba a la vista? Quiero decir: los agentes de aduanas la vieron enseguida, ¿o tuvieron que buscar mucho?

—Tuvieron que buscar, pero cuando miraron detrás de los asientos la vieron.

—Vale. No estaba muy escondida pero no se veía a simple vista. ¿Ustedes sabían que llevaban esa mochila?

—Sí.

Suspiré. Era de imaginar. Todos los clientes de los abogados de oficio suelen ser culpables.

—¿Cómo es eso?

Warner se movió en el asiento, como disponiéndose a hacer un esfuerzo excesivo, «Es que todo se os tiene que decir».

—¿Usted no sabe lo que es un gancho ciego?

—No —reconocí.

Tomó aire:

—Vas a un contenedor. A un contenedor concreto que te han dicho, no a un contenedor cualquiera.

—¿Quién se lo ha dicho? —intervine, inoportuno. La vida se ausentó de su rostro, que se convirtió en máscara de androide. Enseguida comprendí cuál era la respuesta—. Continúe.

—... Un contenedor que todavía no ha pasado control de aduanas. Está cerrado con un candado. Cortas el candado con la cizalla. Dentro del contenedor, en primera fila, hay diez, veinte, treinta, cuarenta mochilas de veinte kilos cada una. En una de ellas, la primera de la derecha, hay un candado igual que el que hemos cortado. Coges la mochila, o dos, o veinte, o todas. En nuestro caso, solo una. La sacas. Cierras el contenedor con el candado que llevaba la mochila, y el contenedor queda perfectamente cerrado y precintado como antes pero sin la coca que tú te llevas.

—Pero ustedes solo han cogido una mochila. ¿Había más?

—Sí. Había más.

—¿Y por qué han cogido solo una?

—Consumo propio.

—¿Veinte kilos de coca para consumo propio? Es difícil de creer.

—Para mi hermano y para mí, más de veinte kilos habría sido demasiado.

—No lo entiendo.

—Es su problema.

Suspiré, dándome por vencido. Me rasqué la oreja.

—Bueno, todo es tan increíble que trataremos de hacerlo creíble. Escúcheme bien. Mañana, ante el señor juez, usted dirá que solo quiere contestar a mis preguntas. Y mis preguntas serán: «¿Usted sabía que llevaba aquella mochila en el camión?». Usted dirá: «No». «¿Usted sabía cuál era el contenido de la mochila?». Y usted: «No». «¿Es posible que la mochila ya estuviera en el camión cuando ustedes lo recogieron en el almacén, a primera hora de la mañana?». Y usted: «Sí, es posible». «¿O que alguien lo hubiera puesto en la Terminal, cuando estaban descargando el contenedor y ustedes se distrajeron un momento?». «Sí, es posible». ¿Me entiende?

—Sí.

—Doy por supuesto que nadie les ha visto hacer eso del gancho ciego. El camión no es suyo y, por tanto, no hay ninguna prueba de que la mochila en cuestión sea suya ni tuviera ningún interés para usted. Eso es lo que usted dirá mañana contestando a mis preguntas y eso es lo que dirá su hermano. No les costará nada convencer al juez porque eso es más verosímil y comprensible que la versión de usted. ¿Está de acuerdo? —Parpadeó con sus ojos grandes y negros—. ¿Ha entendido lo que tendrá que decir?

«Que sí».

Di por concluida la entrevista. Mientras guardaba papeles y anotaciones en el maletín, pregunté:

—¿Quién les ha dado mi número de teléfono?

—Nos lo dieron.

—Sí. Pero ¿quién?

—Nos lo dieron. Por si acaso.

—Bien —me conformé.

Vinieron a buscar a Warner, se lo llevaron, esperé y volvieron los policías con Elvis, el hermano pequeño. Este vestía una sudadera negra, con una ilustración de Dragon Ball en el pecho. Enseguida tuve claro que el otro era el líder de la pareja y que este le tenía mucho miedo. No se atrevía a hablar para no meter la pata y, cuando lo hacía, tartamudeaba. «Sí» y «No» y, sobre todo, confirmar lo que hubiera dicho Warner, poco más. Imitaba el comportamiento de su hermano, pero el resultado era una caricatura medrosa y lamentable. Le temblaban las manos, parpadeaba tanto que parecía a punto de echarse a llorar y no era capaz de articular una frase entera. La conversación fue mucho más breve y la conclusión, la misma: mañana, delante del señor juez, solo tenía que contestar a mis preguntas y solo tenía que decir que no tenía ni idea de dónde había podido salir aquella mochila.

—¿De acuerdo?

—Sí.

—¿Lo has entendido?

—Sí.

Cuando salí de la comisaría, el grupo inquietante del banco de enfrente todavía estaba allí. Para ir al sitio donde había dejado aparcado el Suzuki tenía que pasar de nuevo por su lado y, en esta ocasión, el más gordo de los hombres, el que tenía una barriga esférica e inmensa, me llamó por mi nombre:

—¡Señor Olván!

Tuve la sensación de que se me tiraba encima para partirme la cara. No sé si supe disimular el susto.

—Soy Brallan Klimovski —me dijo aquel hombre—. El tío de los chicos que acaba de ver.

—Ah. —Solo fui capaz de decir «Ah».

Del bolsillo de su americana arrugada sacó un sobre de papel *kraft* pesado y me lo entregó.

—Haga lo que pueda —dijo simplemente, clavándome la mirada como si fuera una chincheta.

Traté de resistirme:

—No, pero si no hace falta, qué hace, ya lo iremos viendo...

Pero una mano de hierro se cerró sobre la mía. Apretó hasta hacer daño y, sin apartar la mirada dolorosa, volvió a decir:

—Haga lo que pueda.

—Sí, claro —respondí.

Me fui.

En el coche, antes de ponerlo en marcha, comprobé que el sobre de papel *kraft* contenía billetes de banco por valor de veinte mil euros.

Capítulo 17

¿Quién sabe lo que es un gancho ciego?

Al día siguiente, ya con gabardina y sombrero, previendo un posible diluvio en un día de sol radiante, me encontré con una fiscal justiciera y muy segura de sí misma que, en el encuentro previo en que defensores y fiscales dicen todo lo que después no podrán decir en presencia del juez, se plantó ante mí con una sonrisa maliciosa que anunciaba que con ella no tenía ninguna oportunidad.

—Cantidad de notoria importancia —dijo—. Porque veinte kilos es una cantidad de notoria importancia. Y pertenencia a organización delictiva. Total: de nueve a doce años y multa.

—Pero ¿qué dices? —protesté, escandalizado—. Si no hay forma humana de relacionarlos con esa mochila.

—¿Ah, no?

—No, no, de ninguna manera. Dos chicos sin antecedentes, en un camión que no es suyo, encuentran una mochila que no es suya y que nadie puede asegurar que sea suya. Y pertenencia a grupo organizado, ¿de qué? ¿De dónde lo sacas?

—¿No has visto cómo se llaman? Klein Klimovski.

—¿Y qué? ¿Dónde está escrito que una familia sea un grupo organizado?

—En eso estoy de acuerdo: la mayoría de familias del mundo son grupos desorganizados —no siempre me gustan todas las mujeres que tienen sentido del humor—, pero yo he hablado de organización delictiva y todo el mundo sabe que esta familia es una organización delictiva...

—¡Eso es un prejuicio inaceptable!

—Vamos, hombre. ¿Me vas a decir que estos dos chicos no tienen antecedentes?

—Lo que hicieron cuando eran menores no se puede tener en cuenta ahora...

—No hace ni un año que eran menores. Y los antecedentes no son suyos: son de su familia. El solo hecho de nacer en esta familia implica todos los antecedentes de todos los miembros.

—Eso no puedes decirlo. Esto es una tontería.

—Lo que es una tontería es fingir que lo ignoras, cuando todo el mundo sabe que los Klimovski enseñan a robar a los niños, les premian cuando roban, no favorecen la asistencia escolar, no hubo ni un padre, ni una madre, ni una abuela, ni un tío que condenara las agresiones sexuales que cometieron hace apenas dos años...

Rehuí la bronca:

—Todo eso que dices no tiene ningún peso, ninguno, ante el juez. O no debería tenerlo. Son prejuicios sin ninguna relación con esa mochila que nadie sabe de dónde ha salido.

Daniel Trujillo, detrás del escritorio, se veía absorto en sus pensamientos mientras maquinalmente cuadraba los folios que tenía sobre la mesa y colocaba la estilográfica Montblanc a una distancia precisa de aquel montón de documentos, con una expresión ausente y divertida que sugería pensamientos agradables que no tenía la menor intención de compartir con nadie. Con esa media sonrisa, me dedicó una ojeada que yo podría haber interpretado como un saludo deferente y exclusivo, pero que nadie más observó. En realidad, saludó más efusivamente a la fiscal, y con el Letrado de la Administración de Justicia (de ahora en adelante: LAJ) intercambió algunas palabras meramente utilitarias.

Yo me sentía muy nervioso, como si pensara que, en aquella vista, me jugaba el resto de mi vida profesional.

Nos sentamos ante el juez el LAJ, la fiscal y yo, y enseguida entró el detenido Warner Klein Klimovski, esposado y acompañado por dos policías. Le hicieron sentar entre la fiscal y yo. Los agentes de la Policía, uniformados, quedaron atrás, junto a la puerta.

Daniel Trujillo, erguido y muy convencido de su autoridad, fue al grano sin más preámbulos que los indispensables.

El Letrado de la Administración de Justicia fue el primero en hablar:

—El detenido ha estado debidamente informado de sus derechos. Concretamente, se le ha dicho que tiene derecho a no declarar.

El tono era de liturgia mil veces reproducida y automatizada, dando por supuesto que todos los presentes eran capaces de seguir un ritmo vertiginoso que quería acabar cuanto antes.

—Usted está aquí —dijo Trujillo— porque se le encontró en posesión de una mochila que contenía veinte kilos de cocaína. ¿Quiere usted declarar? ¿O quiere responder únicamente a las preguntas de su letrado?

—Sí, sí. Responderé a las preguntas de mi letrado.

—Pues pregunte la defensa.

—Gracias, Su Señoría. Con la venia. Señor Warner Klein: cuando ayer, a las 10:36 de la mañana, en la Terminal de Contenedores de la Zona Franca de Barcelona, los agentes de aduanas le incautaron la mochila en cuestión, ¿usted sabía que estaba allí?

—¿Cómo? —hizo Warner con mueca ofensiva, como si yo no hablara bien su idioma.

—¿Usted sabía que llevaba aquella mochila en el camión?

Warner dudó un instante.

—Sí —dijo.

Traté de disimular mi sorpresa y contrariedad, pero creo que no lo conseguí. El juez Trujillo no me perdía de vista y arqueó las cejas, quizá tan atónito como yo. El LAJ también me miraba. La fiscal era la única que parecía enfrascada en sus apuntes, pero estoy seguro de que tenía que reprimir una sonrisa.

—Perdone. Repetiré la pregunta. Quizá no me he expresado bien. —Cambié el tono y procuré ser muy claro—. ¿Usted sabía que llevaba aquella mochila en el camión?

—Sí —repitió el Klimovski.

—Vale —acepté. El día anterior a lo mejor no me había expresado suficientemente bien—. ¿Es posible que la mochila ya estuviera en el camión cuando ustedes lo recogieron en el almacén, a primera hora de la mañana?

Pausa tensa.

—No.

—¿No? —tragué saliva, procurando no mirar a nadie en concreto—. ¿O tal vez alguien la puso dentro del camión en la Terminal cuando estaban descargando el contenedor y ustedes se distrajeron un momento?

—No.

Decidí que era mejor retirarse a tiempo. Me rendí.

—No haré más preguntas, Su Señoría.

El juez Trujillo y yo intercambiamos una ojeada. Interpreté que él me aconsejaba: «Sí, será mejor».

—La mochila —continuó Warner espontáneamente— estaba allí porque la habíamos puesto nosotros.

Lo miré. El chico parecía muy convencido de lo que hacía.

—No haré más preguntas, Su Señoría.

—Le recuerdo —me dijo el juez— que el derecho a declarar o no lo tiene el detenido, no el letrado.

—Lo que le expliqué ayer del gancho ciego —añadió el cachorro de los Klein; yo cerré los ojos—. La sacamos de un TEU y la pusimos detrás de los asientos del camión.

—¿Quiere decir algo más? —preguntó el juez.

—No.

—Bien. ¿Ministerio fiscal? ¿Alguna medida cautelar?

La fiscal levantó la mirada de sus apuntes y lanzó su ataque sin contemplaciones. Pedía la prisión provisional en base, primero, al reconocimiento de los hechos; a la evidencia de que el acusado conocía la existencia del cargamento de droga y el contenido de la mochila; en que veinte kilos de cocaína eran una cantidad que sobrepasaba en exceso la prevista para el autoconsumo y resultaba indiciaria de estar preordenada a la venta. Mencionó de paso que la cizalla con que el acusado habría cortado el precinto o candado de un TEU llevaba las huellas dactilares del detenido, igual que el candado que habían encontrado en el interior de la mochila, y yo protesté porque nadie me había informado de esos detalles, pero mi voz sonó vacía y se perdió en medio del alegato contrario. Me zumbaban los oídos y el peso de la derrota cayó sobre mí. Entonces sí, Daniel Trujillo me miró, conteniendo apenas una sonrisa de compasión.

—... Teniendo en cuenta que un kilo de cocaína, en el mercado, está en los treinta y siete mil euros, la venta del contenido de la mochila podía representarles unos setecientos cuarenta mil euros. Todo ello comportaría una pena de entre seis a nueve o más años de cárcel, y entendemos que esa posibilidad, incluso probabilidad, supone un comprensible motivo para el riesgo de fuga. Por eso, este ministerio fiscal pide la prisión preventiva comunicada y sin fianza.

Cuando el juez dijo «Tiene la palabra el abogado de la defensa», me resultó muy difícil disimular mi desaliento. Si mi representado no quería colaborar, yo poco más podía hacer. Manifesté que estaba estupefacto porque había preparado mi exposición en otros términos, protesté de nuevo porque consideraba que no se me había informado correctamente para poder exponer mi defensa, insistí en que nada vinculaba a mi representado con la mochila y, a continuación, ante la cara de póquer del juez Daniel Trujillo, traté de demostrar que no concurría ningún riesgo de fuga, porque el detenido tenía domicilio conocido, porque sus padres eran de aquí, porque no tenía medios económicos propios; y añadí que, además, existen medidas alternativas menos cargantes para asegurar que mi representado estaría a disposición del tribunal, como serían la retención del pasaporte, la prohibición de salir del territorio nacional, la comparecencia apud acta o incluso la fianza.

A continuación, Su Señoría dijo que daba el acto por terminado, nos levantamos y él pasó página preparándose para recibir al siguiente detenido, que era Elvis.

Nos despedimos con apretones de manos, como boxeadores que alardean de *fair play* después de haberse estado zurrando durante un buen rato. La fiscal alzó las cejas y torció la boca como diciendo «La vida es así, no la he inventado yo». Daniel Trujillo me sonrió más abiertamente que antes, con aquella calidez tan propia de él. «No pasa nada».

La vista con Elvis Klein, a continuación, no tuvo ninguna emoción ni sorpresa. Con este, me adelanté diciendo yo mismo que no respondería a ninguna pregunta, ni del juez ni mía ni de nadie. Escuchamos el mismo discurso de la fiscal y yo tuve ocasión de exponer mi defensa sin trabas. El detenido no sabía nada de nada, no tenía ninguna relación con la mochila, sus huellas dactilares no estaban en la cizalla ni en el candado, no había ninguna constancia de que hubiera tomado ninguna iniciativa y, por lo tanto, no me parecía justificada de ninguna manera la prisión provisional.

Enseguida me enteré de que, en la seguridad de su despacho, el juez Daniel Trujillo había decretado prisión preventiva para los dos detenidos, Warner y Elvis Klein.

Me fui a casa, saqué del sobre el fajo de billetes, y lo estuve observando con atención. Aquel dinero no era mío.

Aquello era mucho más que la provisión de fondos que constaba en el contrato que habíamos firmado con Warner y Elvis. Yo había fallado. Y el dinero compromete. Y el dinero de los Klimovski me parecía que me comprometía de manera muy especial, muy peligrosa, y yo había puesto a sus cachorros en peligro de veinte años de cárcel.

Nunca había necesitado tanto un trago de whisky, una botella de cerveza, un gin-tonic, un Harvey Wallbanger bien cargado. Y no podía tomármelo porque aquella mañana, antes de salir de casa, para evitar tentaciones, me había tomado el jodido disulfiram. Me habría dado de cabezazos contra la pared. Andaba de un lado al otro del piso, hablando entre dientes, reprimiendo aullidos de agonía.

Por la tarde, me metí el sobre en el bolsillo de la gabardina y me fui a La Birra de la Ronda de Sant Pau. Si la primera idea había sido la de esconderme y mirar hacia otro lado, al final se impuso el coraje. Nadie escapa a los Klimovski. Lo mejor era ir a verles, pedir disculpas y devolver aquel dinero que no me había ganado.

Pensé que iba a sentarme a una de las mesas del local, pediría un café con leche, o una Coca-Cola, o un agua de Vichy, y esperaría al primer Klimovski que tarde o temprano tenía que aparecer por allí. Pero no tuve que esperar.

Ya estaban allí. Ocupando tres o cuatro mesas de aquel rincón alejado donde yo había visto a representantes de la familia en mi anterior visita de reconocimiento. Eran doce o quince, con chándales del Barça combinados con cadenas de oro, bambas caras y gorras de Ferrari. Reconocí al grandote de la barriga esférica, que me había dicho que era Brallan, conocido como *Goliat*, y a los otros dos hombres de anchos hombros y pechos de aficionados a la halterofilia; y a la mujer que la tarde anterior parecía que rezaba y que ahora hablaba con dos chicas más jóvenes.

Se diría que estaban de fiesta. Bebían, reían, se hacían bromas los unos a los otros.

Me acerqué con el corazón palpitando desbocado, y un zumbido de abejas en los oídos. Presa del pánico.

Alguien dijo:

—Coño, mirad quién viene. ¡El Figurín!

«El Figurín». El mote con que me conocían los polis de Regueira. Mientras cruzaba la cervecería para reunirme con ellos, aquello me aclaró unas cuantas cosas. Aclaraba, por ejemplo, quién había proporcionado mi número de teléfono a los dos Klein Klimovski cuando habían necesitado un abogado. No había sido casualidad que Soliño y Duque estuvieran en la comisaría cuando yo llegué. Fueron ellos los que indicaron a los Klimovski de afuera que yo era el abogado de sus cachorros, y por eso me reconocieron y me dieron el dinero cuando salía.

No debía extrañarme. Yo ya sabía que Regueira y los Klimovski tenían un pacto.

Brallan Klimovski me salió al paso con gran sonrisa y me ofreció una manaza descomunal. Cuando se la estreché, mirándome al fondo de los ojos, atento a mi reacción de sorpresa, «Lo sé todo sobre ti», murmuró:

—Todavía no hemos encontrado al Cangrejo.

Yo no supe qué cara poner. Continuaba observándome provocativo, con expresión de «¿Cómo te has quedado?». Y, como parecía que me había quedado igual que antes, continuó:

—Vienes para eso, ¿no? Te envía Regueira para que nos saques dónde coño se esconde el Cangrejo.

—No. No me envía Regueira. Vengo a disculparme. He hecho todo lo que he podido y he sabido, pero me temo que no me he ganado lo que me pagaron.

—¿Y qué? —replicó, levantando una ceja, un poco sorprendido.

—Pues que no me lo he ganado. Que vengo a devolverlo.

—¿Vienes a devolverme... —incrédulo y burlón— el dinero que te di?

—No me lo he ganado.

—Vienes a devolverme la pasta... ¿y dices que eres amigo de Regueira? —No lo podía creer. Le resultaba inimaginable que ningún amigo de Regueira fuera capaz de una tontería semejante—. ¿No te han comentado que esos chicos tenían que entrar en el trullo?

Me sentí ridículo.

—No, no me lo han comentado. Regueira no me informa de nada. Y así no hay manera de entender las cosas. Y si no las entiendo, no juego.

Saqué el sobre del bolsillo y se lo ofrecí.

Me miró de arriba abajo, para acabar de hacerse una idea de qué clase de individuo era yo, y cuáles eran mis intenciones, y, después de catalogarme en una de las categorías más bajas de la clasificación, soltó una risotada que resonó por todo el local, por encima de las rumbas que amenizaban la velada, mientras me agarraba del brazo y me conducía hacia la mesa ocupada por los dos hombres aficionados a la halterofilia.

—¡No, hombre, no! Guárdate el sobre y ven. ¿Qué vas a tomar?

—Una Coca-Cola.

—No jodas. Toma algo mejor, para brindar. Bautízala con ron, o con ginebra...

—No. No puedo.

Notaba un temblor espantoso en las vísceras. Tenía tanta necesidad de sentarme como de tomar un vaso de whisky de un trago. Habíamos llegado a la mesa sobre la cual, seguramente debido a mi personal campaña antialcohólica, conté quince botellas de cerveza vacías y me parecieron demasiadas. Brallan se detuvo un instante para decir:

—Coño, que no hay bebida, y yo tengo sed, hostia. ¡Nene! ¡Tráenos unas birras! ¡Y una Coca-Cola, nene! Mira, Figurín: este es Kilian, que todos le llamamos Crispín. Yo Goliat y él Crispín, ¿lo pillas? Y este es Marlon, que le llamamos Volovan. Que dice que Regueira no le comenta nunca nada, pobrecito, y que va más perdido que un pulpo en un garaje, eh, ¿te imaginas un pulpo en un garaje? ¡Pues lo mismo! —Celebraba la comparación como si se le acabara de ocurrir a él—. ¿Conoces al Abuelo, Figurín? ¿No conoces el Abuelo? ¿El Klimovski más Klimovski de todos los Klimovski? Ven, que te lo presentaré. Voy a presentarle al Abuelo, que no lo conoce.

Iba hablando mientras nos abríamos paso entre las mesas hacia el rincón del fondo, donde había un hombre viejo, con gorra plana sobre una buena mata de canas, solo y pensativo:

—¿Qué pasa? ¿No has entendido nada? ¿No hablas con tus amigos de la pasma? Estos dos chavales tenían que ir al trullo. Que te lo cuente el Abuelo. Abuelo: este es el señor Olván, el abogado de Warner y Elvis, que está preocupado porque dice que irán a la cárcel. Yo le digo que les va a ir muy bien. A que sí, Abuelo, a que les va a ir muy bien.

El Abuelo estaba muy cansado de vivir. Tenía los ojos turbios, la espalda curvada, y los dedos rotos por la artritis se agarraban a una copa de vino tinto como si fuera el soporte que le impedía caer al suelo. Me recibió con mirada inexpresiva y levantó uno de aquellos dedos, que parecía la rama de un árbol milenario, antes de pontificar:

—No puede ser que Regueira y los suyos actúen contra los Cosacos de Gavà, contra los Dominicos de Torre Baró, contra los chinos de la Zona Franca, y contra Dios y su madre, y a nosotros no nos toquen ni un pelo. Cantaría demasiado. Los chicos tienen que ir a la cárcel. Y que la prensa le dé mucho bombo. «Los putos Klimovski a la cárcel. Golpe al crimen organizado». Y ya está: queda demostrado que a nosotros también nos persiguen y Regueira se cuelga otra estrella de *sheriff*.

—¿Y los chicos? —me atreví a recordarle.

—No te preocupes por los chicos. Todos tenemos que pasar por eso. Todos deberíamos pasar por eso. Antes, los jóvenes iban a hacer el servicio militar, y estaba muy bien, porque allí te enseñaban a obedecer, y por lo tanto te enseñaban a mandar, porque no puedes mandar bien si no obedeces bien, y por tanto te enseñaban a desobedecer, que desobedecer también es un arte. Pero aquello de hacer de soldado se acabó, porque a los señoritos ricos no les gustaba que les mandaran, de manera que ahora los chicos tienen que aprender en la *cangrí*. Y les va bien, sí, muy bien. Un par de añitos en la trena y allí aprenden todo lo que hay que aprender. Aprenden a obedecer, y a mandar, y aprenden a defenderse, porque en el mundo hay mucha gente mala; aprenden a ayudarse los unos a los otros, a colaborar, a esconderse, a saltarse las normas y, sobre todo, conocen a los veteranos, gente que les enseña cosas que no podían ni imaginar. Y, dentro de un año, a la calle y se habrán hecho hombres.

—Muy bien, Abuelo. Así se habla —dijo Brallan Goliat, quitándoselo de encima sin el menor respeto—. Ven conmigo, que tenemos que hablar.

Capítulo 18

La verdad, toda la verdad y nada más que la verdad

Me llevó de nuevo a la mesa de Crispín y Volovan. Por el camino, yo protestaba:

—Este hombre está muy mal informado. A Warner y a Elvis les pueden caer veinte años.

—¡No, hombre no! —Brallan no paraba de reír.

Un camarero muy jovencito había llevado a la mesa las cervezas solicitadas, y me esperaba con la Coca-Cola en una mano y un vaso en la otra mirándome muy fijamente a la cara, como si le desconcertara ver a una persona nueva en la familia y quisiera memorizar mi aspecto para otra día. O a lo mejor para aportar nuevos datos a las confidencias que tuviera que hacer a policías honrados.

Goliat y yo ocupamos dos sillas, junto a los otros dos, que sonreían sardónicos. Aún había algunos Klimovski que me observaban curiosos, pero la mayoría ya se había desentendido de mí.

—Es que no pillas nada, Figurín. En la mochila no había veinte kilos de coca, hombre. Con veinte kilos no íbamos a jugar. Solo un kilo. El resto son ladrillos de talco o de azúcar o de harina. —Le divertía mucho mi expresión de sorpresa—. De momento, han analizado un ladrillo y han dicho «¡Hostia, coca!». Qué suerte que el primer ladrillo que han probado fuera el de coca, ¿no? Pero después irán al laboratorio importante y descubrirán que los otros diecinueve están llenos de harina, o de cal. Sorpresa. Sí, hombre, esto pasa a veces. Es un cargamento con que un clan de hijos de puta ha querido hacerle la pirula a otro clan de hijos de puta. No será la primera vez que la Policía se encuentra con eso. Los colombianos hacen trampas, de vez en cuando. Un gilipollas español con pasta paga una morterada por un cargamento y resulta que le han colado doscientos kilos de harina, y ahora vete a reclamar que te han estafado. Denúncialo a la pasma, si tienes huevos. Claro que también podría ser que los policías que detuvieron a Warner y a Elvis hayan cambiado diecinueve ladrillos de sustancia de buena calidad por diecinueve ladrillos de nada, eso no lo vamos a saber nunca. —Le hacía mucha gracia ponerme al corriente de todo aquello. Se sentía muy sabio ante mi ignorancia—. Un kilo, solo un kilo. Como los chavales no tienen antecedentes, eso van a ser tres años como mucho, y con buena conducta y una cosa y otra, dentro de un año ya estarán en la calle. Y les habrá ido muy bien para su educación.

—¿Esto —me atreví a decir, haciendo un esfuerzo por salir de mi estupefacción— formaba parte del pacto que hicisteis con Regueira?

—¡Ah, ja, ja! —Se reía como si le hiciera muy feliz estar conversando conmigo—. Ah, del pacto sí que te han hablado, ¿eh? ¿No quieres tomar algo más?

Miré el reloj. Había ingerido el disulfiram a las siete y media de la mañana, antes de salir hacia la Ciudad de la Justicia. Habían transcurrido más de doce horas. Calculé que ya debería de haber pasado el efecto del veneno y los nervios del momento hicieron que me arriesgara.

—A lo mejor, una cerveza —dije.

Me proponía echar un trago, un sorbo de nada, y esperar las consecuencias. Si no pasaba nada, iría a por el gin-tonic.

—¡Trae cuatro cervezas, nene, que estamos secos! —aulló Brallan antes de dirigirse a los otros dos—. El pacto con Regueira, dice. —Y recuperó su expresión de astuto interrogador—: ¿Qué te ha contado Regueira del pacto?

—Sé que hay un pacto —afirmé—, pero no sé en qué consiste.

—Ah, ¿no sabes en qué consiste? —No se lo creía—. Pues dile que no se va a llevar comisión por lo de los chinos. —Fruncí el ceño, sin entender—. ¿No sabes de qué te hablo? Pues tú solo dile esto, a tu amigo Regueira: que de los chinos no va a ver ni un euro.

Bueno, era el momento de plantarme.

—Se lo diré si lo veo. Pero no te fíes, porque solo lo veo de tarde en tarde. No somos muy amigos.

—Él te recomendó para defender a los chicos.

—Vaya mierda de caso. Estaban condenados de antemano. Yo solo he servido para hacer el ridículo.

—Has cobrado veinte mil pavos.

—Y he venido a devolvértelos.

Dejó caer una mano de hierro sobre mi antebrazo, como un grillete. Tras su sonrisa de tiburón se escondía la furia y una amenaza bestial:

—Y yo te digo que te metas la pasta en el bolsillo y que hagas lo que puedas. Y que le digas a Regueira que no se fíe de nosotros, porque nosotros no nos fiamos de él. —Y, de repente, con rabia—: ¿Qué coño busca Regueira? Ahora me sale con que quiere una comisión por lo de los chinos. ¿Qué coño se ha creído? Dice que va como loco buscando al Cangrejo, nos convocó a una reunión de película para que le entregásemos al Cangrejo...

—Una reunión de película, sí —se hizo oír Marlon Volovan por decir algo, porque se aburría y le pareció que el tema merecía una ampliación por su parte—. En el restaurante Bordón de la Barceloneta, que es muy grande, y van muchos turistas, siempre está lleno de gente, y porque tiene dos puertas que dan a dos calles diferentes. Y un reservado con una mesa grande donde cabíamos perfectamente tú, yo, Crispín, y uno que se llama Sílver, que hoy no ha venido; y, por parte de los policías, Regueira y uno rubio y muy cachas.

—Y Pere Romeral. —Crispín se sumó al inciso—. Y en la mesa había de todo, muy bien preparado, en plan película, en plan bien. Botellas de vino, cerveza, hasta cava. Mejillones, almejas, olivas y patatas bravas para ir picando.

—Bueno, vale ya —les frenó Goliat, mosqueado.

Crispín calló, miró a Volovan, «No saben lo que se pierden», y se amorró de nuevo a su botellín.

El camarero joven y observador me trajo una cerveza y un vaso. Vertí el líquido procurando que no se levantara mucha espuma. Aspiré mucho aire para darme ánimos, y bebí un sorbo.

Goliat apuró la cerveza y agitó el botellín en el aire reclamando más. Lo dejó sobre la mesa con un golpe que era una protesta, y reanudó su discurso:

—Puto Regueira. Dice que está deseando atrapar al Cangrejo para desollarlo, ¿y ahora nos pide comisión por el negocio de los chinos, que es un negocio del Cangrejo, que cerró el Cangrejo? ¿De qué va? ¿Está loco?

La cerveza estaba muy fría y muy buena. Ningún síntoma alarmante. Aparentando una calma que no tenía, traté de desviar el curso de la conversación:

—Porque vosotros no estabais de acuerdo con el negocio de los chinos. No queríais hacerlo.

—Eso a ti no te importa. Dile a Regueira que no se fíe de nosotros porque nosotros no nos fiamos de él. —Le debía de parecer que aquella frase era el colmo del ingenio, y le gustaba repetirla—. No sabemos qué coño pretende.

—De momento, os está desbrozando el camino. Lo ha dicho el Abuelo. Ha liquidado a los Cosacos de Gavà, pronto liquidará a los Dominicos de Torre Baró. Os está procurando el monopolio del negocio en Barcelona. ¿Qué más queréis?

—Saber por qué lo hace.

—Coño, pues por dinero.

—¡Noooo! —con mueca de «No me vas a engañar, no te equivoques conmigo»—. No, Figurín, no. —La palabra «Figurín» debía recordarme que era como me llamaba Regueira—. No. Dice que quiere que le entreguemos al Cangrejo. Y cuando Neroni le dice que sabe dónde está el Cangrejo, lo envía a tomar por culo. No. Regueira no juega limpio. Miente más que habla. ¿Sabes cómo atrapó al Cangrejo? ¿No te lo ha contado? A mí sí que me lo contó. Me lo contó muy orgulloso de su jugada, muy listo él, pasándomelo por los morros. ¿Sabes cómo lo hizo? —Se volvió hacia los dos atletas que le escuchaban displicentes, bebiendo cerveza—: Decídselo, decídselo, que lo sepa...

—No, no. Tú. Tú.

La noche se estaba arreglando. Me terminaría la cerveza y pasaría al gin-tonic.

—Cogieron al Cangrejo por un chivatazo. Pero Regueira y los suyos sabían que no podrían meterle mano por nada. El Cangrejo no sería tan idiota como para irse de putas armado, ni con farlopa en los bolsillos. De manera que, cuando lo pararon allí, cerca de la Via Augusta, los hombres de Regueira sacaron tres mochilas marrones llenas de coca, treinta kilos exactamente, y las pusieron en el maletero del coche del Cangrejo.

Me hablaba clavándome una mirada malévola que no quería perderse ninguna de mis reacciones. Quedaba más que claro que todo el relato tenía una doble intención. Me estaban transmitiendo toda aquella información para que yo les dijera a los policías cómo me había enterado. Que los Klimovski contaban a todo el mundo las vergüenzas de los polis corruptos. La maldad de la Policía crea justificaciones y bondad en los delincuentes. Si todo el mundo está corrompido, no tiene sentido hablar de buenos y malos sino de qué forma de delincuencia practican unos u otros; y puestos a nadar en la mierda, el mejor será aquel que saque más provecho. Había una delectación perversa en aquel relato.

—Hostia —reaccioné para animarlo a continuar.

—Hostia, sí, señor, hostia. ¿No te lo habían contado tus amigos? Pues sí. Muy listos, tus amigos. Pero resulta que el Cangrejo nunca va solo, como es natural. Siempre lleva protección. No contra la Policía, pero sí contra otros grupos organizados. Y en otro coche lo seguía su hermano Vis a Vis y alguien más, que lo vieron todo. Y lo grabaron con los móviles. Cómo los hombres de Regueira cargaban las tres mochilitas y las ponían en el maletero del auto del Cangrejo. Cuando llegaron a juzgados al día siguiente, Romeral ya tenía la grabación en su móvil, y se la enseñó a la fiscal, y al señor juez, y ahí se acabó la historia. Por eso lo soltaron deprisa y corriendo. ¿Tú crees que nos vamos a fiar de él? ¿De un tío que hace algo así? Lo del Puma de los Dominicos de Torre Baró lo dejó bien claro, en la reunión, desde el primer momento. Sin pelos en la lengua. Que ellos se encargarían, dijo «Nos encargamos nosotros», se encargarían de que el Puma dejara de molestar. Y dejó de molestar. Pum, pum.

—¿Me estás diciendo que los polis de Regueira se cargaron al Puma de los Dominicos?

—¿Quién, si no? Nos lo prometieron desde el primer segundo de la reunión. Pum, pum. Y dijeron que habían sido los Cosacos, y montaron aquella redada en Gavà y encontraron el arma del crimen en el cajón de la mesilla de noche del Zar de Gavà, y pegaron un zapatazo a los rusos que todavía no han levantado cabeza. Y ahora, antes de que vuelvan a ponerse las piezas sobre el tablero, la movida de los Dominicos, que también se les va a caer el cielo encima.

—Bueno, con todo este descalabro, ¿quién sale ganando? —dije—. Vosotros. Os está ayudando.

—De momento, nos está ayudando, y se está forrando a costa nuestra, es verdad. Pero cuando termine con los Dominicos, ¿qué? Con los chinos no se va a meter, porque con los chinos no se puede. Entonces, ¿qué? ¿Vendrá a por nosotros?

No sé si esperaba una respuesta, pero con el gesto le demostré que, en todo caso, esperaría en vano.

El camarero plantó una nueva botella ante él y Goliat me consultó con ojos turbios y aliento apestoso:

—¿Otra cerveza?

—No. ¿Cómo preparan el gin-tonic en este bar?

—¿Gin-tonic? Enseguida lo sabremos. ¡Nene! ¡Trae un gin-tonic!

—¡De Seagram's! —añadí, gritando tanto como el Klimovski. Y, luego, un poco aturdido, murmuré—: No sé qué decirte.

—¿Sabes qué busca ese cabrón? —Como yo no le daba lo que quería, decidió dármelo él—. Romper a los Klimovski. Ya nos ha dividido. A nosotros nos pide que traicionemos al Cangrejo, y algo le habrá llegado al Cangrejo para que haya corrido a esconderse. De los policías, pero también de nosotros. En aquella puta reunión que organizó Romeral, nos dijo que, a partir de ahora, nosotros tendríamos el control de la familia. Nosotros, los Klein. Dijo que los Calomarde ya estaban quemados, liquidados para siempre. Que la próxima vez que detuvieran al Cangrejo no iban a cometer ningún error, que no se les escaparía. Que ahora, escondido como una rata, no puede continuar dirigiendo a esta familia como lo hacía hasta ahora. Que le habían cortado las alas. Que la próxima vez lo acusarían de asesinato con un camión lleno de pruebas en contra. ¿Y qué hacen? Se cargan a dos Klimovski en Santa Coloma y van diciendo por ahí que lo ha hecho el Cangrejo...

El joven camarero que no se perdía detalle me trajo el gin-tonic en copa grande, llena de cubitos que hacían el tacto con el cristal casi doloroso y una cáscara de limón prendida en el borde. Lo probé y lo encontré aceptable.

—¿Creéis que lo de Santa Coloma también es cosa de Regueira?

—Para poder enchironar al Cangrejo en cuanto lo pillen, sí. Y para que veamos al Cangrejo como un enemigo. Para que lo entreguemos. —Calló en seco, quizá porque se dio cuenta de que estaba hablando de más. Hizo una pausa para eructar—. No juegues con nosotros, Figurín, que no olvidamos quién eres ni de dónde vienes. Ni quiénes son tus amigos. Como has podido ver, no olvidamos nada, ni un detalle. Di a tus amigos cómo te lo hemos contado, a ver si nos hemos equivocado en algún punto. Porque igual que te lo contamos a ti, se lo podemos contar a cualquier otro. O sea, que ya lo sabes.

Aprovechando que me miraba tan intensamente, le acepté el pulso con una mirada igual de penetrante y amenazante.

—No trabajo para Regueira. Si he venido aquí, ha sido para devolverte este dinero. —Saqué otra vez el sobre del bolsillo de la gabardina y lo puse en la mesa, entre sus manos y las mías—. Porque con esto no sé quién quiere comprarme, si tú o Regueira, pero en todo caso no estoy en venta.

Sus manos, enormes e invencibles, volvieron a empujar el sobre hacia mí.

—Este dinero es mío. En esto, Regueira no tiene nada que ver. Es mío y es para comprarte a ti, sí, porque eres abogado y necesito un abogado que saque a mis sobrinos del trullo dentro de un año y medio como máximo. Para eso es esta pasta: para que hagas bien tu trabajo. O sea, que ya lo sabes.

Dio un empujón definitivo al sobre para encajarlo entre mis dedos y, de repente, como quien lo envía todo a la mierda, se levantó y, pegándome uno de sus manotazos en el brazo, que me hizo tambalear, desvió su atención hacia alguien, una mujer, que lo llamaba.

Yo sonreí a Crispín y a Volovan, que me miraban, siempre indolentes, y murmuré: «O sea, que ya lo sé», agarré mi copa helada y me levanté de la silla para deambular entre Klimovskis. Algunos me observaban como para darme conversación, pero la mayoría no me hacía ni caso.

Vi que el Abuelo continuaba solo, bajo la gorra y la cabellera blanca, agarrado a su copa de vino tinto, y me acerqué lentamente, como si únicamente el azar me llevara a su lado.

Observó cómo me aproximaba sin ningún tipo de curiosidad.

—Cuidado, letrado —dijo—, que nos están mirando. —Lo comprobé y, efectivamente, tanto Brallan como Kilian como Marlon tenían su atención puesta en nosotros—. No se fían ni de ti ni de mí. De mí, porque se supone que soy un viejo chocho que no sabe lo que se dice. De ti, porque eres amigo de la pasma, y se supone que vienes a espiar, a sacarnos secretos. De la pasma nunca te puedes fiar.

Me senté en una silla, muy cerca de él.

—No vengo a espiar nada. No trabajo para Regueira. No le diré nada de lo que Brallan me ha soltado.

El Abuelo sonrió.

—Habla mucho, ¿eh? Demasiado. Ya he visto cómo te daba la tabarra.

—Me ha dejado muy claro que sabe muchas cosas de la Policía y que está dispuesto a cantarlas a los cuatro vientos. Sabe que tiene a Regueira y a los suyos bien agarrados de los huevos y quiere que todos lo tengamos muy claro. Sobre todo, ellos. Pero puestos a leer entre líneas… —Di un trago al gin-tonic.

—¿Qué quieres decir?

—Que a lo mejor canta más de lo que él cree que canta.

El viejo se volvió hacia mí, demostrando interés.

—Es un chapuzas. Nunca llegará a ninguna parte. Suerte tenemos del Cangrejo. ¿Qué ha cantado?

—No me lo ha dicho, pero yo he entendido que sabéis dónde está el Cangrejo, y no se lo vais a decir…

—No sabemos dónde está el Cangrejo.

No dejé que me interrumpiera. Continué:

—... Y si no lo vais a decir, no es por miedo a que Regueira os retire los favores que os está haciendo. Si no queréis revelar dónde se esconde el Cangrejo, es porque realmente no estáis enemistados con él...

—Lo malo —intervino el Abuelo— es que a lo mejor él sí se ha enemistado con nosotros. De momento, él y su hermano Vis a Vis, y su chica, la Pepita, y Yimy Cangas y otros amigos del alma, se han alejado de nosotros. Están en paradero desconocido. Tienen veinte mil escondites por toda la ciudad. Es imposible encontrarlos. Dan señales de vida por eso de internet y mensajes escritos, y Goliat y Crispín le dicen que no pasa nada, pero no sabemos dónde están. Es verdad que no sabemos dónde están. Claro: está el trato con Regueira. Al Cangrejo le habrá llegado la noticia de que nos sentamos a hablar con la poli, y debe de estar viendo que la poli nos está haciendo favores. No sabemos lo que le llega al Cangrejo, lo que le andarán diciendo las malas lenguas. El Cangrejo no se fía de Goliat y Crispín. Sabe que son torpes, poco inteligentes, fáciles de engañar.

»Son diferentes. Tienen diferentes orígenes. ¿Sabes eso que decíamos de la mili y de la *cangrí*? Ni el Cangrejo ni su hermano, el Vis a Vis, han pasado ni por la una ni por la otra. Aunque la verdad es que los dos salen de la cárcel. ¿Lo sabes? A Jose le llaman Cangrejo porque lo hicieron en la *cangrí*. Y al Vis a Vis lo mismo, en un vis a vis. Sus padres, padre y madre, los dos, se pasaron un montón de años en la cárcel. Y, de vez en cuando, como estaban casados por la Iglesia, los jueces permitían que se encontraran para echar un polvo. Y en un vis a vis hicieron a Jose, y en otro vis a vis hicieron a Juan. El Cangrejo y el Vis a Vis. Crecieron en las Casas Buenas, sin moverse del barrio, sin padres, en una época en la que esta familia estaba prosperando mucho; la Bisabuela, que en paz descanse, estaba muy ocupada, y yo también, y nadie se ocupaba de ellos realmente. Eso los hizo muy independientes, muy imaginativos, a la hora de la verdad los dos han sido los que han hecho de nosotros una empresa internacional. Goliat y Crispín, en cambio, son muy..., ¿cómo decirlo? Conservadores. No querían ni oír hablar de los chinos. Alguna vez se les oyó decir que, si ellos mandaran, harían las cosas diferentes. Y supongo que eso le llegó a Regueira, y Regueira pensó: «Pues eliminemos al Cangrejo y pongamos a estos idiotas al mando de la familia». Pero cuando el Cangrejo se ausentó, estos dos se pegaron un susto de muerte. «Que vuelva, que vuelva». —El Abuelo bajó la voz y miró prudentemente a derecha e izquierda—: El Cangrejo ahora mismo está follando con aquella puta que lo denunció. Estaba muy encoñado con ella. Es muy follador y su mujer, la Pepita, se ve que está embarazada. El Cangrejo está de luna de miel, no me preguntes dónde porque no lo sé, pero continúa dirigiendo el cotarro por internet, eso que dicen del «teletrabajo». Que el Cangrejo desaparezca solo significa que no sabemos dónde está, pero está. Ya te digo yo que está. Camuflado por la ciudad, confundido con el paisaje. Y no hay nada ni nadie que sepa cómo hacerlo aparecer. No es la primera vez que pasa. Pero eso no quiere decir que haya abandonado a la familia en manos de Brallan y Crispín. Sería una catástrofe. Si les hubiéramos hecho caso a ellos, habríamos perdido el negocio con los chinos. Pero cuando les dijeron que el Cangrejo se había tomado unas vacaciones, pusieron el grito en el cielo y, así, como nos comunicamos ahora, por *wasap* o como se diga, le dijeron enseguida que adelante con los chinos, adelante, que se cerrara el negocio. Un negocio excepcional que el Cangrejo llevaba preparando desde hacía más de un año. Armas. El Cangrejo ya tenía apalabrados contratos con Somalia, Sudán, Chad, Congo... En fin.

De repente, tomó conciencia de su indiscreción y se amordazó con un trago de vino. Triste y solo, echó un vistazo alrededor, como si tuviera miedo de que alguien lo hubiera estado escuchando.

Yo me había terminado mi gin-tonic, y tenía ganas de tomar otro, pero no allí, en La Birra de la Ronda.

Consulté el reloj, abandoné la silla y dije:

—Bueno, ya veremos en qué acaba todo esto.

Dedíqué un gesto de despedida a Brallan, Kilian y Marlon, y me fui a casa.

Capítulo 19

La oscuridad del final del túnel

Aquella noche regresé trompa a casa. No tan trompa como en otras ocasiones (jamás podría olvidar la noche en que estuve a punto de vomitar sobre Lana), pero lo bastante mareado como para despertar todas las alarmas del hipocondríaco que era yo en aquellos momentos.

Al día siguiente volví a tomar el maldito disulfiram. Me sentía masoquista al someterme a aquella prueba, en plena resaca, privándome de la solución del Bloody Mary o de la simple cerveza, y la sumisión al agobiante tormento de la migraña y el cansancio me hacía pensar en Miranda. «¿Te gusta que te aten? ¿Te gusta que te peguen?». ¿Qué habría sido de ella? En días sucesivos experimenté tentaciones de llamarla, o de asomarme por el Racket, para ver si la encontraba.

Tal como me habían adelantado, al día siguiente de la comparecencia ante el juez, los periódicos divulgaron la noticia, sobre todo el especialista en la crónica policial que era Valentí Renom: «Nuevo golpe espectacular al narcotráfico barcelonés»; «Dos miembros de la tristemente famosa familia Klimovski, Warner y Elvis Klimovski, pillados con veinte kilos de cocaína, en prisión preventiva con una perspectiva de veinte años de prisión»; «El peligroso clan que hace tantas décadas que contamina a la ciudad está siendo acorralado por la Policía». Y blablablá.

Trujillo me llamó:

—¿Cómo estás, Marc?

—Ya ves. Cómo voy a estar.

—Pero hicimos justicia.

Dudé unos instantes.

—Tanta como pudimos —respondí, por fin.

—¿Un whisky y un poco de jazz, mañana, en mi casa? Te advierto que, si te encuentro con la guardia baja, te haré escuchar a Charlie Parker.

—Oh, no.

¿Y qué había sido de Lana? Solía pensar en Lana. Soñaba con ella. Lana Brau, gran fotógrafa. Que en realidad se llamaba Laura Braulio. Se me ocurría que, si Lana me viera, sobrio y triunfando profesionalmente, estaría orgullosa de mí. Tenía ganas de llamarla. «Soy otro hombre; ha pasado tiempo suficiente como para que podamos sentarnos y hablar tranquilamente, como personas civilizadas, ¿qué nos pasó?». Alguna vez marqué su número en el móvil, pero ella no contestó y yo pensaba que sería incapaz de decir nada de aquello porque no había pasado el tiempo suficiente, yo no estaba tranquilo ni civilizado, y sabía perfectamente lo que había pasado y me avergonzaba por ello.

Inesperadamente, una llamada que me alteró.

Yo estaba en mi despacho, leyendo un atestado, cuando sonó el móvil, contesté mecánicamente, «Sí», y me sorprendí al oír una voz grave, en un castellano de marcado acento andaluz:

—¿El señor Marc Olván?

—¿Sí?

—Soy José Klimovski Calomarde. A lo mejor me conoce por el mote de Cangrejo.

Pasaron, como mínimo, cinco segundos de silencio. Tic, tac, tic, tac, tic, tac. Solo supe replicar:

—Ah.

Y él:

—Me han dicho que te ocupas de Warner y Elvis.

—Ah, sí.

—¿Cómo lo ves?

—No muy bien. Deberíais enseñarles que, si se ponen en manos de un abogado, es para hacer lo que el abogado les diga. Por mí, podrían haberse librado de la prisión provisional, e incluso del juicio que vendrá.

—Pero las cosas son como son —me ponía en mi sitio: «Toma nota»— y tienen que ser como tienen que ser. Y tú tienes que aceptarlas como te llegan.

—Ya —me conformé—. Qué remedio.

—Cuida de los Klimovski y los Klimovski cuidarán de ti. —No supe como tomármelo. No sabía qué decir—. Estoy pensando en ti como asesor personal.

—¿Asesor personal? —me alarmé—. ¿Qué significa asesor personal? —No hubo respuesta—. ¿No tenéis ya a Romeral?

—Estoy pensando en alguien que me ayude a mí personalmente. A la rama Calomarde en exclusiva.

—Cangrejo… Perdón, José. Los Klein no son sus enemigos…

—¿No quieres que te contrate?

—Bueno, sí, pero…

—Pues espera noticias.

—Bien. Pues cuente conmigo.

—Ya cuento contigo. Trata bien a Warner y a Elvis. No más de dos años, ¿de acuerdo?

—Tal como están las cosas…

—Las cosas pueden cambiar. Volveré a llamarte.

Se cortó la comunicación y me quedé en blanco, como si la conversación no hubiera existido. Poco después pensé que me lo había imaginado y al día siguiente llegué a la conclusión de que no cambiaba en nada mi vida porque no tenía que hacer nada más que esperar la próxima llamada. Entretanto, solo se me ocurría preguntarme: «¿Qué ha querido decirme el Cangrejo?». Y no encontraba respuesta.

El domingo, 18 de diciembre, ya me vi con ánimos de ir a comer a casa de mi padre, sobrio y con ganas de arreglar las cosas. Sonriente, con un pastel en una mano y botella de cava en la otra. Sin haber tomado disulfiram para poder brindar.

—Pero, Marc, si has dejado de beber, ¿no sería mejor que no...?

—No te preocupes. Si todo va bien —prediqué, recuperando las palabras del doctor Garicano—, tengo que poder ser capaz de saborear un buen vino, o un buen whisky, sin terminar arrastrándome por el suelo.

Mi padre estaba eufórico, y Abelard le seguía la corriente y le aplaudía, muy cariñoso, siempre en segundo término, tan humilde y tan modesto. Mi padre recitó versos de Jorge Llopis:

—¡Negro, que te doy con negro! / Negro de negra negrura. / Negro pino, negra fuente, / negro el mundo, negro yo.

Quedamos en que celebraríamos juntos la Navidad, que sería el domingo siguiente.

Y continuaba mi amistad con Trujillo. Mis visitas a su casa para escuchar jazz. Con un poco de whisky, no mucho, pero «¿Cómo vas a escuchar jazz sin un poco de alcohol?». Ella Fitzgerald en Londres, 1974, un disco excepcional. Aquella espléndida versión de «The Man I Love». Y el «Dardanella» de Louis Armstrong y Bing Crosby a dúo. Poco a poco empezamos a mezclar el jazz con intimidades, confidencias y conversaciones profesionales. Yo le hablaba de Lana, de cómo la echaba de menos, de cómo había provocado yo mismo la ruptura de manera inconsciente, y cómo estaba purgando ahora mi error. Daniel me habló de su relación con Elena Rubió, reconociendo que era meramente superficial, solo para cubrir necesidades sexuales, porque, como me sucedía a mí, aún no se había desprendido del todo de la influencia de Miranda. Confidencias íntimas con bossa nova de Stan Getz y Astrud Gilberto de fondo. Me atreví a comentarle que tenía fama de carcelero, que enseguida enviaba a los detenidos a la prisión preventiva. ¿Había que ser tan riguroso?

—Cuando sabes que una persona ha cometido una fechoría —reflexionó—, me parece que tienes que darle la oportunidad de arrepentirse. Y permitiéndole que haga vida normal, en libertad y como si no hubiera pasado nada, no le ayudas a meditar sobre lo que ha pasado. Es como enviarles al rincón de pensar.

Hasta que me atacó con Charlie Parker.

—Es que tienes que escuchar a Charlie Parker, hombre, no puedes decir que te gusta el jazz si no conoces al Bird.

Me puso un disco en que el saxofonista interpretaba temas de Cole Porter. «Begin the Beguine», «I Get a Kick Out of You». Me gustó mucho, pero aquel no era el Charlie Parker que yo conocía y probablemente cualquier aficionado a Charlie Parker diría lo mismo. Pero acepto que fue una buena experiencia.

Una de aquellas tardes, me dijo que había hablado de mí con Elena Rubió y que me iba a citar a su bufete del paseo de Gràcia. Fui a verla y me recibió imponente en su despacho imponente. Rubia de cabellos largos, espléndida, más alta que yo, parecía una chica Bond haciendo de mala, con traje de chaqueta gris discretamente escotado, mirada de mujer fatal y aplomo intimidador. Me dedicó una visita muy amable, probablemente solo para complacer a Daniel, durante la cual me informó sobre el funcionamiento de la empresa, sin ningún compromiso, y me emplazó para una nueva conversación pasadas las fiestas. Era aquella época en que todo se deja para después de fiestas. Yo le sonreía y me esforzaba por encontrarle defectos físicos, la nariz quizás un poco bulbosa, los ojos demasiado juntos, o tal vez un poco estrábicos... Llamadle envidia, si queréis.

Casualmente o no, durante mi visita a Alcolea y Rubió, por los pasillos me encontré a Carol Guibernau, la abogada bajita, con gafas, especializada en divorcios, ojos brillantes de ilusión, como si siempre estuviera a punto de reírte un chiste.

—Podríamos vernos un día de estos, ¿qué te parece?

—Claro. Cuando quieras.

—Conozco un sitio donde tocan jazz en vivo. El Bebop, ¿lo conoces?

—No, no me suena.

—¿Te gustaría?

—Cuando quieras, cuando quieras.

La primera vez que salimos la llevé al Bebop. Actuaba Myriam Swanson con un espectáculo formidable, y me pasé toda la noche hablando de mi adicción al alcohol, «Aunque controlo, eh, no te vayas a creer, nunca he llegado al *delirium tremens*, ja, ja», siempre consciente del temblor de mis manos y de los nervios alborotados en el estómago, y de Lana, «Hace poco que me he separado, o mejor dicho, se me han separado, y aún no he terminado de digerirlo, me cuesta mucho quitarme de encima su recuerdo, no siento curiosidad por conocer a nadie más» (y la voz de la conciencia aullaba dentro de mí: "¡¿Y qué coño estás haciendo con Carol, si no sientes curiosidad por conocer a nadie?!"), ni por construir una nueva vida, no sabría qué hacer de una nueva vida», etcétera, etcétera. Una paliza. Supuse que Carol no querría saber nada más de mí, nunca más.

En un momento de la noche vi entre el público a aquella chica a quien convencí de que era actor de Hollywood, ¿cómo se llamaba? ¿Susana? Me disculpé un momento con Carol (que debía de suspirar aliviada) y me acerqué a Susana para pedirle perdón. La chica fingió que no me reconocía. Me ignoró absolutamente y continuó hablando con el chico que la acompañaba. Yo me quedé satisfecho, «Solo estoy tratando de hacer las cosas bien». Se me ocurrió que podría llamar a Lana para decírselo. No la llamé.

Eran noches y días de eternos monólogos en bucle con dos únicas temáticas: Lana y el alcohol, el alcohol y Lana. «Yo controlo, yo nunca he buscado la borrachera, me la he encontrado; y la he disfrutado o la he sufrido, pero nunca me he sentado ante una botella con la intención de aturdirme bebiendo, nunca; yo controlo, y eso debería haberlo sabido Lana, porque Lana me conocía, me conocía mucho, y podría haberme advertido del peligro de mis tonterías, porque tal vez yo me alejé y la descuidé, pero ella también se alejó y me descuidó; de no ser así, se habría dado cuenta de que yo, con su ayuda, podía controlarme, solo hacía falta que ella me diera un toque, "Cuidado, Marc, controla", porque ella tenía que saber que yo soy capaz de controlarme, porque yo controlo, yo nunca he ido a buscar la borrachera, yo me la he encontrado y la he disfrutado o la he sufrido», y vuelta a empezar. Y los monólogos, en cuanto me descuidaba, se convertían en discursos insoportables delante de Daniel Trujillo, o de Carol, cuando salíamos.

Pero, sobre todo, antes de llegar a aquel fatídico, terrorífico, Fin de Año, efectué dos visitas importantes. Una, al Racket, diciéndome a mí mismo que, si me encontraba a Miranda, afrontaría la situación con coraje, «Qué le vamos a hacer, un día u otro tendremos que volver a coincidir», para hablar con Regueira y sus amigos; y otra visita al Centro de Servicios Sociales de la Zona Franca, para hablar con la asistenta social morena llamada Layla Raza.

En el Racket, acerté a la primera. Nada había cambiado durante mi ausencia. En el sofá semicircular, cerca de la pista, estaban Regueira, Soliño y Bulla bebiendo cervezas. La fiesta parecía mucho más animada sin la presencia funesta de Duque. Al otro lado, en el sitio de siempre, estaban Miranda y sus amigas.

—¡Eh, Pepo! ¿Cómo va ese ojo?

—Curado del todo. Ahora, si me lo tapo, es por gusto.

—Haces bien. Así, te pareces a Ray Charles.

—Dicen que me parezco a Tete Montoliu descolorido.

—¡Sí, señor! Ponme un gin-tonic de los tuyos pero sin ginebra. ¿Lo entiendes?

—Sin Seagram's —afirmó para demostrar que sí lo había entendido.

—Sin. No quiero que crean que de pronto me he vuelto abstemio.

—Eso ni se te ocurra, de ninguna manera. Marchando un gin-tonic suave, de tónica con un poquito de tónica.

—Magnífico.

Bajé con una copa de gin-tonic en la mano, con cubitos y piel de limón, pero sin ginebra. Quería estar perfectamente sobrio y no me parecía mal que ellos creyeran que iba un poco alegre.

—¡Coño, Figurín! ¡Cuánto tiempo sin verte! ¿Te habías perdido?

Me senté en un extremo de aquel sofá que parecía de su propiedad.

Miranda tardó un poco en descubrir mi presencia. Cuando se encontraron nuestras miradas, parecía dispuesta a no apartar la suya hasta que yo me fundiera como un helado.

—Demasiado trabajo —respondí a los polis—. Ya tenía mucho y, encima, vosotros aún me disteis más, con lo de los Klimovski.

—Como me dijiste que querías ser como Romeral… —dijo Regueira—. Te gustó, ¿eh?

Lo celebramos alzando vasos, copas y botellas de cerveza.

—Gracias a aquello, conocí a casi toda la familia Klimovski. A Brallan…

—Goliat. A Brallan le llaman Goliat —me corregían. Debían dejar claro que ellos siempre sabrían mucho más que yo.

—Ya, ya lo sé. Y Crispín, y Volovan. Incluso conocí al Abuelo…

—Bah, al Abuelo no le hagas ni caso. Chochea.

—Estuvimos hablando un buen rato.

—No dice más que tonterías.

—¿Y qué te dijo?

Me pareció que la sonrisa de Regueira era tan dura y desconfiada como la negrura de sus gafas de ciego.

Con una ojeada, comprobé que Miranda continuaba contemplándome con ojos inocentes, casi suplicantes. Un día se había roto el cristal deformante que los teñía de angustia y bestialidad, se había evaporado el pánico demencial que la llenaba de ansias de muerte, y había dejado al descubierto a una pobre mujer desvalida.

Le dediqué una sonrisa descafeinada, de «Ahora no puedo estar por ti».

—Estuvimos hablando de esto y de aquello. Los Klimovski hablan mucho, y me pareció que más de la mitad de las cosas que decían os las dedicaban a vosotros. —Me reí como si ahora viniera la parte más divertida—: Me dijeron lo de los treinta kilos de coca que queríais endosarle al Cangrejo cuando lo detuvisteis...

Regueira frunció el ceño:

—¿Qué? ¿Qué? —Y reaccionó, desdeñoso—: Hostia, eso se lo dije yo, el día del pacto en el restaurante Bordón. Pero me lo inventé. Que el Vis a Vis nos había grabado desde otro coche, ¿verdad? —Parecía sincero—. Me lo inventé para convencerles. A la gente como los Klimovski les gusta pensar que los policías somos corruptos y todo nos sale mal. Les encanta imaginarse que la cagamos y hacemos el ridículo. Pídele que te enseñe el vídeo y verás como no puede hacerlo. Si existiera el vídeo, no dudes que todos los Klimovski lo llevarían en el móvil para enseñarlo. ¿De qué más hablasteis?

—Bueno —dije, después de un instante de desconcierto—, también salió el tema del escondite del Cangrejo.

Regueira volvió a reír.

—Ya veo que tuvisteis conversaciones muy interesantes. Hablar por hablar. Supongo que corría mucha cerveza. ¿Dónde estabais? ¿En La Birra de la Ronda? Y el caso de Warner y Elvis, ¿ya lo tienes bien encarrilado?

Me enfadé. Aquel imbécil no podía soportar que un mierda como yo hubiera sacado ninguna clase de información provechosa por su cuenta. Le habría tirado el gin-tonic a la cara, pero no estaba lo bastante ebrio y aquello no era un gin-tonic.

Continué hablando, fingiendo que no me afectaban sus impertinencias:

—Sí. Decían que los habían pillado con veinte kilos de coca y, al final, resultó que solo era un kilo.

—Es increíble, las cosas que pasan en este mundo nuestro.

Se miraban tratando de aparentar que estaban francamente sorprendidos.

—La realidad siempre supera la ficción —sentenció Bulla, con su voz profunda y solemne.

Dirigí un último vistazo a Miranda, para ver cómo bebía su naranjada con vete a saber qué, y enfilé las gradas hacia la salida de la discoteca.

Estaba abriendo la puerta cuando me detuvo aquella voz lastimosa como un maullido.

—¿Ya te vas? ¿Sin decirme nada?

Era Miranda. Me pareció muy guapa, con una blusa de flores ligeramente transparente, sobria y mesurada como debía de ser cuando Daniel y ella recibían en su casa a gente importante.

—No me encuentro bien —me disculpé. Y con un gesto hacia los tipos del sofá semicircular—: Y no me gusta aquella compañía. Estoy huyendo. —Y para que no me interpretara mal—: Estoy huyendo de ellos.

—Ya era hora —dijo ella—. Eres demasiado bueno para ellos. Tiene razón Daniel cuando dice que eres una persona honrada. —Me quería decir que había estado hablando con su ex, y que habían hablado de mí—. Llámame un día de estos.

Salí pensando que no la tenía en la agenda del móvil.

Poco antes de Navidad me decidí, por fin, a visitar el Centro de Servicios Sociales de la Zona Franca. Me costó decidirme y, cuando lo hice, preparé mi exposición concienzudamente, y llamé por teléfono y pedí una cita con Layla Raza, para asegurarme de que me dispensaría más tiempo y atención que la primera vez que nos habíamos visto.

Era un día soleado, sin nubes, con un viento de poniente que calentaba la atmósfera de manera impropia para la época. No me puse camiseta; camisa azul, chaqueta de lana de espiga, pantalones grises y zapatillas Nike. No sabía si era la indumentaria que más le gustaría a la asistenta social, pero sí era la que a mí me gustaría que le gustara. Me presenté en la recepción y enseguida compareció aquella chica pequeña, de grandes ojos negros y brillantes y cabellera recogida detrás en una cola. Me hizo pasar a una salita muy luminosa, decorada con carteles contra la violencia machista, contra la pederastia y contra el racismo. Layla ocupó una silla de color amarillo en una mesa redonda de color azul y yo me senté en una silla roja diametralmente opuesta a la suya, para tenerla justo enfrente.

—Usted dirá.

—Como le dije por teléfono, quiero hablarle de la familia Klimovski. Tengo la delicada misión de procurar una reconciliación entre miembros de esta familia. No sé si se ha enterado, pero últimamente hay graves tensiones entre la rama de los Klimovski Calomarde y la rama de los Klimovski Klein. ¿Le han llegado voces?

Parpadeó, haciendo un esfuerzo por mantenerse inexpresiva, y negó con movimiento casi imperceptible.

Yo, entonces, le hablé de la detención y desaparición de José Klimovski Calomarde, alias *Cangrejo*, y de su hermano

Juan Klimovski Calomarde, alias *Vis a Vis*, y de los asesinatos de dos Klimovski en Santa Coloma, y de las sospechas que tenía la Policía de un deterioro de las relaciones entre estos miembros de la familia, que vivían en las Casas Buenas de la Zona Franca, y los otros, que residían en el Poble-sec. Insinué, pero de manera prácticamente indescifrable, que los del Poble-sec habían tomado algunas iniciativas que sin duda a los Klimovski Calomarde no les habían gustado. Layla, muy prudente, no me pidió que se lo aclarase. Figuraba que yo había hablado con los Klimovski Klein del Poble-sec y me habían dicho que no creían que los asesinatos de Santa Coloma fueran cosa del Cangrejo y que querían celebrar una reunión para aclarar las cosas y hacer las paces. Me habían encargado, extraoficialmente, que tratara de localizar a José Cangrejo y a Juan Vis a Vis.

—Yo no sé dónde están —dijo Layla, sencillamente.

—Pero he pensado que podría ayudarme a encontrarlos.

—¿Cómo?

—Hay mujeres, en las Casas Buenas, que se dedican a cuidar niños del barrio. Usted y yo nos conocimos a propósito de la señora María Luisa Lezana Delgado, conocida como *la Pelleringa*, que cuidaba a unos niños. María Luisa Lezana Delgado —repetí—. Los padres del Cangrejo y el Vis a Vis estuvieron muchos años en la cárcel. De hecho, concibieron a los dos niños entre rejas, y de ahí vienen sus motes. Cangrejo por *cangrí*. Los dos hermanos se criaron en la calle, sin familia que pudiera cuidar de ellos, y deduzco que alguna señora, como la Pelleringa, debía de cuidarlos. Deberíamos remontarnos unos veinticinco o treinta años atrás. Y si esa mujer existe, me parece que usted podría localizarla.

—¿Y…?

—Es posible que una persona que los cuidó de pequeños mantenga hoy alguna relación con ellos. Y a lo mejor nos puede ayudar.

Se le perdió la mirada hacia dentro tratando de recuperar algún detalle útil, y levantó mínimamente un hombro, queriendo decir que a lo mejor sí.

Le entregué una tarjeta.

—Le ruego que me llame, si se le ocurre algo.

Tomó la tarjeta y dijo:

—Bien.

La persona más lacónica que he conocido nunca. En veinticinco minutos de entrevista, «Usted dirá», «Yo no sé dónde están», «¿Cómo?», «¿Y...?» y «Bien».

Uno o dos días después, me llamó Daniel, personalmente, para comunicarme que el Instituto de Toxicología había hecho llegar al juzgado un informe donde decían que solo uno de los tochos de la mochila que llevaban Warner y Elvis era de cocaína, de una pureza del ochenta por ciento.

—Tu procurador enseguida recibirá una providencia del letrado de la Administración de Justicia notificándolo oficialmente, pero he querido adelantártelo para levantarte la moral.

—Pues ya puedes imaginarte cuál será mi siguiente paso. Te pediré la libertad condicional.

—Tú pide, pero no lo tienes tan fácil. Si la pureza de la cocaína que llevaban era de un ochenta por ciento y les hemos pillado con un kilo, esto equivale a ochocientos gramos. Por debajo de los setecientos cincuenta gramos podríamos estar hablando de una pena básica de tres a seis años, pero pasando de los setecientos cincuenta ya hablamos de una cantidad de notoria importancia y, por tanto, nos vamos a los de seis a nueve años, sin tener en cuenta la pertenencia a grupo organizado que pide la fiscal.

—No tienen antecedentes penales —insistía yo—, no han estado implicados en otros procedimientos por drogas, es la primera vez, están arraigados en la ciudad, donde tienen a toda la familia, han sido escolarizados aquí, no hay un riesgo objetivo de fuga... Quédate con el pasaporte, si quieres; que se presenten en el juzgado semanalmente, pero no puedes darles el mismo trato ahora que cuando eran sospechosos de cargar veinte kilos.

—Sí puedo, Marc, sí puedo. Cuando recibas la providencia, pásate por el juzgado y hablamos.

Después me dediqué a mis cosas, preparando el juicio de Warner y Elvis, la Navidad con mi padre y Abelard brindando con cava sin consecuencias catastróficas, haciendo guardias del Turno de Oficio, continuando con los encuentros jazzísticos con Daniel, alguna sesión de cine o de Bebop con Carol, «Hoy no te daré la paliza de Lana», y, de repente, el gran desastre de la Nochevieja.

Capítulo 20

Catastrófica Nochevieja...

Daniel Trujillo organizó una fiesta de Fin de Año en su casa. Cuando me invitó, por teléfono, estaba muy ilusionado. «Te presentaré a gente», me dijo. «También vendrá Carol, ¿sabes quién quiero decir? Carol Guibernau». A mí me daba un poco de vergüenza coincidir con Carol después de las palizas insoportables que le había dado con el tema de Lana y del alcohol. Pero, en el fondo, me animó la perspectiva de volver a verla.

Me probé el esmoquin que me compré hace mucho tiempo, para ir a una boda, y que solo me había puesto dos o tres veces en mi vida. Me daba igual que Daniel no hubiera hablado de la ropa que debíamos vestir para la fiesta. Me daba igual si el mío era el único esmoquin. Mejor. Con Lana había aprendido que, en las recepciones importantes, tenías que procurar ser la persona más admirada y/o envidiada.

El día 31 de diciembre fue muy especial. No tomé el veneno cotidiano a primera hora de la mañana para tener la libertad de beber por la noche, pero me obligué a no probar el alcohol en todo el día. Eso hizo de la abstinencia una obsesión, como era de prever, pero no resultó insoportable. Tuve tentaciones de recurrir a una cervecita que me ayudara a vencer la ansiedad, claro que sí, pero cuando me resistía y ganaba el pulso a la adicción, me sentía más fuerte y satisfecho de mí mismo, como cuando un atleta supera el récord que se había fijado, como cuando le ganaba un partido de pádel a Daniel, aunque fuera por casualidad.

Aguanté hasta mediodía, comí sin vino ni cerveza e hice una larga siesta que me llevó abstemio hasta las cinco de la tarde. A partir de ese momento ya no sería tan difícil evitar el alcohol porque estaría muy ocupado duchándome, vistiéndome y haciendo cualquier otra cosa que me entretuviera hasta la hora de la fiesta.

Mientras me acicalaba, me forcé a pensar en Carol liberándola de la intromisión de Lana. Hasta entonces, parecía imposible relacionarme con la una, incluso pensar en la una, sin la interferencia de la otra. O las comparaba, o las anteponía, como si le debiera alguna especie de fidelidad, o justificación, u homenaje a Lana por el hecho de haberme hecho feliz durante tanto tiempo, y ella tuviera derecho a atarme en corto incluso después de haberme hecho tan infeliz. No conseguía rebelarme, ni odiarla, ni reprocharle su fuga repentina. Una parte de mí lo entendía, la justificaba y se sometía al castigo como si fuera de lo más merecido. Y, en ese proceso, se colaba el recuerdo de Miranda con su sonrisa diabólica, diciéndome «¿Te gusta que te aten? ¿Te gusta que te peguen?».

Había que terminar con todo eso.

Y resolví que terminaría con ello aquella misma noche. Nochevieja, noche de buenos propósitos, año nuevo vida nueva, «Adiós, Lana, esta noche déjame en paz que tengo que follar con Carol».

Me producía una cierta ansiedad pensar en ello, y aparecían las ganas de animarme, o aturdirme, o idiotizarme con un poco de whisky, pero precisamente porque sentía que lo que necesitaba era que debía abstenerme.

Me interrumpió una llamada telefónica de mi padre.

—Eh, Marc, ¿qué haces? —«Mira»—. ¿Cómo estás? —«Bien»—. Que he pensado que debes de estar más solo que la una, y que no puede ser, que hoy es Fin de Año y no puedes quedarte solo en casa lamiéndote las heridas. Que tenemos una fiesta en casa, como cada año, bueno, ya lo sabes, «el reventón», como dice Abelard. Que nos haría mucha ilusión que vinieras. Te lo pasarás bien, ya verás. Será todo muy muy gay, muy LGTBI, claro, con mucho arco iris y colorines, pero ya sabes que somos divertidos. Te lo pasarás de maravilla.

—Que no, papá. Que te estoy diciendo que ya tengo fiesta para este año.

—¿Ah, sí? ¿Qué me estás diciendo? —Absolutamente incrédulo. Le parecía imposible. Se diría que lo decepcionaba de manera extraordinaria no haberme pillado triste, solitario y acabado.

—Nos veremos pasado mañana, ¿de acuerdo? Mejor el lunes en vez del domingo, así mañana podemos descansar.

—Sí, sí, claro. ¿Y dónde vas? ¿A qué fiesta vas?

—A una que hace un juez.

—¡Un juez! Ostras, eso sí que es nivel. ¿Y vas acompañado? ¿Alguna chica?

—No, no lo sé. Bueno, ya veremos.

—Eso es un sí.

—Ya veremos.

—¡Eso es un sí! Porque con Lana ya lo habéis dejado del todo, ¿verdad?

—Sí, papá: con Lana ya lo hemos dejado del todo.

—Lástima.

—Según cómo lo mires, papá. Nos veremos el lunes.

Ya me había terminado de vestir, ya me había puesto la corbata de lazo, ya comprobaba ante el espejo cómo me sentaba la chaqueta, con ese inicio de nervios previos a la gresca, ya me estaba preguntando sinceramente, mirándome a los ojos, si me animaría a besar a Carol y llevarla a la cama, casi convencido de que aquello era lo que tenía que hacer y era conveniente, cuando volvió a sonar el móvil.

Respondí sin cuestionarme quién podía ser y me sorprendió oír la voz de Daniel Trujillo.

—¿Marc?

—¿Sí? ¿Daniel?

—Marc, tío, lo siento. He suspendido la fiesta.

—¿Cómo?

—Que he suspendido la fiesta. Que no celebraremos el Fin de Año en casa. Lo siento mucho. Se ha producido un... un contratiempo. Una...

Me pareció que no podía o no quería decirme el motivo, y traté de ayudarle:

—Está bien, está bien, ya me lo dirás.

—No. Lo siento mucho.

—De acuerdo. Espero que no sea nada grave...

—Sí que es grave. —Callé. La voz del juez delataba que estaba pasando un mal trago. Yo no me atrevía a preguntar.

—Bueno, lo lamento. Ya hablaremos. Me dejas preocupado.

—Si no te importa, ¿podrías llamar a Carol Guibernau, de mi parte? Dile que... No le digas lo que ha pasado. Solo dile que ha surgido un contratiempo.

—No te preocupes. —Pensé que tendría la oportunidad de invitarla a algún sitio, ya improvisaríamos nuestro propio cotillón—. Llámame en cuanto tengas un momento para hablar.

—Sí. Pasará un tiempo porque tengo que irme fuera...

—¿Sí?

—Sí. Mañana me voy. A Nueva York.

Yo no sabía si tenía que preguntar adónde iba.

—Bueno...

Ya solo quedaba la fórmula de despedida antes de colgar, y Daniel lo pensó mejor.

—Marc.

—¿Sí?

—Que... Marc, perdona pero tengo que decírtelo. Tengo que decírselo a alguien. No puedo guardármelo para mí solo. Tengo que compartirlo...

—Sí, claro. Di. ¿Qué ha pasado?

—Mi hijo Miquel ha muerto. En Nueva York. Me lo acaban de notificar por teléfono hace..., todavía no hace una hora. Miquel está muerto. Lo han matado.

—¿Lo han matado? —repetí incrédulo, muy impresionado.

—Lo han asesinado, sí. De dos tiros. —Daniel Trujillo lloraba—. No sé quién, ni cuándo, ni cómo, ni dónde...

—Hostia, Daniel, qué putada. ¿Quieres que vaya a tu casa...?

—No, no, no, no, no. Esto se va a llenar de familia, y conocidos, y nunca he querido estar tan solo como ahora. Gracias, pero no. Hoy, no. Ya te llamaré.

—Ya sabes dónde me tienes —dije—. Llámame en cuanto puedas.

—Cuando vuelva de Nueva York. Mañana me voy con el primer avión. Cuando vuelva, te llamo. Ahora quiero estar solo.

Cortó la comunicación, ahogado por el llanto.

Me dejé caer en el sofá y tardé un buen rato en reaccionar.

Enseguida me tomé un whisky, claro. ¿Para qué se inventó el whisky si no fue para situaciones horrorosas como aquella? Un whisky o dos. O tres. Se me hacía difícil aceptar un desastre tan grande como un asesinato que afectaba a una persona tan próxima. Los asesinatos solo les pasan a los demás. Me vino a la mente que Daniel y Miranda se habían separado cuando él había enviado a su hijo a aprender inglés a los Estados Unidos. La separación del hijo había sido tan traumática como para provocar la ruptura de la pareja. Y ahora la catástrofe se superponía a la catástrofe. Me rompía el corazón el llanto que había interrumpido la llamada de Daniel.

Pasé un buen rato absorto ante el televisor sin entender nada de lo que veía. Me preparé un gin-tonic para poner freno al colocón. Un gin-tonic duraba más en la mano y la quinina era incluso medicinal. Pensaba en lo que tenía que decirle a Carol. Igual me pillaba ya demasiado pedo para hacer un buen papel en la celebración, igual había abierto de par en par la puerta a la depresión y al mal rollo, pero tenía que decirle que sí, todo lo de antes, del año nuevo y la vida nueva y a la mierda Laura Braulio. A lo mejor aún estaba a tiempo de enamorar a Carol y de enamorarme un poco de ella.

Volvió a sonar el teléfono. Por un momento se me ocurrió que a lo mejor era Daniel para decirme que la fiesta sí se hacía después de todo, que había habido una equivocación, un malentendido.

—¿Sí?

—¡Marc! ¿Marc? —Una voz extraña, desgarrada, como salida de ultratumba.

—Sí, ¿quién es?

—¡Marc! ¡Soy yo! ¡Miranda!

Me rodó la cabeza.

—Ah.

—¿Me oyes?

—Sí.

—Marc, por favor, te necesito. Ven. —Mi cerebro entorpecido no era capaz de interpretar correctamente esa sílaba, «Ven», ¿«Ven»?—. Te necesito, Marc. Estoy muy mal. Es horroroso lo que me ha pasado. Han matado a mi hijo.

—¿Qué me dices? —como si no lo supiera.

—Lo han matado, Marc, sí, lo han matado a tiros en un puto callejón de Nueva York. Por favor, ven. Eres el único que puede consolarme. Nunca me había sentido tan sola. Eres el único que puede acompañarme. Ven, por favor.

No sabía si decirle que ya conocía la noticia, que Daniel ya se le había adelantado; o si disculparme y cortar la comunicación. Ni una cosa ni otra. Farfullé, dije «Sí», «No» y «Ostras» con pausas en medio, para terminar, automáticamente, con un:

—Sí. Ya voy. Enseguida.

Estuve a punto de olvidar que tenía que llamar a Carol. Pulsé su número en la lista de contactos. No me apetecía salir con Carol para celebrar nada. No podríamos evitar hablar del asesinato (por cierto: ¿tenía que mencionarle a Carol el asesinato?) y, entonces, ¿qué? ¿Apartaríamos el tema un momento para celebrar la entrada de año y brindaríamos alegremente, «¡Feliz Año Nuevo!», para después volver a las caras largas y recuperar la conversación donde la habíamos dejado?

—¿Carol? Malas noticias. Que el juez Trujillo ha cancelado la fiesta.

—¿Qué? —Me la figuré con traje nuevo, elegante y bonita, maquillada, presumida, sus ojos brillantes llenos de decepción.

—Que no hay fiesta de Fin de Año en casa del juez Trujillo. Ha tenido una desgracia familiar. Supongo que ya nos dirán más adelante de qué se trata.

—¿Tú no sabes de qué se trata?

Mentí. Tenía ganas de cortar.

—No. Pero le he visto muy afectado. Mucho.

—Ostras... —Ahora supongo que esperaba que yo la invitara a salir, para no desaprovechar la noche, el traje, el maquillaje, qué menos, ¿no? Pero yo no podía hacerlo.

—Qué contrariedad, ¿verdad? No sé. No habrá celebración. —Y en la punta de la lengua: «¿Por qué no nos lo montamos tú y yo solos?». Pero tenía que ir a atender la histeria de Miranda.

—Oh, no te preocupes. Me habían invitado a otra fiesta unas amigas. Esta noche hay fiestas de sobras. —Y yo esperando que me dijera «¿Quieres venir?». Pero le salí al paso.

—Tengo que llamar a más gente. Daniel me ha pedido que llame a más gente. Amigos comunes.

En todo caso, si tantas ganas tenía, que me lo dijera ella.

—Bueno. Qué lástima.

—Sí. Qué lástima. En todo caso, llama tú a Daniel.

—Ya le llamaré. A ver. O, mejor, llamaré a Elena, que ella seguro que lo sabe.

—Bueno. Nos veremos otro día, ¿de acuerdo? Tú y yo, quiero decir. En mejores circunstancias.

—Sí, claro. Llámame. Lástima de Fin de Año. Quiero decir: feliz entrada de año.

—Igualmente. Feliz año nuevo.

Capítulo 21

Cuando no debía estar y donde no debía estar

Después ya estaba conduciendo mi Suzuki y me preguntaba qué demonios me estaba pasando, y lo que me pasaba era que estaba colocado, que volvía a estar colocado, y no me lo podía perdonar. Ya había oscurecido, las calles estaban iluminadas y saturadas de villancicos y publicidades y papeles de regalos, y trineos, renos, papanoeles y la desesperación de compra-venta característica de estos días. Busqué aparcamiento por los alrededores de la avenida de Roma.

Localicé enseguida el portal: aquel edificio antiguo, muy historiado, que hacía esquina; pero no recordaba el piso. Llamé por el móvil.

—¿Cuál es el piso?

—El sexto.

—Estoy abajo.

—Te abro.

Subí en el ascensor antiguo, con asiento almohadillado y espejo de borde biselado donde pude preguntarle a mi imagen qué demonios estaba haciendo yo allí. ¿Por qué había decidido reunirme con Miranda y no con Carol?

El rellano a oscuras y la puerta del piso abierta e inundada por una luz amarillenta y líquida. Entré con la aprensión cortándome el aliento.

Miranda me recibió histérica, electrizada. Apareció de repente en el recibidor, cuando yo cerraba la puerta procurando no hacer ruido, y me echó los brazos al cuello llorando, gritando y babeando. Iba desmelenada como una Medusa enloquecida, sin una pizca de maquillaje que disimulara sus arrugas, con una blusa gris perla desabrochada mostrando el sujetador rosa, y falda de tubo negro; descalza. La noticia la había sorprendido cuando se estaba vistiendo para la fiesta y ya no había podido ni querido recomponer su imagen, probablemente porque había dedicado el resto de su tiempo a llorar y a beber y a mesarse los cabellos.

Se me agarraba con fuerza, apretando contra mi cuerpo sus pechos voluminosos, su vientre contra el mío con ansia de fusionarse conmigo. Imponía la presencia de un sexo que en aquel momento me parecía inconveniente.

—¡Marc! ¡Gracias por venir! ¡Han matado a Miquel! ¡Es horrible! Se metió en el tráfico de allí, y resultó que la cosa era mucho más dura que aquí. Estaba desesperado, ¿lo entiendes? Estaba enganchado. Daniel no se preocupó de desintoxicarlo, de llevarlo a una granja, o a una clínica, o donde sea que desintoxiquen a los jóvenes...

Tuve que hacer fuerza con ambos brazos para distanciarla de mí y continué sujetándola con energía para que pudiéramos mirarnos a la cara.

—Miranda...

Chillaba ansiosa:

—¡Marc! ¡Marc! ¡Marc! ¡Gracias por venir! ¡Gracias por venir! —No quería mirarme a los ojos. Se sabía impresentable, se avergonzaba de su comportamiento, de su aspecto e incluso, quizás, de lo que le había pasado—... Se lo quitó de encima, ¿entiendes? No podía soportarlo, ah, no, el dios todopoderoso Trujillo no podía tener un hijo drogadicto, ah, no, no podía vivir junto a un pobre desgraciado dependiente de la heroína, no, no. Yo le dije que teníamos que llevarlo a una clínica, porque eso es lo que hacen los padres con los hijos drogadictos...

—Tranquila —le decía yo—. Tranquila.

—¿Cómo quieres que me tranquilice? —me espetó—. ¿No has entendido nada de lo que ha pasado?

—¡Miranda! —grité, seco e intransigente.

Se deshinchó, doblando su cuerpo hacia delante, como si le hubiera pegado un puñetazo en el estómago, y el llanto salió con forma de ronquido que derivó en gemido lastimoso.

—... Miquel no quería, es verdad, pero ¿y qué? ¡Se le obliga! ¡Joder! ¿No eres juez? ¿No tienes toda la autoridad del mundo? Pues obligas a tu hijo a ir a la clínica, haces que lo lleve la Policía, aunque sea a rastras...

La abracé y ella derramó lágrimas sobre las solapas de mi esmoquin.

—¿... O no? Pues no, no, no. El juez Trujillo solo supo arrastrar a su hijo al aeropuerto, con un billete de ida, solo de ida, para Nueva York. Y unos cuantos billetes en el bolsillo para que se buscara la vida, pero no mucho dinero, no mucho, para que espabilara, para que aprendiera a ganarse la vida...

Más mansa, dio media vuelta y se desplazó, tambaleándose como si estuviera a punto de perder el equilibrio, hacia el comedor que había a la derecha. Aquel mobiliario recargado y retorcido, aquellas pinturas oscuras y ominosas, paisajes de luces apagadas, bodegones mostrando comidas que nadie comería, marinas de oleaje pétreo. Cortinajes de película de mosqueteros.

—... Y el chico, ¿qué iba a hacer mi Miquel? ¿Qué querías que hiciera? ¡Lo único que sabía hacer, el pobre! ¡Y se metió, se metió con aquella gentuza, y lo han matado! ¡Porque allí juegan más fuerte que aquí, joder! ¿No sabía eso, el gran juez?

—Tranquilízate, Miranda. Haz un esfuerzo.

—Sí —decía entre sollozos—, tranquilicémonos. Gracias por venir, Marc, eres muy guapo. ¿Qué quieres tomar? No sé qué tengo. Yo estoy tomando vino. Estoy un poco mareada, perdóname, pero no sabía cómo encajar la noticia.

Había una botella de vino sobre la mesa, y dos copas. Y polvo blanco esparcido como si alguien hubiera dibujado unas rayas y luego las hubiera borrado de un manotazo. Llenó las dos copas y vació una de un tirón. Le tomé la copa de la mano.

—¿... No sabía que allí juegan más fuerte que aquí? ¡Claro que lo sabía, no podía no saberlo! Es como si hubiera enviado a Miquel a la muerte, ¿te das cuenta? ¡Él! ¡Envió a su propio hijo a la muerte!

—Miranda.

Tenía los ojos rojos, empapados y llenos de odio. Me agarró de la mano y me condujo fuera del comedor, cruzamos el recibidor y, por el pasillo, llegamos al dormitorio que yo ya conocía.

—Ven.

Yo quise resistirme.

—Miranda. Espera.

—Ven.

Me detuve en el umbral. Se plantó delante de mí. Se quitó la blusa y la dejó caer al suelo.

—Necesito amor, ¿es que no lo entiendes?

Quería desabrocharse el sujetador rosa. Para impedírselo, tuve que abrazarla. Volvió a pegarse a mí.

—Miranda, ¿por qué me has llamado?

—Estoy llena de muerte. Estoy muerta por dentro. Necesito amor.

Forcejeábamos sobre el cierre del sujetador.

—¿Por qué a mí? ¿Por qué yo?

—Porque eres la única persona honrada que he conocido desde hace tiempo. —Me hizo pensar en Daniel.

Buscó el beso y no fui capaz de apartarme a tiempo. No podía despreciarla. Me besó con la saña de la primera noche. Devoradora. Asfixiante.

—Ven.

Tiró de mí hacia la cama, aquella cama inmensa, aquella habitación llena de fantasmas, y adoptó su aspecto más suplicante y sumiso.

—Por favor, hazme el amor. Necesito amor. Hazme lo que quieras. No sabes cómo te necesito.

Volvió a besarme, ahora sin abrazo porque tenía las manos ocupadas en los corchetes del sujetador, y la abracé, pero esta vez ya no intenté impedírselo, y le mordí los labios como si estuviera de acuerdo con ella en que la solución de sus males era un buen orgasmo. Liberada de la presión del sostén, ella ya podía sobarme con manos temblorosas, frenética, enferma. Me quitó la chaqueta, me tiraba del cinturón para desabrocharlo...

... Y entonces oímos el ruido de la llave en la cerradura de la puerta del piso, y la mujer ardiente que temblaba entre mis manos se congeló. Sus ojos se desorbitaron de horror. La boca se le deformó en una mueca espantosa.

—¡Daniel! —susurró, estrangulada.

Me pegó un empujón, recogió el sujetador del suelo y cerró la puerta doble del dormitorio apoyando la espalda en ella.

—¡Que no te vea! —me dijo.

—¿Miranda? —la voz del juez en el recibidor.

—¡Fuera de aquí! ¡Vete! ¡Que no te vea! —exigía Miranda mientras pugnaba por cubrirse de nuevo los pechos, casi sin sonido, con movimiento exagerado de labios. Y levantando la voz—: ¡Daniel! ¡Espera! ¡Ahora salgo!

Salió de la habitación procurando abrir la puerta lo justo para deslizarse en un rápido movimiento. Aún no había terminado de abrocharse.

Yo, agarrotado, no sabía qué hacer. No se me ocurrió meterme en el armario, me parecía una situación estúpida, ridícula, grotesca. Afuera, hablaban:

—¡Daniel! ¿Qué haces aquí?

—¡Miranda! ¡Nuestro hijo!

Todo muy melodramático. Mezcla absurda de melodrama y vodevil.

—¡Tú lo enviaste a la muerte!

—Miranda...

—¡No tienes derecho a llorar por él!

—Nuestro hijo, Miranda, Miquel... —Resultaba difícil reconocer a Daniel Trujillo en aquel gimoteo.

—¿Qué haces aquí?

—¡Perdona, Miranda! He venido a pedirte perdón. ¡Tenemos que llorarlo juntos, Miranda!

El balcón era la única solución. Recogí la chaqueta del suelo y salí al exterior. Me aparté de la luz, pegado a la pared. Era un sexto piso, y me parecía que me encontraba en la cima del rascacielos más alto.

Me atreví a atisbar al interior del dormitorio. La puerta permanecía entreabierta, la discusión debía de continuar más allá, en el pasillo, o en el recibidor. Yo no veía salida posible. Solo confiar en que Miranda se librase de Daniel y viniera a rescatarme cuando viera el campo libre.

Pasó un rato en que los latidos de mi corazón se fueron apaciguando. Empecé a plantearme en serio qué podía hacer para salir de aquel trago. Llegué a contemplar la posibilidad de volver a entrar en el piso y presentarme, con toda naturalidad, ante los dos cónyuges, interrumpiendo su intimidad. No: imposible. Y cuanto más tiempo pasaba, más inoportuna me parecía que sería mi aparición. Como si hubiera estado escuchando su patética discusión detrás de la puerta. A nadie le gustaría que le oyeran en una situación semejante. A pesar de que no podía oír nada. No sabía qué estaba pasando allí dentro. Se me ocurrió, incluso, que podían estarse peleando. Que sus aficiones sadomasoquistas se tradujeran en alguna especie de agresión fatal.

Me sobresaltó la irrupción brusca de Miranda en el dormitorio. Atisbando discretamente, vi cómo corría muy asustada hacia mí, con el sujetador mal puesto, un pecho a la vista, y estuve a punto de salir a la luz, aliviado, «¿Ya se ha ido Daniel?», cuando cerró las puertas del balcón y las sujetó con la falleba.

Nuestras miradas se encontraron a través del cristal, las dos igualmente alborotadas, antes de que ella corriera una cortina medio transparente, que a mí me dejaba definitivamente fuera de juego pero me permitía ver cómo Daniel entraba también al dormitorio y cómo se abrazaban, se besaban y caían sobre la cama con intenciones inequívocas. Me pregunté si la ataría, si la golpearía, o si sería un maltrato mutuo, pero, por discreción y pudor, dejé de mirar.

Me dediqué a contemplar la noche fresca y oscura del Fin de Año, con gente alegre recorriendo las calles en busca de una vida nueva. Seis pisos más abajo. Podía ver, al fondo de la noche, las fuentes luminosas de Montjuïc, donde ya debía de estar aglomerándose la multitud para la celebración más popular de la ciudad.

El balcón del piso de al lado estaba muy cerca. A no más de un metro o metro y medio. Fácil de saltar de uno al otro. Pero, una vez allí, qué. Me encontraría con otra puerta cerrada. Y si no estaba cerrada, qué.

Oí el sonido de una campanilla que tintineaba alegremente, cerca de donde me encontraba, y me pregunté qué debía de ser. Me resigné a pasar la noche acurrucado en aquel balcón, esperando que amaneciera y el matrimonio Trujillo terminara de arreglar sus diferencias. Había llegado ese momento en que incluso le veía el lado cómico a la situación, y me reía de mí mismo imaginando cuando contara la anécdota, y en ese momento se abrieron las puertas del balcón de al lado y una mujer dijo:

—¡Mira! Así podrás ver los fuegos artificiales. ¿Qué te parece?

Me pegué a la pared, rogando por que la señora en cuestión no saliera al exterior ni mirase hacia donde yo me encontraba; pero la vecina se dirigía a alguien que estaba dentro del piso, y ya no dijo nada más.

Desapareció.

Poco después vi cómo las luces de las fuentes de Montjuïc cambiaban de color y me llegó la música de la megafonía, y la voz exultante de algún maestro de ceremonias que trataba de contagiar su entusiasmo a una muchedumbre que no necesitaba que le contagiaran nada.

Por fin, llegaron las doce y en miles y miles de casas de toda la ciudad la gente contó hasta doce comiendo un grano de uva con cada campanada, y yo pasando el tiempo en un balcón mientras Miranda y Daniel se revolcaban sobre las sábanas (o no), y, de repente, se alzaron los primeros cohetes, los primeros estallidos de estrellas en el cielo negro, y pude disfrutar de una formidable exhibición de pirotecnia espléndida donde no faltaba de nada, ni colores, ni fogonazos, ni estallidos atronadores que sacudían la atmósfera.

Luego, como suele suceder, el silencio parecía más silencio y la oscuridad del cielo más compacta. Y dejé pasar otro rato de aburrimiento.

Capítulo 22

... Y feliz año nuevo

Conté hasta cien y me decidí.

En el balcón de al lado las puertas estaban abiertas. No me constaba que las hubieran cerrado, pero era posible que la mujer regresara para hacerlo, y eso hacía la atracción más irresistible.

Me sujeté muy fuerte a la barandilla de hierro fundido, pasé una pierna por encima; luego, con mucho cuidado, la otra hasta quedar en la parte de fuera del balcón. Salté al balcón de al lado. Ningún problema, solo una zancada, pero me pareció que superaba un abismo infinito. Me aferré a la barandilla vecina con toda la fuerza de mis dedos, sin aliento, con el corazón martilleándome el cuello y, cuando me decidí a respirar, jadeé como si estuviera practicando lo mismo que Daniel y Miranda.

Meterme en el balcón de al lado fue un proceso mucho menos digno que la peripecia anterior. El cuerpo por delante, cabeza abajo, patas arriba. Preparándome para excusarme: «Perdone, señora, pero tiene que permitirme que atraviese por su piso, solo estoy de paso, solo entrar y salir, gracias, feliz año nuevo».

Pero nadie me dijo nada. Permanecí a la expectativa durante un rato, más tranquilo porque, si venía la señora para cerrar la puerta del balcón, podría soltarle el discurso que tenía preparado. ¿Y qué me podían hacer? Yo no quería robar nada.

En el interior no había ninguna luz encendida. Era un dormitorio parecido al de al lado y en la cama yacía alguien muy quieto, probablemente dormido. El olor me hizo pensar en una persona mayor, la abuela que se va temprano a dormir, o que tal vez ya no se levanta nunca de la cama porque no le responden las piernas. Por eso, su hija o su nieta, o quien fuera, había ido a abrirle las puertas del balcón, para que se entretuviera un poco con los fuegos artificiales, pobrecita. La luz procedente de la calle me permitía distinguir la existencia de un sillón desde el cual, seguramente, la buena mujer contemplaba, durante el día, el ir y venir de la gente de la calle.

Me agaché, haciéndome tan pequeño como fui capaz, y, agazapado, entré en la penumbra de la habitación y me coloqué detrás del sillón.

El tintineo repentino de la campanilla de antes, ahora a dos metros de donde me encontraba, estuvo a punto de hacerme gritar. La abuela no dormía y reclamaba la presencia de la señora solícita, que compareció enseguida, como antes. No encendió la luz y habló en voz baja, para no despertar mucho a su madre.

—¿Qué quieres? —en un tono de paciencia equivalente a «Ya deberías estar durmiendo, coño».

—Ha entrado un hombre —dijo la vieja dama en un susurro, quizá con la intención de que el intruso no la oyera.

—¿Ah, sí?

—Sí. Por el balcón. Un hombre muy pequeño. Un enano.

—Vale, mamá. Cierra los ojos y verás como se va enseguida.

—No se irá.

—Sí se irá. Hazme caso y ya lo verás.

—¿Y si no se va?

—Se irá. Cierra los ojos y ya verás.

—¿Cómo lo voy a ver, si cierro los ojos?

—Ay, mamá, mamá. Vamos, descansa, que no hay nadie. Ya cierro la ventana, ¿lo ves?

Atravesó la habitación, pasó a menos de un metro de donde yo contenía la respiración y cerró las puertas del balcón con falleba. Dio media vuelta y salió de nuevo y cerró la puerta sin hacer ruido.

Conté hasta diez y avancé, agachado, hacia la puerta.

—No me haga daño —gimió la abuela en la cama, con un hilo de voz—. Soy mayor. Tengo cinco nietos.

Pobre mujer. Le contesté hablando tan bajito como ella:

—No se preocupe. No le haré ningún daño. No soy un ladrón. Ya me voy. Ahora duerma, que tiene razón su hija, que es tarde.

Me puse en pie despacito, consciente de que solo era una sombra negra en la tiniebla.

—Ah —la aconsejé—. No vuelva a tocar la campanilla. Que, si no, me verán. —Pausa—. ¿De acuerdo?

—De acuerdo —respondió la señora.

—No toque la campanilla, ¿de acuerdo? Yo ahora ya me voy.

—De acuerdo —me concedió.

Abrí la puerta. En el pasillo, iluminado, no había nadie. Al fondo, las puertas del comedor estaban cerradas, para no molestar a la abuela, a pesar de que se oían voces, risas, el ruido de copas y cubiertos sobre la vajilla.

Tragué saliva y avancé por el pasillo tan deprisa como pude pero sin movimientos bruscos que provocaran ningún ruido.

Oí una conversación sobre tetas que me trajo la imagen de los pechos turgentes de Miranda. Una mujer reivindicaba su derecho a enseñar los pechos donde fuera, «¿No podéis los hombres enseñar el pecho? ¿Por qué nosotras no?». Un hombre de voz bronca le respondía «¡Yo no voy enseñando los huevos por la calle!», y un par o tres de voces femeninas le replicaban montando suficiente alboroto como para que nadie pudiera oír mis pasos ni el clic imperceptible de la cerradura al abrirse.

Salí al rellano. Dejé la puerta ajustada y me precipité escaleras abajo, hacia la portería y hacia la avenida de Roma, donde pude ensanchar los pulmones con el aire más puro que había respirado en mi vida.

Dos días después, cuando fui a comer a su casa, mi padre me preguntó:

—Qué, ¿cómo te lo pasaste en Nochevieja?

Le dije:

—Bien. Como siempre. Un año más.

A pesar de todo, debo decir que el año empezó bien.

Lo primero que hice al día siguiente, día 1, después de dormir hasta las once para reponerme de las emociones de la noche anterior, fue llamar a Carol y decirle que me arrepentía una barbaridad por haber dejado escapar la oportunidad de entrar en el año en su compañía y que quería reparar el error tan pronto como fuera posible, por ejemplo invitándola a cenar. Ella, riendo como una niña, me respondió que ella también se había arrepentido de lo mismo y también experimentaba la urgencia de enmendar el fallo para empezar bien el año. Así que fuimos a cenar e inauguramos el año de manera inmejorable.

Carol Guibernau, apocada, de sonrisa tímida y expectante, y ojitos amorosos, cabellos cortados justo por debajo de las orejas y discreto traje beis, como para ir a un juicio importante. Todo empezaba cuando yo le quitaba las gafas con mucho cuidado, y ella parpadeaba como si tuviera que adaptar su vista a una nueva realidad, y se le estiraban los labios carnosos en un anuncio de beso. Se tomaba el sexo muy en serio, como si hubiera aprendido la teoría en una academia muy rigurosa y se empeñase en practicarla sin saltarse ningún paso ni ningún detalle, de manera casi marcial. No mostraba ninguna manía ni prevención, tan concentrada y seria como un cirujano en una intervención a corazón abierto. Tan pequeña y discreta como era, resultaba sorprendente que fuera más del gruñido activo que del gemido pasivo; disfrutaba del placer agarrotándose como quien se mete desnudo en un lago de agua helada. Le gustaba exhibir sus pechos y debía de tenerlos especialmente sensibles porque reaccionaba a la más mínima caricia con manifestaciones casi orgásmicas. En un momento en que quise experimentar alguna de las caricias delicadas y minuciosas que Lana me había enseñado, dijo: «No te esfuerces mucho: soy más vaginal que clitoridiana».

El lunes, día 2, se despertó en mi casa, sin ropa de repuesto, y aceptó sin manías ropa interior que Lana se había dejado, e incluso me pidió permiso para usar mi cepillo de dientes. Dudé un instante y exclamó: «¡Después de todo lo que nos hemos hecho boca a boca...!».

La llevé a comer a casa de mi padre, sin avisar. Tanto él como Abelard la recibieron muy amablemente, halagadores y simpáticos, pero detecté la decepción en el fondo de sus corazones. En un aparte, en la cocina, entre plato y plato, mi padre me dijo «Es muy mona», y me ofendí, pero me parece que también supe disimular. Al atardecer, cuando la dejé en la puerta de su casa, nos pusimos tan tristes como si fuera una despedida definitiva.

El martes 3 tuve que hacer unas gestiones en la Ciudad de la Justicia y alguien me notificó oficialmente que el juez Daniel Trujillo se había ido a Nueva York. De sus casos se encargaba una jueza que lo sustituía. A mediodía me llamó Carol para decirme que se había olvidado algo en mi casa y si podía pasar a buscarla cuando saliera del trabajo. La esperé con ansia y, cuando llegó y le pregunté qué se había dejado, dijo «Un polvo». Nos sorprendió la medianoche en la cama. Lo que se había olvidado eran las bragas, en el cuarto de baño.

Así pasó el resto de la semana, como enamorados que inauguran una nueva vida. Miércoles, jueves..., ah, sí, el jueves recibí un *whatsapp* de la asistenta social del Centro de Servicios Sociales de la Zona Franca, la lacónica Layla

Raza, que escribiendo en el móvil no era tan lacónica: «La mujer que cuidó de Jose y Juan Klimovski Calomarde se llamaba Fuensanta y murió el año pasado. Pero me hablan de otra mujer, Margarita Pérez Caballero (a) Marfanta, que estuvo al cuidado de la Fuensanta junto con Jose y Juan y todavía vive en el barrio». Pensé que debía llamar a la asistenta social, pero aquella era la noche de Reyes y teníamos pensado ir con Carol a casa de unos amigos de ella que tenían balcón sobre la Via Laietana y cada año se reunían para ver la cabalgata de Reyes, que es un espectáculo que merece la pena ver, y hacían un poco de fiesta, la «Fiesta de Despedida de Fiestas», como decían ellos. El viernes era festivo, día de Reyes, y pasaríamos el largo fin de semana en Cadaqués; de manera que aplacé la llamada para el lunes.

El sábado, día 7 de enero, a primera hora de la mañana, me despertó el teléfono. Estábamos en el hostal Cristina de Cadaqués, en la Riera, muy cerca del mar. Carol dormía a mi lado y murmuró un taco. Estábamos dulcemente agotados.

—¿Sí? —dije al aparato.

—¿Señor Marc Olván? Le llamo del complejo policial de la Verneda, de la calle Guipúzcoa, de Barcelona, para una asistencia letrada.

—¿Ah, sí?

—La señora Lidia Pedralba está detenida aquí y dice que usted es su representante.

Experimenté una sacudida.

—¿La señora Lidia Pedralba?

—Lidia Pedralba Rodés, sí, señor. Dispone de tres horas para personarse en esta comisaría, o sea, hasta las once horas.

El tiempo justo para recogerlo todo, montar en el Suzuki y plantarme en Barcelona. La noche anterior habíamos estado nadando, y no nos habíamos duchado para hacer el amor lamiéndonos la sal del cuerpo, pero yo no podía perder ni un segundo. Me disculpé con Carol, «Un caso muy urgente», y ella se dio cuenta de que para mí era importante de verdad. Renunció a ducharse, «Ya lo haré en Barcelona», y abandonamos el hotel precipitadamente.

—Llámame cuando termines.

A las once menos diez ya me estaba identificando en la garita de control. Me frotaba las manos con fuerza en la sala de espera, preguntándome con aprensión qué podía haber pasado.

El Instructor y el Secretario responsables de la detención eran el fúnebre Nacho Duque y el inmenso Roberto Bulla. Me recibieron en la misma estancia en que otros policías me habían hablado de Warner y Elvis Klimovski. No hubo ningún saludo amistoso, ninguna sonrisa ni apretón de manos. Distantes y serios como un tribunal inquisitorial, Duque resultaba más siniestro que nunca y Bulla había perdido toda la cordialidad del abuelo complaciente para infundir el miedo del ogro. Las manazas que reposaban sobre la mesa estaban hechas para golpear, y para golpear muy fuerte. Algo había cambiado y no para bien. La hostilidad iba mucho más allá de la seriedad debida a la situación.

—No podemos dar mucha información —dijo Duque—. Solo la mínima imprescindible porque esto forma parte de un operativo muy complejo que todavía está en marcha y el juez ha declarado secreto.

Me entregaron un oficio de seis folios de letra apretujada. Renuncié a cualquier comentario ingenioso o simpático y fruncí el ceño para dedicarme a la lectura.

En el transcurso de una operación contra el crimen organizado, había llegado a manos de la Policía la grabación de una conversación telefónica entre la señora Lidia Pedralba Rodés y uno de los miembros del grupo delictivo investigado que hacía pensar que la primera estaba en posesión de un cargamento de cocaína y que había cobrado un dinero para guardarlo. Efectuados, por orden judicial, la entrada y registro en el domicilio de la mencionada Lidia Pedralba, calle Poble, número 72, de Barcelona, a las 23:30 horas del día 6 de enero, los agentes encontraron en la cocina, bajo el fregadero, detrás de los cubos de basura, tres paquetes envueltos con papel de aluminio que contenían diez kilos de cocaína cada uno; y en el cajón de la mesilla de noche, un sobre con dieciocho mil euros.

Me quedé paralizado con los documentos en la mano.

—Antes de nada, hablaré con la detenida.

—Será mejor que, antes, te pongamos al corriente de los motivos de la detención. —Entendí que el tuteo de Bulla no era resultado de la confianza y la familiaridad sino del desprecio—. Se basa en una grabación que tengo aquí, en mi móvil. Si quieres oírla...

—¿Una grabación, en tu móvil? —le devolví el tuteo, cargado de desconfianza—. ¿Puedo saber cómo se ha obtenido esa grabación?

Los dos policías intercambiaron una mirada porque probablemente, antes de que yo entrara, habían estado comentando que los abogados solo habíamos nacido para tocarles los cojones. El gran Bulla concedió al pobre Duque el privilegio del relato.

—Esta grabación forma parte de un gran paquete de grabaciones entre particulares que nos proporcionó un confidente en un *pendrive* que dio pie a iniciar la operación en curso.

—O sea, que no ha sido obtenida por una orden judicial ni por el procedimiento habitual...

—No —cortante, para acabar con las objeciones—. Un confidente nuestro grabó doscientas setenta y tres conversaciones dentro de un ámbito determinado de narcotraficantes, y nos las proporcionó en un *pendrive*, suponiendo que, si colaboraba con nosotros, la Justicia lo trataría mejor. El juez aceptó aquel paquete de grabaciones...

—¿Las aceptó así, todas en bloque...?

—Libre valoración de la prueba. Él decide si la prueba es válida o no. Y me parece que no se equivocó porque, con todos los datos que sacamos de aquí, empezamos una serie de intervenciones telefónicas y seguimientos que han culminado en la operación que hemos iniciado, de unas proporciones inimaginables. Una de las grabaciones es esta que escucharás ahora.

Y basta. Roberto Bella movió el pulgar sobre su móvil y pude oír la voz de Lidia.

Capítulo 23

Le dije lo que usted me dijo

—Sí, diga.

—¿Lidia Pedralba? —Una voz oscura en castellano de acento inequívocamente caribeño.

—Lidia Pedralba, sí.

—Me han dicho que necesita veinte mil euros. ¿Es verdad? —Las erres convertidas en eles: «¿veldad?».

—Sí.

—Pues lo haremos como las otras veces. Yo le daré veinte mil euros si usted me guarda en su casa tres paquetes durante unos días.

—¿Tres paquetes?

—Como las otras veces. En su casa estarán más seguros que en la mía. Sin preguntas.

—¿Cómo son de grandes?

—Como las otras veces. Usted guárdeme los paquetes y yo le doy veinte mil euros. ¿Está de acuerdo?

—De acuerdo. Bueno. Sí. Pero no tarden, que tengo que salir.

—Esta misma tarde se los llevarán. Los paquetes y el dinero.

Aquí terminaba la conversación.

Tardé unos segundos en poder reaccionar.

Mientras se guardaba el móvil en el bolsillo, Bulla comentó:

—Esta llamada nos hizo pensar que el grupo organizado

podía tener sospechas de que estábamos a punto de emprender el operativo y estaban cambiando de escondite diferentes partidas de droga. A partir de aquí, el señor juez decidió que era muy urgente actuar y que una de las primeras casas a registrar debía ser la de esta señora. Y, efectivamente, tal como consta en el atestado, encontramos los tres paquetes y el dinero del que hablan.

—Bueno —conseguí decir por fin—, para no poder dar información sois más explícitos que otras veces. Se agradece. ¿Hay algo más?

—Sí —replicó la voz grave de Bulla, como si acabáramos de llegar al momento más interesante de la entrevista y yo acabara de darle permiso para abrir una nueva puerta—. Hay una cosa más. ¿Qué coño tienes tú que ver con esta mujer?

Pensé que esta mujer me había contratado para que encontrara el talón de Aquiles del juez Trujillo. Pensé que venían a por mí. Que se estaban muriendo de ganas de acusarme, esposarme y encarcelarme.

—Es clienta mía —dije, despacio, consciente de que me estaban empujando hacia un campo de minas—. Nos conocimos con motivo de otro caso y ahora me ha llamado. —Y decidí cambiar el tono de la conversación—: Escuchadme: es inocente. Esto que acabo de oír es imposible.

—¿El otro caso tenía algo que ver con Pacheco? —continuó el gran Bulla, sin escucharme—. El detective Luis Pacheco. Habéis trabajado juntos más de una vez, ¿no?

Cada vez peor.

—Bueno, ahora no hay por qué hablar aquí de otros casos.

—Solo lo digo porque el amigo Pacheco también está metido en este caso.

Duque tomó la palabra, cargado de aburrimiento.

—En el seguimiento que hicimos de esta mujer, a partir de la llamada telefónica que acabas de oír, encontramos en su basura, ya sabes que nosotros a veces removemos la basura de los sospechosos y solemos hacer hallazgos muy interesantes sobre sus vidas, encontramos una tarjeta de Luis Pacheco con un número de móvil anotado detrás, de puño y letra del mismo Pacheco. Decía «Llama a este número». Pertenecía a uno de los hombres del grupo criminal que investigábamos. Fuimos a ver a Pacheco, como es natural, y nos reconoció que él había dado aquella tarjeta con aquel número a Lidia Pedralba y que la había recomendado porque la mujer necesitaba dinero y él creía que podía obtenerlo por aquel lado. Eso establecía la conexión entre la acusada y el grupo investigado, pero también entre Pacheco y los malos, de manera que lo presionamos un poco y, para no verse implicado en un follón que podría haberlo ahogado, cantó unas cuantas cosas que sabía y que añadimos a todo lo que ya teníamos para arrancar con la operación. Nos fue muy bien. Ahora nos ha sorprendido que tu nombre también apareciera por aquí en medio, así, por sorpresa. Y hemos pensado: «A ver si el Figurín nos puede echar una mano en todo esto, como ha hecho su amigo Pacheco».

Los miré tratando de leer sus pensamientos.

—He venido para ayudar a Lidia Pedralba, no a vosotros. ¿Puedo verla?

Tuve la sensación de que mis palabras eran una declaración de guerra, si es que ellos no me la habían declarado antes a mí.

Se conformaron y se movieron lentamente, muy lentamente, sin prisas, dirigiéndome miradas de reojo que muy bien podían pasar por amenazantes. Dejé que salieran ellos primeros de la habitación, y me precedieran hacia las celdas del piso de arriba.

Ni una palabra.

Lidia Pedralba esperaba en la misma estancia donde había tenido la entrevista con Warner y Elvis Klimovski.

Estaba más cansada y vencida que la otra vez que la había visto. Sentada, encorvada, los codos en los muslos, y jugaba con un papel doblándolo y desplegándolo automáticamente.

Cuando entramos, se avivó de pronto, erigiendo el cuerpo y tirando los hombros hacia atrás, para desafiarnos con la poca energía que le quedaba. Llevaba un jersey de punto de cuello alto que destacaba sus pechos imponentes, y en sus ojos brilló el desafío del animal malherido pero invencible. Pensé que me odiaba, que nos odiaba a todos, pero la vida le había enseñado a convivir con los vencedores aunque la humillaran porque nunca había ganado ningún combate. Rugió mostrando los dientes, como una fiera.

—¡Todo es un montaje! ¡Todo es un puto montaje!

Le mostré las palmas de las manos pidiéndole silencio y calma.

—¿Ha hecho alguna declaración?

—Solo les he dicho que todo esto es un montaje, una mentira. Yo no mantuve esa llamada telefónica, yo no tenía tres paquetes de cocaína en mi casa, ni el sobre con veinte mil euros en el cajón de la mesilla de noche. ¡Todo un puto montaje! ¡Ellos me lo han metido en casa! ¡Ellos dos!

Señalaba a los policías que me acompañaban. Comprobé que ellos se mantenían impasibles, con muecas de desprecio infinito.

—¿La han maltratado? ¿Le han pegado? ¿La han amenazado?

—¡No! —Hizo gesto de «Claro que no»—. ¡No les hacía ninguna falta! ¡Les da igual lo que yo pueda decir! Ya lo tienen todo montado.

—Pues no diga nada. —Levanté la voz para interrumpirla—. Ahora silencio. Ni una palabra más. Ninguna declaración. Mi representada no hará ninguna declaración.

Ella me miraba con ganas de preguntar «¿Está seguro?». Pero me hacía caso, suspiraba, trataba de normalizar su respiración.

Mientras firmábamos el papeleo, fui soltando las preguntas de rigor.

—¿Ha dormido bien?

—Estaba demasiado nerviosa.

—Pero no la han molestado.

—No.

—¿Le han dado de comer?

—Sí.

—¿Cuándo la detuvieron?

—Ayer por la noche, entre las diez y las once —respondió Duque contemporizador, para evitar tensiones—. Está siendo un operativo muy grande, con muchos detenidos y luego mucha movida aquí. Ya te lo puedes imaginar. Veintitrés detenidos, registros en ocho casas diferentes, gran cantidad de droga decomisada, y dinero, y armas. Nos alargamos hasta la madrugada y por eso no te hemos podido avisar hasta esta mañana.

Antes de salir, Duque aún añadió:

—No pasará a disposición judicial hasta pasado mañana, una vez agotadas las setenta y dos horas preceptivas, porque tenemos mucho trabajo y muchos cabos sueltos. O sea, que calcula que será pasado mañana, lunes día 9 a las ocho de la mañana.

—Las setenta y dos horas se cumplirán el domingo 8 a las 23:30 de la noche. El lunes día 9 a las ocho de la mañana, habrán pasado ocho horas y media más.

—Sí, es verdad. Pero con este trabajón... Y con el fin de semana de por medio... No sé. En fin: habla con el juez. O no, perdona, con la jueza, porque el juez ha tenido que irse a Nueva York. Díselo a la jueza.

—Se lo diré.

Nos dejaron solos.

Lidia se relajó, a pesar de que continuaba mirándome con desconfianza.

—¿Puedo hablar ya?

—A ver —dije.

—La llamada es falsa. Está manipulada. He estado tratando de recordar y he pensado en una llamada de Amazon, a última hora de la tarde. —En las horas de soledad siguientes a la detención había reconstruido con todo detalle un diálogo sin sentido que había vivido aquel día—. Me preguntaron si yo era Liliana Pedralbes, o algo así, y yo les corregí: «No, no, Lidia Pedralba». Y me dijeron que tenían tres paquetes para un vecino mío, y si podían traérmelos a casa, que el vecino ya pasaría a recogerlos. Yo dije que sí, pero luego nadie me trajo ningún paquete y ya no pensé más en ello…

—¿La voz era…?

—No, no. Era una voz en castellano de aquí, no con este acento cubano. Esto lo han… Han hecho un corta y pega.

—¿Qué día fue la llamada de Amazon?

—¡No fue una llamada de Amazon! —protestó ella, exasperándose como si yo fuera incapaz de entender las cosas—. Fue una llamada hecha a propósito para que yo dijera lo que tenía que decir y después hacer el montaje. Corta y pega. A mí, Pacheco no me dio ningún número de teléfono, yo no he necesitado veinte mil euros, y no se lo habría dicho a él, en todo caso, y no me puse en contacto con ningún narcotraficante… ¡Todo inventado!

Pasé a otro tema:

—Ayer por la noche, la Policía entró en su casa…

—Cerca de las doce. Yo ya estaba en la cama. Han reventado la puerta, han entrado a lo bestia, como en las películas, vestidos de negro, con cascos y ametralladoras en las manos, pegando gritos. Me han apuntado con una ametralladora. Si llego a sufrir del corazón, ahora estaría muerta. Un follón de locos, un montón de policías entrando y saliendo de las habitaciones, tropezando los unos con los otros.

—Debía de haber un LAJ, o sea, un Letrado de la Administración de Justicia, tomando notas del registro…

—Sí, fue el que me dijo que tenía estos derechos… —Mostró el papel con que jugaban sus dedos, plegándolo y desplegándolo obsesivamente—. Que podía callar, todo eso que dicen. Que todo era legal, que había una orden del juez, que el juez no había podido venir porque aquella era una operación de grandes proporciones y la Policía estaba actuando en diferentes puntos de la ciudad. Mientras hablábamos en el dormitorio, fue cuando la Policía encontró los paquetes en la cocina. Y cuando nos trasladamos a la cocina y aquel secretario o lo que fuera tomaba nota de la aparición de los paquetes, que yo no había visto nunca, encontraron el dinero en la mesilla de noche. Ni yo ni el secretario estábamos presentes cuando encontraron una cosa y la otra. Me lo pusieron allá, me lo pusieron ellos.

—¿Había policías de paisano en el registro del piso?

—Sí.

—¿Y alguno de esos dos que ahora me han acompañado hasta aquí?

—Sí. Los dos.

Permanecí en silencio para recapitular. Todo parecía muy bien pensado. La conexión entre Lidia Pedralba y los narcos la cubría Pacheco, diciendo que él los había puesto en contacto para ayudarla. Que Pacheco, detective privado, tuviera relación con unos narcos no era tan difícil de justificar. Casi formaba parte de su trabajo. El hallazgo de la droga y el dinero en el domicilio de Lidia ya era definitivamente incriminatorio. El eslabón más débil de la cadena era la llamada manipulada. Eso era muy complicado de hacer. Muy retorcido. ¿Por qué lo habrían hecho? ¿Por qué complicarse tanto la vida?

Trasladé la pregunta a Lidia:

—¿Por qué?

Ella se maravilló tanto ante mi ingenuidad que se le escapó una sonrisa deliciosa.

—¿Por qué? —replicó con voz aguda, incrédula—. ¿Por qué? Pues porque le hemos tocado los cojones al juez Trujillo; ¿por qué, si no?

Yo no lo veía tan claro. O no quería verlo porque me implicaba a mí.

—¿Le hemos tocado los cojones al juez Trujillo? —me permitía dudarlo—. Yo no.

—Lo habrá sabido.

Se refería a algo que yo no sabía.

—¿Qué habrá sabido? ¿Ha hecho usted algo que yo no sé?

Enseguida supe que la respuesta era sí. Con un gesto, quiso expresar que no era nada importante, una tontería de la que no merecía la pena ni hablar. Pero yo estaba esperando y no podía escabullirse. Al final, se rindió:

—Hablé con un periodista. Cuando usted me descubrió todas aquellas cosas del juez...

—¿Yo? ¿Le descubrí...?

—Un día que lo llamé... —Sí: lo recordaba. Yo estaba muy borracho y fui muy indiscreto. Después del mediodía, tarde sin siesta, abotagado por el vino. Rioja, ribera del Duero—. Y usted me dijo que el juez Trujillo practicaba el sadomasoquismo, que pegaba a su mujer, y que tenía un trato secreto con una familia mafiosa...

—¿Yo le dije todo eso?

—Sí, y que por eso había soltado al Cangrejo, con la ayuda de un policía llamado Regueira...

Soplé ruidosamente.

—¿Yo le hablé de Regueira?

Ella quería aclarar las cosas, o tal vez matizarlas, pero no sabía cómo hacerlo. No sabía cómo decirme que aquel día había notado que yo estaba como una cuba.

—... Pensé, y perdóneme, que usted no era la persona más indicada para investigar al juez Trujillo. Me di cuenta de que quería dejar el caso y no sabía cómo decírmelo, y entendí que a lo mejor para usted, abogado, era demasiado comprometido investigar a un juez. En cambio, se me ocurrió, un periodista... Es el trabajo de los periodistas, ¿no? Se me ocurrió que, si le daba pistas a un buen periodista de investigación, de esos que se toman en serio su trabajo, él sí que tendría las manos libres para averiguar detalles escabrosos. Seguro que le interesaba y le gustaba. Un periodista metido en estas cosas de sucesos y narcotraficantes. Supuse que me agradecería que le proporcionara algún dato, una pista, un hilo del que tirar...

Yo ya asentía con la cabeza. Todo se iba aclarando.

—¿Y fue a buscar al periodista, y le expuso...?

—Las cuatro cosas que usted me había dicho.

—La afición al sadomasoquismo, y que pegaba a su mujer...

—... Lo de la fuga del Cangrejo...

—¿La implicación de Regueira...?

—Sí, eso también.

—¿Dijo que se lo había dicho yo?

—No. Que me habían llegado rumores...

—¿Y quién era aquel periodista?

—Uno que se llama Valentí Renom.

Capítulo 24

El manotazo de mi vida

Salí de la comisaría disparado, furioso, absolutamente indignado. Una vez dentro del Suzuki Vitara busqué en la agenda del móvil el nombre de Luis Pacheco y pulsé el botón verde del telefonillo. Mi espanto derivaba del hecho de que, por culpa de Pacheco, que me había presentado a Lidia Pedralba, y por culpa de Lidia Pedralba, yo me había puesto a investigar al juez Trujillo e incluso había llegado a redactar un informe sobre él. Si me paraba a reflexionar un poco, era evidente que la cuadrilla de Regueira no venía a por mí. Duque y Bulla se habían sorprendido realmente al ver que yo representaba a Lidia, y sus preguntas y su actitud hostil se entendían más por el desconcierto que mi presencia les había causado que por desconfianza. Yo no podía estar implicado en el caso de Lidia Pedralba por la sencilla razón de que el caso de Lidia Pedralba no existía, se lo estaban inventando en aquellos momentos. Mi presencia, en principio, para ellos solo era una de esas casualidades de la vida que te dejan estupefacto. O eso era lo que yo quería pensar entonces.

—Tengo que verte —le dije a Pacheco en cuanto contestó.

Era sábado y él no tenía que estar en su despacho. Yo contaba con que él me citaría en un café. Entonces, yo le diría que pasaría a recogerlo con el coche donde estuviera, y mantendríamos la conversación dentro del vehículo. Buscaba intimidad. Pero dijo:

—Ahora voy a la oficina para poner un poco de orden…

Y yo solo tuve que añadir:

—Allí nos vemos.

—Compraré cervezas en el bar de abajo.

Fui a buscar la Diagonal, la recorrí casi de una punta a la otra, giré por Via Augusta hacia arriba hasta la plaza Gal·la Placídia, y metí el Suzuki Vitara en el aparcamiento subterráneo.

Mientras tanto, elaboraba la estrategia del encuentro. Factor sorpresa, y embustes pronunciados con absoluta convicción para obtener verdades.

El corazón no me latía tan fuerte como cuando había salido del complejo policial de la Verneda, y no estaba tan ofuscado, incluso empezaba a oírse aquella voz lejana que me preguntaba si había para tanto, pero iba disparado y no contemplé en ningún momento la posibilidad de detenerme. Me habría sentido muy idiota si, de golpe, me hubiera parado en mitad de la calle y me hubiera preguntado qué estaba haciendo.

Llamé al timbre del portero automático, «Detectives Lupa», anuncié que era yo, «¡Marc Olván!», la puerta se abrió y tomé el ascensor, aunque se trataba de un primer piso, porque no quería llegar arriba jadeando y sin aliento.

La puerta de las oficinas estaba abierta.

Luis Pacheco, en mangas de camisa, estaba encendiendo la estufa de butano, en el ámbito que servía de sala de espera y donde tenía su escritorio la secretaria y recepcionista, que en aquel momento debía de estar disfrutando de las alegrías del fin de semana.

Sobre la mesa, junto al ordenador, esperaban dos botellines de cerveza sin vasos y una bolsa de patatas chips.

—Pasa, pasa —dijo el detective—. Estas fiestas son larguísimas, no se acaban nunca, y cuando se acaban (año nuevo, vida nueva), parece que nos hubiéramos olvidado de todo lo que habíamos hecho antes. Yo vengo hoy, pongo un poco de orden y preparo los temas para el lunes. Así, empezamos a trabajar desde el primer minuto, porque esta chica que me ayuda, joder, entre la pereza de los lunes, entre la pereza de las vacaciones, entre que es joven y un poco idiota..., está buena, eso sí, pero muy espabilada no es, o sea, que le tengo que poner todo a punto para que sepa por dónde empezar. Aquí tienes tu cerveza. Qué, Marc, ¿cómo va eso?

Yo quería aparentar calma y tranquilidad. No sé si lo conseguía.

—Tenemos que hablar.

—¿De qué quieres que hablemos? —sonrió, sin verlas venir.

—De Lidia Pedralba.

Se hizo de nuevas.

—¿Lidia Pedralba? —como si no hubiera oído nunca ese nombre, pero quieto, a punto de mirar a derecha e izquierda para buscar una escapatoria.

—Sí. Me ha citado la Policía.

Entonces lo sorprendí de verdad.

—¿Qué dices?

—Y me han interrogado.

Estaba muy sorprendido. Paralizado. Boquiabierto. La sangre helada.

—Hostias.

—Y me han dicho que tú la relacionaste con unos narcotraficantes.

Yo me iba encrespando y él se estaba poniendo muy nervioso. «Narcotraficantes» era una palabra demasiado gruesa. No estaba dispuesto a aceptar...

—Bueno, yo no, exactamente...

—No te canses. También sé que es mentira. También me lo han dicho.

—¿Te lo han dicho?

—Sí, me lo han dicho. Tú hablaste de Lidia, detuvieron a Lidia y Lidia habló de mí...

—Pero ¿de ti? ¿Por qué de ti?

—¿Y por qué hablar de ella?

Ahora quería darme alguna explicación, pero no era capaz de elaborar una mentira convincente. O no sabía si debía mentir o decirme la verdad. El caso es que solo le salía:

—Yo, yo, yo…

Y yo no le dejaba pensar:

—Sí, ya lo sé. Todo mentira. Me lo han dicho. No se esconden de nada. Que te lo pidieron, que te presionaron, que te amenazaron. Todo. Pero el caso es que, metiendo a Lidia en el jaleo, también me has metido a mí. Y están a punto de mezclarme en un operativo contra el narcotráfico…

Se estaba horrorizando. Le parecía que todo se estaba saliendo de madre.

—¿A ti? Pero ¿por qué a ti? Tú no tienes nada que ver en todo esto.

—¡Ni Lidia Pedralba tampoco!

—Yo no sé, si Lidia…

Quería decir que tal vez Lidia Pedralba se había buscado lo que se había encontrado. Y entonces le solté el tortazo.

No sé si nunca en mi vida había pegado una bofetada como aquella. Bueno, seguro que no, porque nunca me he hecho tanto daño en la mano al estamparla contra la cara de una persona. Ya hacía rato que se preparaba la hostia y me contenía cerrando el puño, pero, de repente, no pude más y se me escapó. Pacheco no se lo esperaba y salió impulsado hacia atrás, tropezó con una silla, perdió el equilibrio, braceó para agarrarse al escritorio e hizo caer las dos botellas de cerveza y la pantalla del ordenador, y se encontró sentado en el suelo en muy mala postura, balbuceando asustado, abrumado por mis gritos.

—¡Sí que lo sabes, hijo de puta, porque todo se basa en una mentira que dijiste tú!

—¡No la dije yo!

Trataba de hacerme razonar, alargando los brazos para detener mi acometida, y calmarme y hacerse escuchar, pero yo continuaba gritando.

—¡Ellos te hicieron mentir! Te dijeron: «Di que ella te dijo que necesitaba pasta, di que le diste una tarjeta tuya con un número de teléfono», ¿fue así? —Él iba diciendo «No, pero eso no tiene nada que ver», y «Pero espera», pero no conseguía abrir una grieta en mi bronca—. ¡Tú dices lo que te mandan y, luego, ellos construyen lo que les da la gana! Y, de rebote, la pelota me estalla en la cara, porque Lidia habló conmigo del juez Trujillo, ¡y yo escribí incluso un informe sobre el juez Trujillo!

Y él:

—Yo no he dicho nada de Trujillo...

—Trujillo es el juez instructor.

—¿Qué?

—Que Trujillo es el juez instructor de este caso.

—A mí, la Policía no me dijo nada de Trujillo. —Y con eso ya estaba todo dicho.

—¡Pues la pregunta es por qué! —Aullé con tanta fuerza como si el grito fuera la segunda bofetada. Y dejé que el «por qué» quedara flotando entre las cuatro paredes, con ecos de iglesia—. ¡Por qué, te pregunto! ¿Por qué lo hiciste? ¿Por qué te lo pidieron? ¿Qué buscan?

—¡No lo sé! —berreó, a punto de llorar—. ¡Yo, yo lo hice, porque, coño, porque ellos mandan, porque si quieren me hunden! Saben muchas cosas de mí; lo saben todo. Me pueden hundir. Yo también me comprometía permitiendo que me vincularan con los Dominicos. Y, después de todo, Lidia Pedralba, ¿qué? No es nadie; ¡me la suda, Lidia Pedralba!

Yo ya había dicho todo lo que tenía que decir, y ya le había hecho decir lo que yo quería.

—¿Y yo? ¿Y si me joden a mí?

—¡A tú no te van a joder, coño! ¿Qué te van a hacer a ti? ¡No quieren nada de ti!

Continuaba sentado en el suelo y quizá notó que yo me estaba serenando porque hizo el primer intento de ponerse en pie buscando el apoyo del sillón de ruedas de la secretaria.

—Entonces, sabes que de ella sí quieren algo. ¿Qué quieren? ¿Por qué lo han hecho?

Recuperaba la verticalidad con dificultad porque el sillón ergonómico se alejaba negándole un punto de apoyo firme.

—Solo quieren asustarla. Es lo que me dijeron. Solo un susto, porque es una bocazas y una histérica. —Ahora se sentía más seguro con el escritorio como barrera protectora entre él y yo—. A veces lo hacen, ya sabes tú que a veces lo hacen. La tía está estorbando, pues la meten unos días en el trullo y así se calma, y se calla, y se asusta y ya no toca más los cojones. Ya sabes cómo son estas cosas.

Suspiré. Y ya más relajado:

—No. No sabía cómo eran estas cosas, pero ahora ya lo sé. Ahora ya sé de dónde me vienen las hostias. Y tú también lo sabes. Y más vale que no llames a Regueira, o a Duque, o a quien sea que vino a verte, ¿quién vino a verte? ¿Quién vino a verte?

—Soliño, aquel que…

Soliño Rubio y Músculos reventando las costuras.

—Sí, ya lo conozco. —Quería dejar claro que yo conocía a todo el mundo, y lo sabía todo—. Más vale que no le digas nada de lo que acaba de pasar aquí, porque si vuelven a llamarme y vuelven a interrogarme, entonces seré yo quien le dirá a Trujillo todo lo que sé de ti, y sé muchas cosas…

—¡Pero si yo a ti no te he hecho nada!

—Eso espero. Espero que no me pase nada más que lo que me ha pasado. Si no, vendré con uno bate de béisbol.

Di media vuelta y salí de las oficinas del Detectives Lupa. Había confirmado mis sospechas.

Y no se me había pasado la mala leche, pero al menos había confirmado mis sospechas.

Me dolía la mano. Iba a buscar mi coche y pensaba que no recordaba haber pegado nunca a nadie un tortazo como el que se me había disparado aquel día.

Fui directamente a casa. Tenía jaqueca y la convicción de que solo podría calmarme con una cerveza (cervecita, en diminutivo), o un vaso de vino, o a lo mejor un aperitivo más fuerte. Y la constatación de la necesidad de alcohol me crispaba todavía más.

Encontré a Carol en la cocina, ocupando un espacio que hasta entonces era territorio exclusivo de Lana. Pero, mientras que Lana se movía entre sartenes y cazuelas como una bruja sabia elaborando el elixir de la eterna juventud, Carol era como un carpintero construyendo una silla contra reloj. Me recibió diciendo:

—Guisantes con jamón y bistec con patatas salteadas con mantequilla. ¿Qué te parece?

No estuve simpático. Ella tenía una copa de vino tinto a mano, para echar algún trago de vez en cuando, y se la veía relajada y contenta. Yo me serví un vaso de vino y me lo tomé de tal manera que el gesto parecía un desafío o una agresión. Me estaba desafiando o agrediendo a mí mismo. Ella se dio cuenta y supo gestionar la situación.

Dijo: «¿No han ido bien las cosas?», invitándome a hablar y cediéndome la iniciativa. Yo podría haber contestado mal, dejándome llevar por la indignación, y a lo mejor estuve muy a punto de hacerlo, pero se me ocurrió que rebotándome únicamente conseguiría quedarme solo en un rincón alimentando a mis demonios cuando, en cambio, tenía la oportunidad de compartir el disgusto y recibir algún tipo de ayuda, cuando menos gastronómica.

Quiero decir con eso que estaba un poco lúcido, que valoraba la compañía y la cordura de Carol y que no quería echarla a perder a las primeras de cambio.

Comimos, la comida estaba exquisita, me supe dosificar el vino —o me lo supo dosificar Carol— y se lo conté todo.

Cómo conocí a Lidia Pedralba, cómo me interesé por el juez Trujillo, cómo me lie con Regueira y sus hombres, y cómo había conocido después a los Klimovski del Poblesec, y todo lo del Cangrejo y su hermano Vis a Vis, hasta llegar a lo que había sucedido aquella mañana, cuando Lidia Pedralba me había reclamado en la comisaría de la Verneda para que la representara como abogado. Y, sobre todo, le dejé clara la relación que yo establecía entre el caso de Lidia Pedralba y el de la Marfanta; le quedó lo bastante claro como para que, a la hora de la verdad, no le dijera nada de ello a la Policía, como si no me conociera demasiado.

Bueno, no sé si se lo conté todo. Aquí mi memoria empieza a fallar. Ella dice que sí, y parece que sí, pero ahora, cuando tratamos de reconstruirlo, hay datos que fallan, que ella ignora, porque se le ha olvidado o sencillamente porque yo me lo callé. Los guisantes y la carne y las patatas estaban muy buenos, eso sí. Y ella aprobó mi comportamiento, lo aplaudió, y me apoyó hasta el punto de que al día siguiente, domingo, me acompañó a las Casas Buenas para ver si encontrábamos a la Marfanta.

Antes, el sábado por la tarde, envié un *whatsapp* a Layla Raza preguntándole si había averiguado algo más de aquella mujer que se había criado con el Cangrejo y el Vis a Vis.

La respuesta fue breve: «Solo sé que continúa viviendo en el barrio». El barrio no era muy grande. No debía de ser tan difícil encontrarla.

Aquella tarde, además, con Carol seleccionamos la ropa que nos íbamos a poner para ir a hacer nuestro trabajo de campo en las Casas Buenas de la Zona Franca. A los dos nos parecía que sería mejor que nos confundiéramos con el paisaje, que no se notara nuestra procedencia pija, que nadie pudiera decir que habían visto a un Figurín curioseando por allí. En definitiva, que nos disfrazamos y aquellos preparativos se convirtieron en un juego, y terminamos riendo mientras nos probábamos chaquetas y abrigos perdidos en rincones del armario, y viejos pantalones vaqueros, y Carol se transfiguraba con ropa que Lana se había dejado, que antes me parecía tan moderna y exótica y que, de pronto, resultaba ordinaria y ramplona. Y bajamos al parque infantil que hay delante de casa para ensuciarnos los zapatos en el arenero. Y dedicamos mucho rato a despeinarnos, y ella se hizo una cola que definía como «mal hecha». Carol supo disminuir la tensión de tal manera que por la noche hicimos el amor de aquella manera tan suya, un tanto mecánica pero de lo más eficiente, y yo no encontraba los condones, y ella dijo: «A ver, cómo es eso, ¿qué es lo que dices que no encuentras?», y yo: «El condón, el condón, ¿qué habías entendido tú?», y ella: «El condón, ah, el condón», y yo: «¿Qué habías entendido?», y nos dio un ataque de risa; y luego volvió la hilaridad cuando, con mis embestidas, ella se golpeaba la cabeza contra la cabecera de la cama, y dijo: «Espera, espera, ¡que me vas a noquear!», y tuvimos que parar para buscar una nueva postura menos lesiva, y de todo eso sí que me acuerdo perfectamente.

También recuerdo, con todo detalle, la visita que hicimos a las Casas Buenas el domingo por la tarde.

Aparcamos el Suzuki Vitara en la plazoleta de l'Einam, una serie de casitas de dos o tres pisos alrededor de un gran árbol de hoja perenne, tal vez un viejo algarrobo. Hacía frío y no circulaba nadie. La única señal de vida estaba en las mesas metálicas que el Bar de la Zona tenía desplegadas delante. Tres fumadores resignados a congelarse con tal de conservar su vicio.

Pasamos entre ellos, entramos en el establecimiento y nos dirigimos a la barra, confiando en que el camarero, o la camarera, sería una buena fuente de información.

Había dos mesas ocupadas por hombres mayores que jugaban al dómino con estrépito de fichas, y una donde se jugaba a las cartas. Casi todos consumían cafés y copas de balón con coñac. En la atmósfera, cargada, se respiraba un aburrimiento rancio y la irritación de las fieras en cautiverio.

Carol y yo pedimos cubatas de ginebra, que nos sirvieron en vasos de tubo, de esos que te envían los cubitos a la punta de la nariz a cada trago. Detrás del mostrador había una mujer con aspecto de haber capitaneado una banda de piratas en los mares del Sur en su juventud, que en un principio se mostró receptiva a la conversación. Quizás alguien le había prometido que el oficio de servir copas podía convertirla en confidente de todos los dramas de pareja del barrio, y estaba abierta a cualquier cosa que cualquiera pudiera decirle.

—¿Conoce a la Marfanta? —pregunté—. Una mujer que se llama, me parece que se llama, Margarita Pérez, pero la llaman Marfanta.

—Sí, claro. Vive aquí, en el barrio.

—¿Y sabe dónde podemos encontrarla?

—¿Hoy, domingo? No. Estará fuera del barrio, trabajando.

Entonces se inmiscuyó en la conversación un hombre mal afeitado, despeinado y sucio que estaba apoyado en la barra, un par de taburetes más allá. Tenía delante una copa de coñac y no era la primera ni la segunda que tomaba aquella tarde.

—No —intervino—: Ahora la Marfanta ya no trabaja los domingos por la tarde. La encontraréis en su casa, seguro. —Por si la camarera le quería llevar la contraria, se le adelantó—: Sí, señora. La Marfanta ya no hace pipas. Ya no fuma, la Marfanta. —Y este era un chiste que le hacía muchísima gracia—. ¿Me entiendes o no? Que ya no hace pipas. Que ahora la Marfanta solo come.

—Tú más vale que te calles, Carmelo —le advirtió la mujer, seria. Era un tema tabú, y eso lo hacía muy interesante.

—La Marfanta ahora solo come —insistía el otro, deslizándose por el tobogán de su embriaguez—. Seguro que ahora mismo está comiendo. ¿No has visto que últimamente se ha engordado un poco? Está comiendo, ñam, ñam, ñam, que no para de comer.

—Hablas demasiado, Carmelo.

—¿No has visto la cantidad de comida que compra a los *paquis* cada martes? ¿De dónde saca la pasta? Ah. Ella vive sola. ¿Para qué quiere tanta comida? Para acabarse toda esa manduca tiene que estar comiendo las veinticuatro horas al día, toda la semana...

—¡Que te calles, coño! —La camarera quería concentrarse en el trabajo para no hacer caso del pelmazo, pero se iba poniendo de mal humor. Se dirigió a nosotros—. ¡No sé dónde está la Marfanta! ¿Queréis tomar algo más?

Nos estaba invitando a largarnos.

—No, gracias. Pero ¿podría decirnos dónde vive la Marfanta?

—¡Que os digo que no sé dónde está!

—Pero ¿su domicilio?

Al final nos dijo dónde vivía Margarita Pérez y fuimos allí, y llamamos a la puerta, pero no contestó nadie.

El lunes, día 9 de enero, fue cuando los periódicos publicaron la noticia del gran operativo, Operación Bávaro, contra una banda de narcotraficantes de Torre Baró. No decían que se trataba de los Dominicos, banda compuesta por unas cuantas familias de nacionalidad dominicana, supongo que por no alimentar el discurso de los idiotas racistas y xenófobos que siempre andan buscando material para sus fobias. El periodista Valentí Renom relataba que, a raíz del asesinato de uno de los miembros del grupo, apodado el Puma, un día del mes de octubre pasado la Policía había iniciado una investigación a fondo que había terminado destapando el entramado de la organización criminal. Se habían efectuado veintitrés detenciones, registros en ocho casas diferentes, donde fueron confiscados cincuenta kilos de cocaína, quince kilos de heroína, doscientos cincuenta mil euros en efectivo, y una docena de armas de fuego de diferentes tamaños y calibres.

Al Puma, que era el jefe supremo de la banda hasta que lo mataron en plena calle el pasado mes de octubre, le había sucedido su cuñado, llamado Algorino Ernesto Melitón, conocido como *el Taíno*.

De todo eso sí que me acuerdo.

Y de que, aquel mismo lunes, sobre las diez de la mañana, Lidia Pedralba compareció ante una jueza de pelo rubio paja y mirada clara y serena y, después de escuchar la extraña conversación telefónica que constituía la principal prueba inculpatoria, declaré, como abogado defensor, que para mí estaba claramente manipulada. Lidia Pedralba fue muy convincente al reconstruir la conversación que mantuvo con un supuesto empleado de Amazon, que la indujo a decir su nombre y me parece que dejé claro que era muy fácil falsear la llamada con un programa de audio elemental y con un sencillo corta y pega. Pedí que se realizara una prueba pericial, que debía correr a cargo de un cuerpo policial diferente al que estaba implicado, que nos garantizara ecuanimidad, y añadí que la investigación no tenía que ser muy difícil porque, tratándose de una comunicación entre particulares (si no lo fuera, el juez no podría haberla aceptado), el que llamaba no podía ser otro que el confidente que había proporcionado la prueba. También solicité prueba pericial lofoscópica tanto de los tres paquetes de droga encontrados bajo el fregadero como del sobre supuestamente escondido en el cajón de la mesilla de noche. Si mi representada decía la verdad, no encontrarían ninguna huella dactilar de ella en ninguna parte porque no solo no los había visto sino que no los había tocado. La jueza se mostró muy desconcertada y aseguró que ordenaría la investigación, pero, de momento, consideraba que los hechos eran suficientemente graves y el riesgo de fuga lo bastante evidente como para enviar a Lidia Pedralba a prisión preventiva sin fianza.

Y yo me cabreé mucho porque no le concedieron la libertad condicional.

Me cabreé mucho porque la enviaron al trullo igual como habían hecho con su hijo.

Me cabreé mucho.

Y hasta aquí es donde llega mi memoria.

Como si en aquel momento se hubiera terminado mi vida.

Todo lo que puedo contar de lo que sucedió a continuación es lo que me han contado y debo creer.

—¿Qué es lo último que recuerda? —no se cansaban de preguntarme.

—Que salí a trabajar, a primera hora de la mañana, muy temprano, y cogí el coche...

Capítulo 25

Lo que me dicen que sucedió

Según Carol, aquel lunes volví del juzgado en un estado de ánimo insoportable. La trampa que le habían tendido a Lidia Pedralba me había afectado mucho. A pesar de todo lo que le había contado, Carol no acababa de entender por qué me lo tomaba tan a pecho. Probablemente, porque ella ignoraba cómo era mi relación con mi padre, y cómo había sido mi sumisión incondicional a Lara, hasta que me había abandonado sin derecho a réplica, y la relación con los perdonavidas de Regueira, y aquella noche de locura con Miranda, y el momento en que me había exhibido como borracho baboso y grosero ante el juez Trujillo, desvelando su compasión hasta el punto de que me adoptó tratando de hacer de mí una persona presentable, y sin conocer todo esto, tal vez era imposible que entendiera mi «Basta». Me identificaba con Lidia Pedralba porque me sentía un poco responsable de su desgracia y el «Basta» también era en nombre de ella.

Dice Carol que el martes, a primera hora de la mañana, mucho antes de que ella se fuera al bufete de Alcolea y Rubió, yo salí de casa con la intención de vigilar la tienda de paquistaníes de las Casas Buenas esperando el momento en que la Marfanta llegase para hacer su compra semanal. Salí con la ropa vieja y los zapatos sucios con que me había disfrazado el domingo y, por lo visto, logré mi propósito. Supe lo que sucedió a continuación un par de meses después. Un día de finales de febrero, soleado y frío, pero en el hospital me tenían a una temperatura tan baja que me parecía que hacía calor de verano. Carol me había acompañado al Hospital del Mar para hacer una revisión de rutina. Habíamos bajado con su BMW y, después de la visita médica, habíamos decidido pasear al lado del mar, a lo largo del paseo Marítimo, mirando a la gente que tomaba el sol en la playa, sorprendiéndonos de que hubiera alguien que se animara a bañarse, celebrando las piruetas de las cometas de colores por el cielo, envidiando a los que navegaban en velero cerca de la costa. Yo todavía me movía en silla de ruedas, porque me fallaban un poco las piernas. La dirigía yo mismo con la excusa de que, de aquella manera, fortalecía los brazos, y Carol caminaba a mi lado, dándome conversación y haciendo comentarios sobre esto y aquello.

Se nos acercó un hombre larguirucho y flexible como un junco, de calvicie incipiente, que se parecía un poco a James Coburn, cínico pero atractivo, atractivo pero cínico. Se quitó las gafas de sol y, antes de hablar, se aseguró de que me había fijado bien en sus rasgos.

—Hola, Marc. ¿Me conoces?

Yo ya había renunciado a fingir que quizá sí y estuviera buscando un nombre que tenía en la punta de la lengua. Dije «No». Él miró significativamente a Carol.

—¿Podemos hablar en privado? —me preguntó.

Se lo pedí a Carol, que se fue dos bancos más allá para ver qué novedades encontraba en el móvil.

El hombre alto y flaco se sentó en el banco, muy cerca de mí, para hacerme confidencias en voz baja.

—Soy Juan Vis a Vis. Juan Klimovski.

Si decía la verdad, aquel era el rostro que yo estaba contemplando cuando se acabó el mundo.

Juan Vis a Vis. Juan Klimovski.

En un rincón de mi cerebro, una neurona, solo una y muy pequeña, se atrevía a decir «Sí, quizá sí...», pero solo era una fantasía.

—He venido a disculparme. —Hablaba haciendo pausas para dar a cada frase una importancia especial y para asegurarse de que yo lo entendía desde mi incapacidad—. Disculparme por lo que pasó. Y para darte las gracias. —Otra pausa—. Por no haber dicho nada a la Policía.

Sonreí, creo que de una manera irónica. No había dicho nada a la Policía porque en mi cerebro había un agujero negro. En todo caso, teníamos que agradecérselo a Carol, que había hecho como si no supiera nada.

—¿Qué pasó? —pregunté con voz ronca.

Él sonrió, comprensivo y benévolo, y me puso al corriente, con todo detalle, de lo sucedido.

Como habíamos supuesto con Carol, la Marfanta iba cada martes a la tienda que unos paquistaníes tenían en el barrio para comprar víveres y productos de primera necesidad en abundancia para los Klimovskis escondidos. Porque estaban escondidos. No estaban camuflados por la ciudad, ni confundidos con el paisaje, como dijo el Abuelo. Estaban escondidos porque no sabían dónde estaba el Cangrejo y tenían miedo de que Goliat y Crispín, en uno de sus repentes descerebrados, le hubieran hecho daño. Decían «hecho daño» porque no podían siquiera pensar en la posibilidad de que alguien hubiera matado al Cangrejo. Ni soñarlo. Todos sabían, y todos eran todos, incluso Goliat y Crispín, que la muerte del Cangrejo podía suponer la desintegración de la familia Klimovski. Estaban escondidos en el más ignoto de sus escondrijos.

Aquel martes, 10 de enero, yo estaba vigilando y vi a la Marfanta que salía del supermercado empujando un carro de la compra, y la seguí.

El Vis a Vis no me dijo cuál era ni dónde se encontraba su guarida. Yo a lo mejor seguí a la Marfanta a una nave industrial, o a un almacén lleno de cajas, o a la trastienda de un establecimiento cualquiera, o a un piso franco, o a las alcantarillas, no lo sé y nadie me lo va a decir, pero, en algún momento de la conversación, al Vis a Vis se le escapó la palabra «cueva», y esa palabra condicionó mi imaginación.

De vez en cuando recreo la escena, con decorados y diálogos inventados, basada en hechos reales narrados por Juan Vis a Vis. Como si reconstruyera un sueño que hubiera tenido durante el coma.

Me veo siguiendo a la Marfanta y su carga, con la linterna que llevo en la guantera del coche, por un dédalo subterráneo, oscuro y ominoso, galerías profundas y llenas de ecos, pasadizos de techo bajo, túneles, quizás un refugio de cuando la guerra. Después he leído un libro, *La Barcelona subterránea*, donde la autora Mireia Valls asegura que existe un entramado inmenso de cuevas, tanto naturales como excavadas por el hombre, debajo de la montaña de Montjuïc, incluso con lagos y ríos subterráneos, de tal manera que se podría ir por el subsuelo desde lo que ahora es la Zona Franca hasta la plaza de España. Antiguos vecinos de las chabolas que en los años sesenta llenaban aquella parte de la montaña cuentan que, cuando eran pequeños, jugaban a vivir aventuras por aquellas grutas maravillosas. Los rumores hablan tanto de cavernas con estalactitas y estalagmitas como de un pasillo siniestro que conecta el castillo de la cumbre con el borde del mar, por donde harían desaparecer cadáveres en diferentes momentos de la historia.

Hasta que la Marfanta descubrió la luz que la perseguía, y se sintió descubierta, se asustó y pidió ayuda, y yo me sentí descubierto y, en la distancia, justifiqué mi presencia, que era amigo, que iba en son de paz, desarmado y con buenas intenciones, que quería hablar con el Vis a Vis.

Imagino mi espanto, pero no hice gesto de huir ni de retroceder, porque tenía la intención de hablar con los que allí se ocultaban. Me veo petrificado en medio de la tiniebla, en una situación irreal, imposible, la humedad impregnándome la ropa, el olor a lodo penetrando por mi nariz hasta el centro del cerebro, tal vez el ruido del agua corriendo entre piedras perdidas en la negrura. Moví la linterna para que me vieran, para dejar claro que no me estaba escondiendo.

Cierro los ojos y veo puntos de luz en la oscuridad. Cuatro puntos de luz. Cuatro linternas que me deslumbraban y me impedían ver a sus portadores. La Marfanta se desvaneció como si nunca hubiera existido. Y oí una voz bronca y agresiva:

—¿Quién coño eres tú? ¿Qué haces aquí?

—¿Eres el Vis a Vis?

Los cuatro hombres se detuvieron en seco, a menos de dos metros de mí.

—¿Quién coño eres tú?

Me hice oír por encima de los latidos de mi corazón.

—Me llamo Marc Olván. Soy abogado. Hablamos por teléfono, antes de Navidad.

Junto al mar, aquel día radiante, el Vis a Vis reproducía mis palabras y yo lo escuchaba (me escuchaba) muy atento, sobrecogido, en mi silla de ruedas.

—¿Yo dije que habíamos hablado por teléfono, tú y yo, antes de Navidad?

—Sí, eso dijiste.

Y yo pensaba que sí, claro, tuve que decirlo.

Y, en la cueva, el Vis a Vis replicaba, fingiendo sorpresa:

—¿Hablamos por teléfono? ¿Tú y yo?

—Sí, tú y yo. Y me dijiste que volveríamos a hablar. Y he venido para hablar.

—Tú y yo no hemos hablado nunca.

Sí: había reconocido su voz.

—Sí. Me dijiste que eras el Cangrejo, pero no podías ser el Cangrejo. Tenías que ser tú. Juan Vis a Vis. El hermano del Cangrejo.

El Vis a Vis se sintió descubierto. En el paseo Marítimo así lo confesó, tal cual:

—Me habías descubierto. Se me encogió el corazón.

Yo hablaba con demasiado aplomo, demasiado convencido de lo que decía, mis palabras sonaban a verdad y eso no era conveniente para el Vis a Vis. Los tres hombres que lo acompañaban se estaban poniendo nerviosos.

—¿Qué quieres? —pidió, suavizando el tono, con miedo de lo que yo pudiera querer, y pudiera saber, y pudiera responder.

—Vengo a decirte quién mató a tu hermano, en caso de que no lo sepas. Quién lo mató y dónde puedes encontrar a su asesino.

Las palabras «mató» y «asesino» le hicieron reaccionar. Una de las luces de la linterna se movió con violencia y diría que los otros retrocedieron.

—¿Qué coño estás diciendo? —aulló, un poco histriónico ante quienes lo acompañaban.

Yo no aflojé. Me la estaba jugando, pero había llegado allí con un propósito y no pensaba echarme atrás.

—El Cangrejo está muerto. Y vosotros, los Calomardes escondidos, sois quienes mejor deberíais saberlo.

—¿Qué cojones estás diciendo? —volvió a gritar con una chispa de amenaza.

—No puede ser que os estéis engañando tanto, también vosotros. Todo el mundo quiere que el Cangrejo esté vivo; lo queréis vosotros, lo quieren los Klimovski Klein del Poblesec... Lo quieren incluso sus asesinos. Pero no lo está.

La conversación se estaba poniendo demasiado seria. El Vis a Vis, tenso, se dirigió a los otros tres:

—Dejadnos solos.

Los tres focos que escoltaban al Vis a Vis, armados y alarmados por mi presencia, retrocedieron hacia la tiniebla de las cavernas infinitas de mi imaginación, donde había más hombres y mujeres, e incluso niños, seguidores incondicionales de José Klimovski Calomarde.

El Vis a Vis me agarró del brazo y me llevó a un rincón, si es que se podía hablar de rincones en aquel escenario sin principio ni fin. Imagino que la luz de su linterna y la mía creaban una especie de burbuja que nos protegía de las tinieblas del infierno.

—¿Qué pretendes?

El Vis a Vis recordó que yo estaba muy nervioso, pero que recité con toda nitidez el discurso que llevaba preparado. Había tenido tiempo de prepararlo el día antes, y mientras esperaba que la Marfanta hiciera la compra.

—Cuando el Abuelo me dijo que uno de los amigos íntimos del Cangrejo era Yimy Cangas, debería haber empezado a atar cabos. Tardé mucho en procesarlo. Yo había visto a Yimy Cangas tratando de averiguar si Regueira y los suyos sabían dónde estaba el Cangrejo. Eso significaba que no estaba con vosotros y tampoco conocíais su paradero. Entonces, ¿dónde estaba el Cangrejo?

—No era la primera vez que iba a la suya... —trataba de resistirse el Vis a Vis.

—¿Él solo? ¿Se había escondido él solo? ¿Sin escolta? No. ¿Estaba de luna de miel, con la actriz italiana que lo había denunciado, como dice el Abuelo? ¿Se había ido a Italia? Tampoco. Lo sabríais. Al menos, vosotros lo sabríais. No: el Cangrejo no estaba y, hasta que apareciera de nuevo, deberíais sustituirlo. Por eso, cuando te llegaron voces de que yo preguntaba por él, me telefoneaste haciéndote pasar por él. Yo me quedé preguntándome por qué me habría llamado el Cangrejo. La respuesta era: solo para demostrar que estaba vivo. Para que yo se lo contara a los otros. Sobre todo, a Regueira. Eso me hace suponer que también fuiste tú quien sacó adelante el negocio con los chinos de Pei Lan. Por WhatsApp o por teléfono, no sé cómo, como fuera, pero lo hiciste tú: tenías que mantener vivas la voluntad y la autoridad del Cangrejo en su ausencia. Los Klimovski Klein estaban muertos de miedo gimoteando «Cangrejo, no te vayas», pero tu rama de la familia también estaba rezando a todos los santos para que el Cangrejo volviese a casa más pronto que tarde.

—¿Eso es lo que querías decirme?

—No. Es que había una tercera facción en danza. Un tercer equipo que lo distorsionaba todo. Regueira y sus mariachis. Que decían que buscaban al Cangrejo, pero no lo buscaban.

—Tú no puedes saber...

—Sí que lo puedo saber. Si yo he podido encontraros, todas las fuerzas de la Policía de Barcelona ya os habrían encontrado hace semanas. Dicen que lo buscan, pero no hacen nada. ¿Entiendes por qué te estoy contando todo esto? Para que tomes nota. Hablaban mucho de buscar al Cangrejo, pero lo hacían delante de mí, o del periodista Valentí Renom, para que corriera la voz, pero realmente no hacían nada por encontrarlo. Cuando Neroni les dijo que sabía dónde se escondía el Cangrejo, para sacarles una pasta o no sé qué, yo estaba presente y oí la reacción de los policías. Me di cuenta de que ellos sabían que era imposible que Neroni lo hubiera encontrado. Su reacción me demostró que no tenían ningún interés en encontrarlo. Y pensé: «Es que saben que no lo van a encontrar, saben que es imposible, saben que está muerto».

—¿Por qué me estás contando todo esto?

—Probablemente porque tú me estás escuchando. Y me estás escuchando porque no te parece tan imposible. A lo mejor, ya habías pensado en ello...

—¡No había pensado en ello! ¡Claro que es imposible!

—¿Imposible? Esa pandilla que mató al Puma de los Dominicos para echarle las culpas al Zar de los Cosacos, y que mató a dos Klimovski de Santa Coloma para echarle la culpa al Cangrejo y poner en su contra a todos los Klein, y que probablemente se cargó a una secretaria judicial porque estorbaba, esta cuadrilla es muy capaz de haberse cargado al Cangrejo a la salida de la Ciudad de la Justicia.

El Vis a Vis aún se resistía a creerlo.

—¿A la salida de la Ciudad de la Justicia? Todo esto solo son suposiciones.

—Cuando lo soltaron en la Ciudad de la Justicia, ¿fuisteis a buscar al Cangrejo, tú o alguno de los tuyos?

—No. Fue el abogado Romeral.

—¿Y por qué?

—Dijo que era más prudente. Que los polis y el juez estaban muy encabronados y, si se veían obligados a soltar al Cangrejo, a lo mejor les daba por atrapar a alguno de nosotros.

—Y supongo que tardó mucho en salir, ¿no?

—Cumplió las setenta y dos horas en comisaría. Y, después de la comparecencia ante el juez, sí, bueno, entre que se hace todo el papeleo, la comprobación de identidad y una cosa y otra...

—Tu hermano sale a la calle y, mientras se está poniendo el cinturón y los cordones de las bambas, se le aparecen los hombres de Regueira y, a punta de pistola, se lo llevan a un coche...

—Pero ¿por qué? —preguntaba el Vis a Vis—. ¿Qué ganarían con eso? ¡Se complicaban la vida! ¿Matan al Cangrejo y van a ver a la familia para decirles que lo están buscando?

—Una manera de mantenerlo vivo.

—¿Y no hubiera sido más inteligente mantenerlo vivo y buscarlo de verdad?

—Bueno, no creo que los hombres de Regueira tomen las decisiones más inteligentes posibles, pero no. Lo que hacían era tratar de ocultar algo más grave. Un cuarto elemento que también debemos tener en cuenta. El más importante de todos.

—¿Qué elemento?

—Antes de continuar, quiero que tomes nota de esto. Regueira y los suyos, con la ayuda de Pere Romeral, mataron a tu hermano. No lo olvides.

—No —como si quisiera decir que no lo olvidaría, pero resistiéndose aún—, no acabo de verlo claro...

—Pues, cuando lo veas claro, quiero que sepas que Regueira y los suyos suelen reunirse casi cada día en una discoteca que se llama Racket.

—¿La discoteca Racket?

—Sí, toma nota. Cerca del Museo de la Ciencia, que ahora lo llaman CosmoCaixa, en Sant Gervasi. Y, después, a veces, van al Harén del paseo del Tibidabo, que queda allí cerca. ¿Entiendes ahora por qué te estoy contando todo esto? Esos cabrones van a salir de todo esto sin un arañazo. Al contrario, con el premio de las comisiones que les van soltando tus primos del Poble-sec. Han matado a tu hermano y cada día brindan por ello al recordarlo, que lo sepas. Y nadie los va a castigar. Y yo vengo a decirte que casi cada día puedes encontrarlos de madrugada en la discoteca Racket. ¿Me estás entendiendo?

El Vis a Vis me dijo que aquel día, en la penumbra de la cueva, yo era una fiera temible. Resultaba muy convincente. Tal vez fue el mejor alegato de toda mi vida.

—Pero dices que hay un cuarto elemento —me interrumpió.

—El que lo explica todo —dije—. El principio de todo.

Se lo estaba contando cuando llegó Yimy Cangas. El amigo íntimo del Cangrejo.

Desde la desaparición del Cangrejo, Yimy Cangas había incrementado sus contactos con Regueira y sus hombres como confidente. Ellos no conocían los lazos de amistad que lo unían al mandamás de los Klimovski y eran los últimos policías que lo habían detenido y que aseguraban que lo estaban buscando, de manera que fue a verles para sacarles información.

Los que habían acompañado al Vis a Vis a encontrarse con el intruso que era yo habían oído lo suficiente como para horrorizarse y transmitirlo a los otros miembros de la familia. Se les acababa de colar en las cuevas un hombre que decía que el Cangrejo estaba muerto.

La mayoría de los que se escondían allí ni podían ni querían creer en esta posibilidad. Era demasiado horrorosa. Podía significar el principio de la descomposición del imperio de los Klimovski. Y Yimy Cangas era quien menos podía aceptarlo. Para él, la simple mención era como una blasfemia, una ofensa personal, motivo suficiente para recurrir a la violencia.

Y salió disparado para vérselas con el bocazas que se atrevía a difundir aquella patraña.

Yo estaba hablando del día en que Regueira y su banda tuvieron la oportunidad de detener al Cangrejo cerca de la Via Augusta y, cuarenta y ocho horas después, lo condujeron ante el juez Trujillo, cuando se produjo el Fin del Mundo.

O, al menos, el final de mis revelaciones. Punto final.

—¿Quién me pegó? —pregunté aquel día, delante del mar de febrero, sentado en la silla de ruedas.

—Yimy Cangas —respondió el Vis a Vis.

Cerré los ojos. Hostia, Yimy Cangas, el camello que vendía farlopa a los hombres de Regueira en El Terrenal de Badalona.

Para mí, la presencia de Yimy Cangas en la gruta solo fue el ojo cegador de una linterna que llegó con la velocidad y la contundencia de una locomotora.

Yimy Cangas me reconoció.

Dijo:

—¡Este hijoputa es policía, amigo de Regueira, puto embustero!

Llevaba la linterna en la mano derecha y una barra de hierro en la izquierda. Era zurdo. Llegó catapultado al rincón donde el Vis a Vis y yo estábamos hablando y golpeó con todas sus fuerzas.

Se apagaron las luces. La inmensa oscuridad que nos rodeaba cayó sobre mí como una avalancha negra.

En un primer momento pensaron que me había matado. Luego, al ver que respiraba, el Vis a Vis ordenó que me llevaran a Urgencias del Hospital del Mar.

Me dejaron en lo alto de la rampa que baja hacia la recepción de Urgencias, tirado en el suelo. Y huyeron.

Traumatismo craneoencefálico.

Edema cerebral.

Veintitrés días en coma.

No sé en qué momento cerré los ojos y abandoné la vida, pero fue como un parpadeo. Aquel día me levanté muy temprano, mientras Carol aún dormía, le di un beso y salí a la calle cuando aún era noche cerrada; monté en el Suzuki Vitara, parpadeé y, de repente, emergía de un sueño sin sueños para ver el rostro angustiado de mi padre en primer término y la compasión lacrimosa de Carol detrás de él, en una habitación del Hospital del Mar.

Capítulo 26

Año nuevo, vida mía

Abres los ojos a la perplejidad.

Antes de constatar que te encuentras en un hospital, tienes que recordar qué es exactamente un hospital. Enseguida, la ansiedad de mi padre y de Carol, que se contagia, que hace que te preguntes qué está pasando tan grave que les haga sufrir tanto. Entonces, el peso de tu cuerpo, tan pesado que casi no puedes mover la mano, no puedes mover los dedos, apenas puedes mover los párpados, las pupilas para observar este rostro, aquel otro, el techo, la habitación, los aparatos que controlan tus constantes vitales, la ventana, el cielo, una nube.

Mi padre fue el primero en hablar, con una sonrisa forzada desde el dolor.

—Eh, Marc. ¿Qué haces, campeón? ¿Qué has hecho?

Porque, desde su punto de vista, si yo estaba hecho una mierda, tenía que ser porque había hecho algo mal, algún disparate de los míos, no por algo que me hubiera pasado, que me hubieran hecho contra mi voluntad. «Quien la busca la encuentra», me estaba diciendo por telepatía. Pero yo sabía que debía responderle con una sonrisa cómplice que le diera la razón.

Y Carol, con ojos llorosos:

—Marc. Marc: estoy aquí.

Era otro mundo, otra vida, sin Lana. Lana debería estar a mi lado y no estaba. Otra vida.

Poco a poco, día tras día, mi cuerpo se fue haciendo más ligero, o yo más fuerte, y pude empezar a mover los brazos, incorporarme un poco, e incluso hablar.

—No me acuerdo —decía constantemente—. No me acuerdo.

—No he dicho nada —me susurró Carol al oído—. Nada.

Tardé un poco en entender qué quería decir que no había dicho nada a la Policía. Mi interés por la Marfanta y los Klimovski era un secreto del que no debíamos hablar hasta que yo estuviera mejor.

A los dos días, vino la Policía a la habitación del hospital. Dos jóvenes barbudos, atléticos y simpáticos, haciendo preguntas con mucho tacto.

Y yo:

—No me acuerdo.

—¿Qué es lo último que recuerda?

Recordaba que había iniciado una acción contra unos policías, al margen de la ley. Había salido de casa para seguir a la Marfanta hasta el escondrijo de los Klimovski Calomarde, para decirle al Vis a Vis quién había matado al Cangrejo y dónde podían encontrar a los asesinos, y estaba lo bastante lúcido como para saber que no era conveniente hablar de ello a otros policías.

—Sé —balbuceé como aquel que todavía no tiene el control absoluto de su cerebro— que fui a hacer unos trámites, pero no recuerdo cuáles. —No debía mencionar para nada las Casas Buenas de la Zona Franca ni a la Marfanta. Si ellos sacaban el tema, podía recurrir al caso de la Pelleringa, pero opté por el recurso del convaleciente vencido—. No me acuerdo de nada. Estoy muy cansado. Me cansa pensar.

—¿No recuerda cómo se hizo ese golpe en la cabeza?

—No.

—¿No se imagina cómo pudo habérselo hecho?

—No.

—Lo encontraron tirado en la acera, en la entrada de Urgencias del Hospital del Mar. Lo arrojaron desde un coche, de cualquier manera. ¿No se acuerda? —No, no me acordaba. Y no mentía—. Un coche robado. O, mejor dicho, un coche alquilado con documentación falsa y abandonado en un aparcamiento de la Vila Olímpica. —Yo continuaba negando—. No le robaron el reloj. Ni la cartera. Ni el dinero, ni las tarjetas de crédito. Lo único que no supimos encontrar fue el móvil. —Se me ocurrió que, a través del móvil, la Policía podría haber sabido dónde había estado yo en las últimas horas, y habría tenido acceso a conversaciones que no me interesaba que conocieran. Esperaba que no apareciera nunca mi Samsung—. Y su coche apareció en la avenida de Francesc Ferrer i Guardia, cerca del Poble Espanyol. Un Suzuki Vitara, ¿verdad? Se lo llevó la grúa. Ahora está en un depósito municipal.

—Tendré que pagar una fortuna.

—¿No se le ocurre por qué podía estar allí su coche?

—No.

—No recuerda...

—No. No me acuerdo. Lo siento.

—La investigación que estaba llevando a cabo, ¿tenía algo que ver con un inspector de Policía llamado Alfonso Regueira? —Tardé en responder—. Alfonso Regueira. Inspector de primera Alfonso Regueira.

—Sí. Lo conozco. Pero no... Lo siento.

—¿De qué lo conoce?

—Coincidíamos en una discoteca.

—¿Qué discoteca? —Yo cerraba los ojos en señal de «Dejadme en paz, no puedo más»—. ¿La discoteca Racket? —Yo no abría los ojos. «Por favor, que venga un médico, o una enfermera, y los eche de aquí»—. Sabemos que se conocen de allí. Hay testigos.

Sin abrir los ojos:

—Sí. La discoteca Racket. Sí. Qué.

—¿No sabe qué ha sido del inspector Regueira?

Abrí los ojos para que no quedara duda de mi incomprensión.

—¿Cómo quiere que lo sepa? Regueira no ha venido a verme. No tenemos tanta confianza.

—Está muerto —dijo uno de los policías, atento a mi reacción. Me quedé inmóvil. No tuve que fingir sorpresa: me salió de manera natural—. Se incendió su vehículo, y él y un abogado llamado Romeral y unos amigos suyos que estaban dentro...

—Regueira y Romeral —murmuré.

El otro policía añadió:

—Precisamente en el aparcamiento de la discoteca Racket. Murieron él, el abogado y dos policías, compañeros suyos.

Fruncí el ceño y volví a cerrar los ojos. «Basta». Mientras pensaba que me había salido con la mía. Justo lo que yo quería. Bravo.

Más tarde, Carol completó la noticia. Yo le transmití lo que me habían contado y ella recurrió a la hemeroteca.

—A la salida de la discoteca Racket. En el aparcamiento que da a la calle Quatre Camins. Un Peugeot 3008 4 x 4, híbrido. Tres policías: Alfonso Regueira, Ignacio Duque y Sancho Soliño, y el abogado, «prestigioso abogado» Pere Romeral. En el maletero había un maletín ignífugo con treinta kilos de cocaína. El incendio fue provocado y se atribuía a un arreglo de cuentas entre delincuentes. Parece que se trataba de unos policías corruptos que trabajaban para un grupo criminal.

Imaginé el aparcamiento inhóspito del Racket. Tan apretujado de coches que, a partir de una hora, nadie hacía ni siquiera el intento de introducirse en él. Regueira, Duque y Soliño debían de salir, tan alegres y seguros de sí mismos como siempre, y debieron de experimentar un susto formidable al ver surgir sombras animadas de la penumbra. Pistolas, órdenes ladradas, todo muy rápido porque no había tiempo que perder, y ellos atónitos, incapaces de reaccionar. Y, un minuto después, el fuego, el depósito de gasolina que estalla, qué suerte que el maletín fuera ignífugo, así la deflagración no destruyó su contenido de cocaína. Cuerpos calcinados, no sé si la autopsia descubriría algún proyectil entre los restos humanos. Imaginaciones mías.

A partir de ese momento, me parece que empecé a mejorar.

La visita del juez Daniel Trujillo me encontró más restablecido. Eso significa más espontáneo y simpático que nunca. Qué coño. Si me apetecía tocarle el culo a Carol, después de haber estado en peligro de muerte, ¿por qué tenía que reprimirme? Y si tardaban mucho en traerme la comida, o el analgésico para el dolor, ¿por qué no tenía que pedirlo a gritos? Si no gritaba, no me oían, cago'n la mar. La doctora venía prevenida y no se dejaba tocar y no perdía su sonrisa.

—Es normal —tranquilizaba a Carol, o a mi padre, o a Abelard, o a Paco Passeres, quien fuera que estuviera presente—. Son síntomas del edema cerebral. Desinhibición, irritabilidad, impulsividad, cambios de ánimo repentinos...

La tristeza. Tristeza infinita porque Lana no venía a verme. ¿No se había enterado? Imposible. Vinieron a verme muchos amigos comunes.

Uno de esos amigos me dijo que Lana me enviaba recuerdos.

—¿No piensa venir a verme?

—Sí. No lo sé. Ahora está prácticamente instalada en Madrid. La exposición de ARCO empieza un día de estos. Y dice que no sabe si tienes acceso a WhatsApp o al móvil o qué. No quiere molestarte.

Intervino la mujer de ese amigo, una cotilla con muy mala leche.

—Dice que poco antes del accidente —ellos decían «el accidente»—, la llamaste...

—¿Yo? ¿Llamé a Lana?

—Sí, sí.

—Y le dijiste que estabas cumpliendo una misión muy importante y que te jugabas la vida, y que, cuando hubieras terminado, teníais que hablar.

—¿Y qué me dijo, Lana?

—Ya sabes cómo es. Dijo que no debías preocuparte, que ahora tenías que concentrarte en vivir, olvidar el pasado y pensar en construir el futuro, porque la vida continúa.

Era la manera que tenía Lana de enviarme a la mierda.

Mi padre no me hablaba de Lana. Era yo quien le preguntaba:

—¿No te ha escrito un *whatsapp*? Ella tenía tu número.

—¿A mí? No. ¿Qué me iba a decir? Si casi ni nos hablábamos.

Cosas así me hacían enfadar y propiciaban respuestas espontáneas, desinhibidas, irritadas e impulsivas:

—¡No me pasa nada, joder! ¡Déjame en paz!

Carol lo encajaba con paciencia. Pobre Carol. Ella y mi padre vinieron a verme cada día. Mi padre por las mañanas, ella por la tarde, cuando salía de Alcolea y Rubió.

También vino a verme Gracián.

—Desde que te llevé al Racket tenía miedo de que la cosa terminara mal. Y mira.

—Tú no tienes ninguna culpa de lo que ha pasado —le dije.

—Yo no he dicho nada de culpa. Lo has dicho tú.

—No me hagas sentir culpable de hacerte culpable. Porque no te estoy haciendo culpable de nada. Eres tú.

—Al menos me tranquiliza ver que razonas correctamente.

—Vete a la mierda.

Ah, sí, y al fin vino a verme Daniel Trujillo. Se presentó a mediodía, cuando no estaban ni mi padre ni Carol. Alto y delgado, elegante con traje y sin corbata, tan bien peinado, con sonrisa imperturbable de aplomo y cordura.

—Marc. ¿Cómo te encuentras?

Trujillo, la madre que lo parió.

Tenía ganas de verlo.

Le indiqué que se acercara, que se sentara en la cama, a mi lado, como si me fallara la voz y tuviera que hablarle al oído. Él lo entendió, e hizo lo que le pedía, como el confesor que hubiera venido a darme la extremaunción. «Dime, hijo mío, ¿cuántas veces?».

—No he podido venir antes. Desde que volví de Nueva York que se me acumula el trabajo. ¿Ya has podido reconstruir lo que pasó?

No, no había reconstruido nada. Aún no había salido del hospital, aún no había hablado con Juan Vis a Vis Klimovski, pero también quería decir que, de momento, no me interesaba reconstruir nada. Quizá me sentía más destructivo que constructivo. Síntomas del edema cerebral, ya se sabe.

—Os pasasteis con Lidia Pedralba —murmuré, y me pareció que se sorprendía—. Todo ese montaje abracadabrante para convertirla en colaboradora de unos narcotraficantes. Qué montaje tan complicado.

—No te entiendo —respondió, incrementando su atención, como si atribuyera la incomprensión a mi estado lamentable—. Aquello fue cosa de Regueira y de los suyos. Eran muy mala gente. Por cierto, ¿ya sabes lo que le pasó?

—¡Sí! —celebré, feliz—. Bum. Regueira y Romeral. Los dos a tomar por culo. Quemados como troncos en la chimenea. A las llamas del infierno, amén Jesús. ¿Por qué le hicisteis aquello a Lidia Pedralba? Total, porque le había hablado a Valentí Renom de ti y de tus talones de Aquiles. Total, nada.

La sonrisa de Daniel Trujillo se fue diluyendo como un terrón de azúcar en agua. Su mirada empezó a ser como una advertencia: «Cuidado con lo que dices». Pero la desinhibición, la incontinencia y la espontaneidad son efectos del edema cerebral y yo no podía evitarlo.

—Yo no le hice nada a Lidia Pedralba. No sé de qué me hablas.

—... Una pregunta, una suposición, una insinuación, y badabum, le cayó encima todo el peso de la ley. Bum. Y tan complicado como lo montaron. Falsificando una llamada telefónica escondida entre doscientas llamadas de un confidente dominicano. Un trabajo de chinos. ¿Por qué?

—Mala gente. Muy mala gente. Ya te lo dije.

—... Como a mí. Cuando abordé a Romeral se encendieron las alarmas. Cuatro preguntas de nada sobre el juez Trujillo y él ya habló a Regueira, y Regueira debió de decírtelo a ti. «¿Qué coño quiere este Olván? Pregunta demasiado».

El juez suspiró con cara de pensar: «O sea, que vas de este palo».

—A mí nadie me dijo nada.

Se puso en pie y se alejó de mí un par de pasos. Como si estuviera pensando en dar media vuelta de repente y salir disparado.

—... Y a Regueira y a los suyos les entró el corre-que-me-cago e incluso me interrogaron, una noche, en el Racket: «¿Qué coño estás buscando, Marc?».

—Ya te dije que no te juntaras con esa gentuza.

—... Qué miedo les dio. Socorro, auxilio. Pero a mí, al menos, no me putearon. O no mucho. En aquel caso, decidieron integrarme en el grupo, supongo que para controlarme de cerca. Asegurarse de que yo era la misma mierda que ellos, capaz de cualquier cosa por dinero, o por mujeres, o por cargos importantes... Aquella noche que me sometieron a prueba, a ver si era capaz de hacer las mismas gilipolleces que hacían ellos.

—Yo no sabía nada de eso.

—¿Que no sabías nada? Fuiste testigo de primera fila.

—No, señor, no sé de qué me hablas.

—... Y sí, señor, pasé todas las pruebas, salvo quizá la de irme de putas con ellos. De novias, que ellos decían novias. Pero no importó, porque tú comprobaste que yo era una buena persona, un curdela ingenuo y maleable. Yo era el representante de la bondad, de la honradez, y a ti te daba asco la compañía de los polis de Regueira. Yo era aire fresco, yo era tu redención.

—Tú eras la buena compañía, y yo era una buena compañía para ti. Y Regueira era una compañía nefasta para todo el mundo.

—Supongo que hablaste con Regueira...

—No hablé de ti con Regueira.

—... «Déjamelo a mí, que este tío es inofensivo». Y me ayudaste con el alcohol, y hablamos de jazz...

—Te ayudé con el alcohol, sí, y hablamos de jazz, sí...

—... Y me recomendaste a los de Alcolea y Rubió. Todo controlado. Resultó que tenías razón: yo era muy maleable. O manejable, como un títere.

—No me gusta que digas eso.

—Ningún peligro. Y, como no había ningún peligro, Regueira y los suyos se relajaron y me admitieron en sus filas, y a lo mejor bajaron un poco la guardia. No había peligro de que el idiota de Marc llegara a descubrir por qué habíais soltado al Cangrejo Klimovski. Tenía que ser un motivo muy grave, que te comprometía mucho a ti. Por ejemplo, tu hijo narcotraficante.

Daniel frunció los ojos para contemplarme decepcionado por mi comportamiento, con una nube de tormenta sobre las cejas.

—Todo el mundo tiene algo que esconder, Marc, y tú lo sabes.

—Miranda me dijo que vuestro hijo Miquel era drogadicto, y que tú lo habías enviado a Nueva York, supuestamente para que perfeccionara su inglés.

—... Y la gente como Regueira se aprovecha de eso. Para ellos, un secreto es sinónimo de chantaje.

—... Pero entonces lo mataron. Mataron a vuestro hijo Miquel en el imperio de las drogas. Y yo me pregunté «¿Y sí...?». ¿Y si el muchacho, cuando llegó a Nueva York, decidió dedicarse a hacer lo que mejor sabía hacer? Así fue como lo dijo Miranda. «¿Qué iba a hacer mi Miquel? ¿Qué querías que hiciera? ¡Lo único que sabía hacer, el pobre!». Solo que él debía de hacerlo a la manera de aquí, de chicha y nabo, con un zapato y una alpargata, para encontrarse que allí jugaban de verdad y en serio. Y lo mataron. A través de este calidoscopio, a mí me cuadran las cosas, las entiendo mejor.

Trujillo se volvió de espaldas para mirar por la ventana que daba al mar y ocultarme su expresión.

—Me presionaron, sí —aceptó—, pero nunca autoricé ni acepté ninguna práctica ilícita. Cada prueba fue...

Yo no le cedía la palabra:

—Imaginé esto: te llevan detenido al Cangrejo con algún cargo que después no ha transcendido, que han ocultado con mentiras y cortinas de humo, y Pere Romeral te planteó la cruda realidad.

—... Cada prueba fue rigurosamente controlada.

—... Tu hijo era adicto a la heroína y, como muchos adictos a la heroína, sobre todo aquellos que tienen dinero y contactos, había acabado traficando con la heroína, haciendo de su adicción un negocio, y probablemente llegando a ser un elemento esencial de la organización criminal. Si la instrucción de la causa salía adelante, saldría a la luz que uno de los principales encausados era hijo del juez Trujillo, y eso tú no podrías soportarlo, porque Trujillo no tolera las humillaciones. Y por eso, aquel día, el Cangrejo salió de la Ciudad de la Justicia libre y sin cargos. Pero, como el juez Trujillo no tolera las humillaciones, y aquel desafío del Cangrejo era una gran humillación, la cosa no podía quedar así.

Daniel se volvió de nuevo hacia mí, en actitud indecisa y tensa y, de pronto, con ademán que me pareció muy premeditado, sonrió y se relajó. Como si hubiera decidido ser condescendiente y tolerante porque los enfermos mentales..., ya se sabe.

—... Y Regueira y sus mariachis intervinieron para todo.

—Siempre actuaron por su cuenta.

—... Con la colaboración de Pere Romeral, tendieron la trampa al Cangrejo. Lo esperaron a la salida de los juzgados y lo hicieron desaparecer.

—Yo no tuve ningún conocimiento ni participación en eso.

—... Qué horror. Qué miedo, ¿verdad, Daniel? Qué follón, de repente. Y Regueira, feliz como unas castañuelas. Porque te tenía agarrado de los cojones, porque aquello lo liberaba para hacer lo que le diera la puta gana. Con la protección de un juez amenazado, con la posibilidad de implicarlo no ya en una prevaricación sino en un asesinato, se vio capaz de saltarse alegremente todas las leyes del mundo. Y propuso un pacto a los Klimovski para sacar una comisión de todo lo que hicieran, y mató al Puma de los Dominicos para poder culpar a los Cosacos de Gavà, y liquidó a los Cosacos de Gavà, y mató a los dos Klimovski de Santa Coloma para demostrar que el Cangrejo estaba vivo y era más peligroso e imputable que nunca.

—Mala gente. Gentuza.

—... Y no sé qué pasó con la LAJ de tu juzgado, atropellada por un cabrón que se dio a la fuga y que nunca han encontrado: la pobre se olió algo raro en la liberación del Cangrejo, e hizo comentarios, no sé, y pareció que os podía comprometer. Y a los imbéciles de Regueira les agarró el canguelo, y reaccionaron de manera desmesurada, con esa rabia animal que les da, «Ahora verá esa puta de mierda», una cosa así. —Ahora el juez me observaba indiferente, como divertido, invulnerable a mis dardos. «No pasa nada»—. Le tendieron la trampa como niños estúpidos que son, como un juego, sintiéndose muy inteligentes y astutos y, sobre todo, impunes, protegidos por un juez al que tenían agarrado por los huevos. «Esto Trujillo nos lo afina».

—No sé nada de eso. Son delirios.

—... Lástima que no estuvieras cuando detuvieron a Lidia Pedralba...

—No me habían hablado de esa Lidia Pedralba y, cuando compareció, yo estaba en Nueva York.

—... Y lástima que tuviera que comparecer ante aquella jueza que me pareció inteligente e imparcial, y libre de presiones. No sé cómo habrá ido la cosa, pero no me extrañaría que hubiera descubierto que la prueba contra Lidia estaba manipulada.

Ya me había cansado de hablar, y cerré los ojos, muy relajado, satisfecho de haberme despachado a gusto, en paz conmigo mismo.

—Lo descubrió, sí —oí la voz de Daniel Trujillo, después de unos instantes de silencio—. Se les fue la olla, es verdad. Pero las cosas no fueron como tú dices, Marc. Otro día, en mejores condiciones, te contaré cómo fueron. Pero nadie es perfecto, y eso tú tienes que saberlo mejor que nadie. Todos tenemos algún esqueleto en el armario y, en este caso, lo peor que te puede pasar es encontrarte con alguien cargado de autoridad y desprovisto de escrúpulos como Alfonso Regueira. Al poco de todo esto, cuando tú estabas en coma, Regueira y los suyos murieron quemados en aquel incendio, y la Policía encontró restos de un cargamento de cocaína en el coche, y fueron declarados oficialmente policías corruptos y prevaricadores. Y Lidia Pedralba salió en libertad sin cargos.

Más tarde, pude comprobar que, tal como me adelantó Trujillo, a Lidia Pedralba la habían dejado en libertad sin cargos porque la prueba lofoscópica que yo había pedido demostró que no había huellas dactilares, ni de ella ni de nadie, en los paquetes de cocaína y el sobre de dinero que habían encontrado en su casa. Entre las pertenencias de Lidia no se encontró ningún guante, ni de lavar platos, ni de vestir, ni de lino, ni de algodón ni de cuero ni de nada, mientras que todos los agentes de Policía que participaron en el registro llevaban guantes de látex. Además, el abogado que me sustituyó durante mi baja, un vasco llamado Legazpi, demostró que los tres paquetes de coca no cabían en el espacio que había debajo del fregadero de la cocina, donde se suponía que estaban escondidos. Hizo un buen trabajo. Lidia Pedralba fue personalmente a pagar los honorarios al bufete, habló con Paco Passeres, se interesó por mi salud y ya no he vuelto a saber nunca más nada de ella.

Bueno, sí: un tiempo después me dijeron que su hijo Manuel había sido declarado inocente en el juicio por abusos sexuales porque el defensor había podido demostrar la inestabilidad mental de la abuela del niño, que además era la única acusadora y testigo. Al final del juicio, el chico protestó por todos los meses que había pasado en prisión preventiva, y por la prisión preventiva que en aquellos momentos sufría su madre, y volvió a ser detenido por desórdenes públicos, pero de eso ya no sé nada más.

Y continuaba Trujillo, en voz baja, muy sereno:

—... Y, como Regueira y los suyos eran quienes habían llevado la investigación de los Dominicos de Torre Baró, y se demostró que habían manipulado una prueba, todas las otras pruebas fueron puestas en cuestión y la Operación Bávaro resultó un fiasco. Levantaron la prisión preventiva de los detenidos, y todos se diseminaron por el ancho mundo y desaparecieron, y habrá que volver a empezar. Una vez más, triunfó la justicia. —Calló, esperando mi respuesta, pero yo no reaccioné. Como si me hubiera dormido. Dijo—: Bueno, Marc. Ahora descansa. Ya volveré. Que te mejores. Cuídate y déjate cuidar.

Salió y cerró la puerta con mucho cuidado, sin hacer ruido.

Y un día me dieron el alta y volví a la vida normal. Al bufete de Olván y Passeres, o Passeres y Olván, con dos socios más que habían cubierto mi ausencia y se habían instalado en el cuarto del fondo, hasta entonces archivo y sala de distensión con máquina de café y microondas. Me encontré viviendo con Carol, la pulcra, púdica, cuadriculada, abogada brillante de uno de los principales bufetes de Barcelona, seria, severa, contenida, legal, comprensiva, ecuánime, que hacía el amor rigurosamente, que no me dejaba pasar ni una, que solo tenía tatuajes en puntos de su cuerpo de estricta intimidad, con aquel sentido del humor delicioso que aparecía solo de vez en cuando, por sorpresa, cuando menos lo esperabas, sobre todo cuando estaba desnuda y todo valía, de pechos no muy grandes pero suficientes, altivos, perfectos, hechos a la medida de mi mano. Acaso nuestra relación se agrietó un poco el día en que me dijo que no consideraba oportuno que yo entrara a trabajar en el bufete de Alcolea y Rubió porque «no les gusta que sus letrados mantengan relaciones entre sí», y yo le dije que no pasaba nada porque mi bufete estaba creciendo y mi presencia era más importante que nunca. Después del caso de Warner y Elvis, los Klimovski contrataron mis servicios unas cuantas veces más, y eso representaba una buena fuente de ingresos. Oí decir que, por fin, Juan Vis a Vis asumió la gerencia de la familia, y que el Abuelo se puso enfermo, que regresó a las Casas Buenas y no volverá a salir de su domicilio. También decían que Goliat y Crispín, de vez en cuando, tenían uno de sus prontos y meaban fuera del tiesto, pero, de momento, estaban controlados. Eso era lo que decían, me informaba Gracián cuando nos veíamos, yo no sabía nada seguro.

Cuando nos cruzábamos en la Ciudad de la Justicia, tanto Luis Pacheco como yo apartábamos la cara para evitar el contacto visual. A lo mejor me solté un poco en el tema del alcohol. La vida era más divertida con una copa en la mano, si no te pasabas de la raya, y el doctor Garicano, al fin y al cabo, me había dicho que yo no era un alcohólico profundo.

De vez en cuando, desde la ventana de mi despacho, miraba a la gente que circulaba por la calle y me sentía el privilegiado que les ayudaba desde fuera, a distancia, a encontrar soluciones para unos problemas que solo les afectaban a ellos, que en realidad siempre les pasan solo a los demás.

Un día de finales de marzo, Daniel Trujillo me llamó porque, dijo, había encontrado un disco de versiones orquestadas de los ragtimes de Scott Joplin que eran una maravilla, y unos cuantos temas de Cole Porter interpretados por Diana Krall, y que solicitaba una nueva oportunidad —en broma— para iniciarme en el conocimiento de Charlie Parker. En el mes de mayo, nos invitó, a Carol y a mí, a una fiesta en su casa para celebrar que Elena y él habían decidido vivir juntos y se iban a casar en verano. Me dijo que Elena había insistido especialmente para que Carol y yo asistiéramos. Luego nos invitó a la verbena de San Juan, a su terraza, que resultó una fiesta multitudinaria, con baile y hasta con lanzamiento de cohetes.

Daniel y yo nunca más volvimos a hablar de su relación con Regueira, ni del Cangrejo ni de su desaparición.

Y, por último pero no menos importante, nos invitaron a su boda, en el mes de julio. Fue entonces cuando conocí a aquella atleta excepcional, corredora de fondo, que tenía unos ojos preciosos.

Luci, me parece que se llamaba.

Carol estaba embarazada.

(Sant Cugat del Vallès, 21 de agosto de 2023)

INFORMACIÓN PARA CLUBS DE LECTURA

Querido lector, nos tomamos la libertad de tutearte porque tienes entre tus manos uno de nuestros libros y, por tanto, ahora tú también eres ya miembro de Alrevés.

Y, como tal, queremos comentarte que, pensando en el placer que supone la lectura compartida, hemos añadido una pestaña en nuestra web (https://alreveseditorial.com/) donde encontrarás la ficha de lectura de este libro, por si sintieras el irrefrenable deseo de intercambiar tus impresiones sobre él en un club de lectura. Allí encontrarás también nuestros contactos para facilitar la participación de nuestros autores en las charlas, recibir información, organizar actividades, etc.

Te estaremos muy agradecidos si difundes esta iniciativa porque, como dijo un gran sabio a quien conocimos bien, leer nos salva del olvido.

> «Sobre este escritorio y sobre la mesilla de noche había siempre novelas baratas de misterio (...) Yo las devoraba por las noches, cuando los rostros de los muertos se me aparecían para ahuyentar el sueño y las preguntas se encadenaban unas con otras para tramar una red en la que me quedaba atrapado. Entonces, aquellas noveluchas me ayudaban a no pensar. Si algo echo de menos es precisamente eso: poder comprar cien páginas de olvido por solo un duro.»

ALEXIS RAVELO,
Los días de mercurio

Anterior título de Andreu Martín